지구 종말
세 시간 전

지구 종말 세 시간 전

내러티브온2 드라마

서정은
조영수
경민선
김효민
이아연

안온

차례

지구 종말 세 시간 전

서정은

[등장인물]

최한나 (18세, 여, 고등부 수영선수)
어렸을 때부터 수영에 두각을 보이며 국내의 각종 상을 휩쓸었다. 넉넉
지 못한 살림 탓에 수영을 계속하기 위해서는 온 가족의 희생과 지원이
필요했다. 하지만 그 부채감 때문에 수영을 열심히 한 것은 아니었다.
그저 좋아서 했고, 잘해서 더 좋았다. 내성적이지만 가족과 함께일 때
는 딸이자 동생으로서 역할을 다하려고 하는 속 깊은 성격이다.

이수지 (18세, 여, 고등부 수영선수)
수영만 아니었다면 한나와는 마주칠 일도 없었을 금수저 집안의 외동
딸. 현재 여자 자유형 200미터에서 가장 좋은 기록을 보유하고 있다.
주변에서는 한나와 라이벌로 엮으려고 하지만 그런 오글거리는 단어
에는 관심 없다. 재능이 있어서 수영을 시작했지만 지구 종말이 다가오
니 그동안 수영한 시간이 아깝게 느껴진다.

최한철 (22세, 남, 한나의 오빠)
돈 많이 드는 수영을 하는 여동생 때문에 많은 것을 양보하며 살았다.
고등학생 때부터 각종 아르바이트로 스스로 용돈 벌이를 해왔다. 대학
등록금이 모자라 한 학기만 마치고 무작정 입대했지만, 지구 종말 사태

로 조기 전역을 하게 됐다. 제대로 놀아본 적 없다는 미련 때문에 오토
바이를 타며 남은 시간을 탕진한다.

한나아빠 (48세)

배달, 택시, 트럭 등 평생을 운전하는 일을 업으로 삼아왔다. 그래서 한
철이 오토바이로 배달 일을 하는 것이 극도로 싫지만 알아서 용돈 벌이
하는 아들이 든든했던 것도 사실이다. 가장으로서 최선을 다해 열심히
살아온 것 같은데 막상 지구 종말이 다가오자 모든 것이 부질없게 느껴
진다.

한나엄마 (46세)

낮에는 식당 일, 밤에는 공장 일을 하며 허리 펼 날 없이 살아왔다. 지구
종말이 다가오자 오랫동안 발길을 끊었던 교회에 다시 다니며 온 가족
이 천국에 가게 해달라고 기도한다.

유선수 (20세, 남, 대학생 수영선수)

수영 실력보다 자신의 잘난 외모를 믿는다. 셀럽이 돼서 연예인들과 어
울리는 것이 목표다. 부유한 집에서 귀하게 자라 무서운 것이 없다. 남
눈치 안 보고 하고 싶은 말은 다 하는 성격이다.

김할배 (77세, 남, 수영장 관리인)

한 수영장에서 40년 동안 관리인으로 일했다. 매사에 묵묵히 책임을
다하려 한다. 이곳에서 처음 수영을 시작했던 어린 한나를 기억한다.
다시 돌아온 한나를 손녀딸처럼 애정 어린 눈길로 살핀다.

[시놉시스]

다가오는 괴행성과의 충돌로 30일 후, 지구는 사라진다. 누군가는 음모론이라 떠들고, 누군가는 신에게 의지하지만 대부분의 사람은 두려움 속에서 시간을 허비한다. 이제 와서 버킷리스트랍시고 해외여행을 떠날 수도 없다. 비행기는 뜨지 않고, 곳곳은 무정부 상태이며 전 세계 사람들이 죽음의 두려움에 직면해 있으니까.

혼돈의 세상 속에서 여고부 수영선수인 한나는 제주도 전지훈련을 중단하고 집으로 돌아온다. 수영으로 성공해서 가족들 호강시켜주고 싶었는데 그럴 수 없게 된 것이 아쉽고, 세계선수권대회에서 그동안 갈고닦은 실력을 보여줄 수 없는 것도 아쉽다. 집안 꼴은 엉망이다. 엄마는 교회에서 돌아올 생각을 하지 않고, 아빠는 주야장천 술만 마신다. 오빠는 친구들과 오토바이를 타고 매일같이 목숨을 내놓은 아슬아슬한 질주를 한다. 죽음이 코앞에 다가왔다고 해서 죽음이 두렵지 않은 건 아닐 텐데, 한나는 그런 오빠를 이해할 수 없다.

한나의 수영 라이벌인 수지는 호텔 옥상에서 벌어진 풀파티에 한나를 초대한다. 어차피 30일 후면 사라질 몸뚱이라서일까. 파티는 그야말로 광란의 도가니, 동물의 왕국이다. 그곳에서 간신히 빠져나온 한나는 오빠 한철의 비보를 듣는다.

전 인류의 멸종이 30일도 남지 않은 상황 속에서 며칠 먼저 떠난 한철의 장례식에는 문상객도 찾아오지 않는다. 당연히 느껴야 할 슬픔조차 사치가 되어버린 세상 속에서 한나는 남은 시간, 자신이 가장 좋아하는 것을 하기로 한다.

그렇게 동네 수영장에서 평소와 같이 수영을 하던 한나는 어렸을 때부터 자신을 지켜봤던 수영장 관리인 할아버지와 짧은 우정을 나눈다. 이제 더 이상 성공의 발판도, 돈벌이도 될 수 없는 수영을 계속하는 딸이 그저 신기한 한나의 부모. 저렇게나 좋아하는 수영을 그동안 무리해서라도 하게 해준 것이 유일한 위안이다.

지구 종말을 세 시간 앞둔 마지막 날, 한나는 텅 빈 수영장에서 세계선수권 대회에 나간 자신의 모습을 상상하며 홀로 물살을 가른다.

#1 몽타주

― 뉴스 화면1

아나운서1   속보입니다. 지구의 약 두 배 크기인 괴행성이 약 3년 후 지구와 충돌할 가능성이 크다고 미국 나사에서 발표했습니다. 과학자들은 자기장을 이용해 행성의 궤도를 바꾸거나 파괴시킬 방법을 모색하고 있습니다.

― 뉴스 화면2

아나운서2   미국과 러시아의 합작으로 지구를 향해 돌진하는 괴행성을 폭파하려고 했던 프로젝트 '세이브 어스'가 실패로 돌아갔습니다. 이로써 행성과의 충돌은 피할 수 없는 기정사실이 되고 말았습니다.

— 뉴스 화면3

아나운서3 현재로서 지구와 가장 비슷한 환경으로 알려진 화성으로 탈출하기 위한 일명 '노아의 방주' 계획이 수포로 돌아갔습니다. 화성에 도착해서 생존 실험을 하던 과학자 두 명이 산소 부족으로 사망한 사실이 확인되면서 인류는 공룡처럼 멸종의 운명을 맞이할 수밖에 없는…….

— 뉴스 화면4

아나운서4 괴행성의 속도에 가속도가 붙고 있습니다. 과학자들은 지구와 인류의 생존 기간을 30일로 전망하고 있습니다. 전 세계인이 혼란에 빠진 상황 속에서 무정부 상태가 지속되고 있습니다.

#2 광화문 광장 / 낮

대형 전광판에 붉은 글씨로 '지구 종말 D-30'이 떠 있다. 전광판 아래로 몇 안 되는 사람이 무기력하게 걷고 있다. 전광판의 'D-30'이 '3시간'으로 바뀌면서,

TITLE IN.

지구 종말 세 시간 전

#3 인천공항 / 낮

항공사 부스 앞에서 사람들이 다투고 있다.

승객　아니, 비행기가 취소됐다니요?

직원　죄송합니다. 조종사분들이 한꺼번에 퇴직하시는 바람에 인력 부족으로 해당 항공편은 취소되었습니다.

승객1　아니, 그러면 그다음 비행기라도 잡아줘야지! 우리 부모님 모시고 내가 처음으로 해외여행 가는 건데……!

직원　죄송합니다. 그다음 항공편은 만석이라 자리를 잡아드릴 수가 없어요. 환불 조치를 해드리겠…….

승객2　환불은 무슨 환불! 그 돈 어디다 쓰라고! 그 돈 있어서 뭐 해! 당장 죽게 생겼는데!

승객1　나 우리 엄마랑 해외여행 한번 하고 죽고 싶어요. 바닥에라도 앉을 테니까 자리 좀 만들어줘요. 네?

승객2　이게 말이 돼! 이 표를 내가 어떻게 구한 건데! 라면 세 박스에 귤 한 박스까지 주고 간신히 구한 거라고!

때쓰고, 읍소하고, 소리 지르는 사람들. 열 받은 승무원이 눈을 지그시 감고 참다가 사원증 목걸이를 벗는다.

직원 죄송합니다. 저도 남은 시간을 더 이상 이렇게 살 수는 없어요. (데스크에서 나가버린다.)

승객2 어머머!

승객1 (주저앉으며) 아이고 나 못살아!

노모 난 괜찮다……. 집에 가자.

승객1 비행기 타보고 싶다며! 내가 평생 해준 것도 없는데! 그거라도 해주고 싶었는데!

한나는 귀에 꽂혀 있던 이어폰을 뽑아 들고는 그 모습 바라보고 있다. 한나의 뒤로 줄줄이 코치와 다른 선수들이 나온다. 맞춤 트레이닝복을 입은 모습이 딱 봐도 운동선수들이다. 까불까불한 남자 선수가 한나의 어깨에 자연스럽게 손을 올린다.

선수 이야, 아주 개판이네. 우린 그나마 전지훈련이라서 돌아온 거다. 아님 수영해서 올 뻔했어. 안 그러냐?

한나 (슬금슬금 수지 옆으로 가며 선수의 손을 치운다.)

코치 (귀찮은 듯) 자, 다들 해산한다.

수지　코치님은 이제 뭐하실 거예요?

코치　마누라랑 애들이랑 같이 지내려고 했는데…… 마누라는 친정 가겠대. 나랑 같이 산 시간이 아깝다나? 참나…… (한숨 쉬고 선수 보는) 넌 인마, 뭐가 좋다고 계속 쳐 웃냐?

선수　뭐 어차피 죽어도 다 같이 죽는 거니까. 억울하지는 않잖아요.

코치　또라이 새끼. (손 휘저으며) 자, 자! 다들 알아서들 꺼져! 응?

선수　네. 천국에서 봐요 코치님.

코치　(피식) 야, 니가 천국 갈 수 있을 것 같냐?

선수들이 뿔뿔이 흩어지는데 한나는 멍하니 서 있다.

수지　(핸드폰 보고) 어? 엄마 왔다네? 가야겠다. 넌 또 공항버스?

한나　응? 응…….

수지　태워줄까?

한나　너희 집 강남이잖아. 멀어. 괜찮아.

선수　그럼 나랑 갈래? 난 차 세워뒀는데.

수지　어! 전화 왔다! (손 흔들며 뛰어가는) 연락할게!

한나　저도 가볼게요. 들어가세요. (꾸벅)

한나가 자신을 남겨두고 휙 가버리자 선수가 잡으려다가 피식 웃고 만다.

#4 공항버스 데스크 / 낮

당연히 있을 줄 알았던 데스크에 직원이 아무도 없다. 데스크에는 '무인발권기를 사용하세요'라고 매직으로 쓴 A4용지가 대충 붙어 있다. 한나는 불안해하며 바깥으로 나간다.

#5 공항버스 대기실 / 낮

공항 밖 발권기 앞에 멍하게 서 있는 한나. 기계에는 '배차 없음' 글씨가 가득하다. 대기 버스 하나 없는 휑한 공항버스 대기실. 난감해진 한나. 하는 수 없이 집에 전화를 건다.

#6 한나의 집 / 낮

낮이지만 커튼이 쳐져 어두침침한 집에 전화벨 소리가 울린다. 30평이 채 안 돼 보이는 낡은 아파트. 안방에는 십자가와 성경이 눈에 띄고 주방 쓰레기통 옆에는 소주병이 가득 쌓였다. 한철의 방에는 헬멧 등 각종 라이더 용품이 지저분하게 널려 있고, 옷걸이에는 상병 마크가 붙은 군복이 걸렸다. 한나의 방에는 수영대회에서 딴 각종 메달과 상패들이 전시되어 있다. 사진 속에는 열살쯤 되어 보이는 한나가 메달을 목에 걸고 활짝 웃고 있다. 벽에는 유명한 수영선수들의 사진을 컬러 프린터로 뽑은 A4용지가 붙어 있다.

#7 공항버스 대기실 / 낮

한나는 쪼그려 앉아 얼굴을 푹 파묻고 있다. 그런 한나 앞에서 빵빵거리는 자동차 클랙슨 소리. 깜짝 놀라 고개를 드니 진주색 세단이 한나 앞에 서 있다. 뒷좌석 창문이 열리자 수지의 얼굴이 보인다.

수지 버스 하나도 없는 거지?

쪼그려 앉아 있던 한나가 일어난다.

#8 수지의 차 안 / 낮

민망한 얼굴의 한나가 수지 옆에 앉아 있다.

한나 가, 감사합니다.

수지엄마 감사하긴. 요즘 같은 때 버스나 택시가 있겠니?

한나 그러게요. 그 생각을 못 했어요.

수지엄마 어머니 안 오셨어?

한나 네. (애써 아무렇지 않은 듯 웃으며) 바쁘세요.

수지엄마 아무리 바쁘셔도…… 이럴 때일수록 가족이 하나로 뭉쳐서 힘을 내야지. 응?

수지엄마의 말에 한나가 애써 미소를 짓는다. 차창 밖으로 휙휙 지나가는 삭막한 풍경을 바라본다. 때마침 노을이 지고 있다.

#9 교회 안 / 해 질 녘

바글바글 모여 있는 신도들.

목사 하나님 나라가 가까이 왔습니다. 회개하십시오!

한나엄마 아멘! 제발…… 우리 가족 모두 천국에 갈 수 있도록 해
주세요.

한나엄마가 눈물을 흘리면서 간절하게 기도하고 있다. 한나엄마
의 성경에 작은 가족사진이 꽂혀 있다. 한철의 고등학교 졸업식에
서 찍은 사진이다. 여드름이 듬성듬성 보이는 중학생의 한나가 어
색하게 웃고 있다.

#10 교회 앞 / 해 질 녘

교회 앞마당까지 돗자리를 깔고 앉아 기도하는 신도들의 모습이
보인다.

#11 한나의 집 앞 / 밤

오래된 빌라촌 앞에 진주색 세단이 멈춰 선다.

#12 수지의 차 안 / 밤

한나가 막 차에서 내리려고 한다.

한나 (내리면서) 정말 감사합니다.

수지엄마 얘, 잠깐만.

수지엄마, 주섬거리며 조수석에 있는 뭔가를 꺼낸다. 영문 모른 채 문고리를 잡고 멈춰 있는 한나.

수지엄마 (귤 두 개를 건네며) 이거. 가져가. 세상에- 제주도에도 귤이 씨가 말랐다며?

한나 아, 아니에요. 이렇게 귀한 걸…….

수지엄마 괜찮아. 들어가서 가족이랑 나눠 먹어. 응?

한나 (황송한 듯 두 손으로 귤을 받으며) 가, 감사합니다.

수지 (발랄하게 손 흔들며) 연락할게.

한나 응. 고마워.

차에서 내려서도 꾸벅 인사하는 한나. 붕- 소리와 함께 세단은 멀어진다. 손에 쥐어진 귤을 바라보던 한나가 배시시 웃는다.

#13 한나의 집 거실 / 밤

컴컴한 집에 들어오는 한나.

한나 나 왔어.

하지만 아무도 대답이 없다. 시무룩해진 얼굴로 불을 켠다. 가방을 내려놓고 거실 소파에 앉아 TV를 켜지만 아무것도 나오지 않는 화면. 채널을 이것저것 바꿔보지만 아무것도 나오지 않는다. 겨우 하나 나오는 화면은 뉴스 채널이다.

아나운서 지구가 폭발하면서 느낄 고통은 어느 정도일까요?
교수 이게 지구의 약 두 배 크기의 행성이거든요. 일단 충돌지점 근처, 그러니까 남미 쪽이죠. 그쪽은 그냥 녹아버리겠지만 멀리 사는 사람들은 암석 증기 때문에 뜨겁게 질식사할 겁니다. 또는 순식간에 몸이 불에 타면서 약간 고통스럽게 죽겠죠. 우리나라 같은 경우에는 위치상 질식사할 가능성이 크고요. 하지만……

TV를 틱- 꺼버리는 한나. 주방에서 먹을 게 없나 뒤져본다. 전시 상황처럼 찬장 안에는 라면과 햇반, 통조림이 가득하다. 냉장고를 열어도 변변한 음식이 없다. 냉장고에 치킨 전단지가 붙어 있다.

한나   그래도…… 혹시 모르니까.

그 순간 통화대기음이 끝나고 전화를 받는 소리가 들린다.

한나   (반색) 어? 여보세요?!
안내 멘트   그동안 저희 둘둘치킨을 사랑해주신 고객님. 정말 감
사합니다. 고객님 모두 천당에 가시길 진심으로 바라며…….
한나   에이…….

전화를 끊는 한나. 귤을 까먹으려다가 멈칫한다. 침을 삼키고는
냉장고 안에 귤을 소중하게 넣고 후드티를 대충 걸쳐 입고는 밖으
로 나간다.

#14 동네 거리 / 밤

한나가 밤거리를 걷고 있다. 동네 편의점과 분식점 문이 모두 닫
혀 있다. 그러다가 불 켜진 슈퍼마켓 하나를 발견하고 반색하며
빠른 걸음으로 다가간다.

#15 슈퍼마켓 / 밤

카운터에는 사람이 없고 식료품들도 바닥에 여기저기 떨어져 있
다. 마치 강도가 왔다 간 듯 물건도 거의 없다. 기웃거리던 한나가
인기척이 느껴 돌아보니 부랑자가 바닥에 쭈그려 앉아 손으로 통
조림 번데기를 먹고 있다. 한 손에는 카운터에서 훔친 듯 보이는
돈뭉치를 꽉 쥐고 있다. 흠칫 놀라 뒷걸음치다가 도망치듯 뛰쳐나
온다.

#16 한나의 집 거실 / 밤

집에 돌아온 한나는 TV 소리에 가족이 와 있다는 것을 알고 반색
하는 것도 잠시 라이더 복장으로 TV 앞에서 귤을 까먹고 있는 한
철을 발견한다. 이미 두 개의 귤이 모두 까져 껍질만 남겨진 상태
다. 마지막 한 조각을 입에 넣고 우물거리는 한철의 모습에 눈이
뒤집히는 한나.

한나 그, 그거. 냉장고 있던 거지? 그걸 다 먹었어? 어??
한철 (무심하게) 있길래 먹었지.
한나 그걸 다 먹으면 어떡해!!! 이따 엄마 아빠랑 다 같이 먹으려

고 아껴놓은 건데!!!

한철 아, 있길래 먹었다니까! (눈 부라리며) 뭐 어쩌라고?

한나 (팔짝팔짝 뛰며) 아 진짜! 진짜 짜증 나!!!

한나가 꽥 소리치고 방으로 들어가며 문을 쾅 닫는다.

#17 한나의 방 / 밤

한나가 침대에 엎어져 온몸이 들썩일 정도로 서럽게 운다.

#18 한나의 집 거실 / 밤

한나가 우는 소리를 듣고 있는 한철. 미안하기도 하고 짜증도 난다. 귤껍질을 쓰레기통에 쑤셔 넣고는 오토바이 키와 헬멧을 챙겨 들고 집에서 나간다.

#19 거리 / 밤

밤거리를 질주하는 한철.

#20 한나의 집 거실 / 밤

부엌에서 뭔가를 요리하는 엄마를 뒤에서 끌어안고 있는 한나. 아빠는 TV 앞에서 뉴스를 보며 강소주를 마시고 있다.

한나 (어린아이처럼) 그래서 내가 그 귤 냉장고에 넣어놨는데 오빠가 다 먹어버렸어…….

한나엄마 으이구. 걔는 밥이라도 먹고 나가지…… 요즘 얼굴 보기가 힘들어. (끓는 물에 라면을 넣는다.)

한나 (시무룩) 라면이네…….

한나엄마 투정 부리는 거야? 이것도 없어서 못 먹어.

한나 알아…….

한나엄마 너는 근데 오면 온다고 얘길 했어야지. 응? 제주도 비행기 없다고 해서 엄마가 얼마나 걱정한 줄 알아?

한나아빠 (취해서 벌게진 얼굴) 공항버스는 있었어?

한나 (잠시 생각하다가) 응. 잘 타고 왔어.

한나엄마 이제 너도 집에 왔으니까 엄마랑 같이 교회 나가자.

한나 (내키지 않는 듯) 교회……?

한나엄마 지금 이런 와중에 할 수 있는 게 기도 말고 뭐 있어? 응?

한나아빠 거, 애 싫다는데 강요하지 마.

한나엄마　당신도 같이 가요. 술이나 퍼마시지 말고. 그 TV도 그만 좀 봐. 봐서 뭐해? 맨날 똑같은 얘기.

한나아빠　하고 싶은 거 좀 하고 살자…… 남은 날도 얼마 되지않는데 내 마음대로 TV도 못 봐? 어?

한나엄마　얼마 남지도 않았으니까 더욱더…….

한나아빠　이게 진짜! 시끄러워!!!

갑자기 버럭 하는 한나아빠의 모습에 깜짝 놀라는 한나와 한나엄마.

한나아빠　시끄럽다고! 듣기 싫다고!! 내가 평생 하기 싫은 거 하며 먹여 살렸는데! 죽을 날 받아놓고도 니 잔소리 들으며 하고 싶은 거 참고 살아야겠냐? 어?!

한나엄마　당신만 일했어? 당신만 일했냐고? 나도 뼈 빠지게 일했어!

한나아빠, 박차고 일어나 나가려고 하자,

한나엄마　(당황하면서도 소리 지르며) 밥 안 먹어?!

한나아빠, 대답 대신 쾅! 현관문 닫고 나간다. 멍한 얼굴로 서 있는 한나와 한나엄마. 그사이 퉁퉁 불어버린 라면.

#21 동네 거리 / 밤

한나가 핸드폰을 보며 걷고 있다. 광고나 기사를 올리는 사람도 없고 관리도 되지 않아 인터넷 화면은 엑박으로 가득하다. 인터넷 카페에 들어가면 '현재까지 영업 중인 음식점 리스트', '서울 햇반 구할 수 있는 곳', '라면 무료로 나눔 합니다' 같은 글들이 적혀 있다. 영업 중인 음식점 리스트를 클릭하는 한나. 근처 음식점을 찾아보니 가장 가까운 곳으로 '대박 삼겹살'이 나온다.

#22 대박 삼겹살 / 밤

한나가 삼겹살집 문을 열고 기웃거린다. 대여섯 개의 테이블이 있는 작은 식당이다. 몇몇 사람이 테이블에 앉아 뭔가를 먹고 있다. 구석에 혼자 앉아 있는 한나아빠의 모습이 보인다.

주인   어서 오세요.

주인의 목소리에 출입문을 바라보던 한나아빠가 한나를 발견한다. 어색하게 웃는 한나. 잠시 후, 고기 불판 위 냄비에서 끓고 있는 라면. 한나에게 소주를 따라준다.

한나 (깜짝) 나? 나 마시라고?

한나아빠 어차피 처음 먹는 거 아닐 거 아냐?

한나 (뜨끔)

한나아빠 아빠가 주는 건 괜찮은 거야.

한나 (결심한 듯 눈 질끈 감고 단번에 마신다.)

한나아빠 (피식) 잘 먹네. 나 닮아서.

한나 (물 벌컥벌컥 마시며) 근데 삼겹살집인데 왜 삼겹살은 안 팔아?

한나아빠 (피식) 삼겹살이 아직 남아 있겠냐? 그냥 이렇게 나와서 먹는 게 맛인 거지. 집구석 짜증 날 때 외식하는 기분으로.

한나아빠, 라면을 가득 집어 앞 접시에 담고는 후루룩 후루룩 먹기 시작한다. 라면이 영 먹기 싫은 듯하지만 한나도 아빠 따라 후루룩 먹는다. 가게 안 TV 뉴스.

기자(E) 전 세계 인류의 죽음이 기정사실화된 상황에서 고통 없

이 죽고자 하는 사람들의 안락사가 급증하고 있습니다. 안락사가
합법인 나라는 극소수에 불과하지만 거의 무정부상 태에 가까운
현 상황에서 전혀 통제되고 있지 않아…….

화면에는 안락사로 죽은 여러 사람의 시신이 모자이크 처리되어
나오고 있다.

한나아빠 좋겠네. 편하게 죽어서.
한나 (놀라서 아빠를 바라본다.)
한나아빠 근데 뭐…… 저런 약을 아무나 구할 수 있겠냐? 죽을 때
에도 있는 놈들이 편하게 죽는 거지. (피식)

한나아빠, 공허한 눈으로 직접 소주를 따라 마시려고 하는데 한나
가 얼른 소주병 빼앗아 대신 술을 따른다. 아빠가 그런 한나를 기
특하게 바라본다.

한나아빠 이런 건 어디서 배웠어?
한나 그냥…… TV에서 봤어.

한나가 쑥스러운 듯 웃는다.

#23 광화문 광장 / 낮

광화문 광장 한복판에서는 '괴행성아 썩 물러가라!'라는 붉은 현수막 앞에서 굿을 하고 있는 무당들과 수많은 신도, 행인들이 구경하고 있다. 대형 전광판에 떠 있는 붉은 글씨 '지구 종말 D-20'.

#24 동네 거리 / 낮

한나가 무료하게 거리를 걷고 있다. 현금인출기는 활짝 열려 돈이 훤히 보이지만 아무도 그 돈을 거들떠보지 않는다. 바람에 휙 날아가는 5만 원짜리 몇 장. 한나가 길 건너 '한숲스포츠센터' 간판을 바라본다.

한나 (중얼중얼) 열었으려나……?

#25 수영장 샤워실

바닥이 바싹 마른 텅 빈 샤워실. 그냥 신발을 신은 채 통과하려다가 영 마음에 걸리는지 신발을 벗어 손가락에 걸고 들어간다.

#26 수영장

두어 명의 노인들이 재활운동을 하듯 물속에서 걷고 있다. 안전요원도, 강사도 없고 불도 절반만 들어와 있는 낡은 수영장이다.

한나 그래도 문을 열어놨으면 안전요원은 있어야 하는 거 아닌가……?
김할배(E) 내가 안전요원인데.

한나, 놀라서 돌아보면 김할배가 평상복을 입고 서 있다.

김할배 관리인 겸 안전요원.
한나 (당황) 아…… 죄송해요. 아무도 없는 줄 알고…….
김할배 (안경을 올려 쓰며) 오랜만에 왔구나.
한나 (놀라는) 저 아세요?
김할배 그럼. 이 동네에서 수영 제일 잘하는 애가 넌데. 꼬맹이일 때부터 여기 수영장 다녔잖아.
한나 (웃는) 우와. 진짜 저 아시는구나…….
김할배 출세해서 더 넓은 물에 갔구나 했지.
한나 네! 세계수영선수권대회 준비 중이었거든요. 제주도 전지훈련 갔다가…… 이렇게 되는 바람에 그냥 돌아왔어요.

자기도 모르게 신나서 자랑하는 투로 말하고는 쑥스러운 듯 고개 숙이는 한나. 그런 한나를 김할배가 사랑스럽게 바라본다.

김할배　그랬구나. 수영하고 싶으면 언제든 와라. 이래 봬도 물을 새로 간 지 얼마 안 됐어. 아, 혹시 내가 없을 수도 있으니까…….

김할배, 주머니에서 열쇠 뭉치를 꺼내더니 보조 키 하나를 빼서 한나에게 건넨다.

한나　아니, 저…… 괜찮은데…….
김할배　받아라. 언제 수영하고 싶을지 모르니까. 대신 문은 꼭 잠그고 가야 해. 불도 끄고.

한나가 부담스러워하며 어쩔 수 없이 열쇠를 받는다.

한나　네…… 고맙습니다…….

대답은 했지만 한나는 수영장의 우울한 분위기가 영 내키지 않는다. 꾸벅 인사하고 나간다. 그런 한나의 뒷모습을 보던 김할배는 바닥 물을 밀대로 수챗구멍에 쓸어 넣는다.

#27 한나의 방 / 밤

불을 환하게 켜놓고 만화책 《러프》를 보다가 잠든 한나. 방 안에서는 오래된 선풍기가 회전하다가 30분 타이머가 끝나자 탁 소리를 내며 자동으로 멈춘다. 땀에 젖은 목을 긁적이는데 핸드폰이 울린다.

한나 (눈 감은 채) 여…… 여보세요?

수지(E) 너 목소리 왜 그래? 자?

한나 어? (눈 뜨고 벽시계 보면 10시다.) 어…… 깜빡…….

수지(E) 뭐 그러고 있냐? 나와.

한나 지금……? 어딜……?

수지(E) 여기 장난 아니야. 너 오면 깜짝 놀랄걸? 아 참! 수영복 꼭 챙겨와! 비키니로.

한나 거기가 어딘데…… 나 못 가. 차도 없고…… 아빠도 지금 운전 못 하시고…….

수지(E) 선수 오빠가 너 픽업해온대. 곧 도착할걸?

한나 (놀라서 몸 일으켜 세우며) 뭐……? 여기…… 우리 집으로?

#28 욕실

한나는 어푸어푸- 세수를 하고 서랍 속 수영복과 수영모를 챙긴다.

#29 한나의 집 거실 / 밤

널브러져 코 골며 자고 있는 한나아빠. 거실 탁자 위에 빈 소주병이 둘 있다. 외출 준비를 하고 방에서 나온 한나가 수영복, 수영모, 수경이 들어 있는 비닐 수영가방을 들고 살금살금 현관문을 열고 밖으로 나간다.

#30 한나의 집 앞 / 밤

한나가 밖으로 나와 두리번거리자, 그런 한나를 향해 빵빵거리는 소리와 함께 헤드라이트가 켜진다. 한나가 눈이 부셔서 고개를 돌린다.

선수 (차에서 내리며) 와, 너 여기 살았구나?

한나 근데 어디 가는 거예요?

선수 (두리번거리며) 야…… 너 수영시키느라 부모님 등골 좀 휘었겠다. 그지?

한나 (불쾌한) 네?

선수 (어깨 툭 치며) 뭐 어때. 금수저든 흙수저든 곧 다 같이 죽게 생겼는데 뭐. 공평하게. (피식) 타.

찝찝한 얼굴로 한나가 뒷좌석 문을 연다.

#31 선수의 차 안 / 밤

운전석에 탄 선수가 뒷자리에 타려고 하는 한나를 보고 황당해한다.

선수 야. 내가 니 운전기사냐? 옆에 타야지.

한나, 내키지 않지만 말없이 조수석에 앉는다. 선수가 피식 웃는다.

#32 도로 / 밤

빠르게 달리는 선수의 차.

#33 선수의 차 안 / 밤

창밖을 보며 왠지 불안한 한나.

한나 근데 어디 가는 건데요?

선수 가보면 안다니까 그러네. 일단 수영하는 애들 다 있고, 내 친구들 몇 명이랑 수지 친구들 몇 명이랑…… 하여튼 북적북적해. 재밌을 거야.

한나 엄마 집에 오기 전에 들어가야 되는데…….

선수 (어이없는) 뭐어? 푸하. 야. 너 오늘 집에 못가-

한나 네???

선수 파티라니까 파티? 밤새 놀 거라고.

한나 아닌데…… 수지가 수영복 가져오랬어요. 수영한다고…….

선수 넌 아직도 수영이냐? 지겹지도 않아?

한나 …….

선수 수지 이겨보고 싶지? 그래서 그러지?

한나 네? 아니에요. 그런 거…….

선수 그런 경쟁도 이젠 다 끝난 거야. 좋게 생각하자구.

한나 여튼 저 오늘 집에 들어가야 돼요. 엄마 아빠 걱정하시는데…… 있다가 바래다줄 거죠?

선수 (피식) 너 하는 거 봐서.

한나 (황당) 네??

그때 갑자기 급정거하는 자동차. 크게 휘청이는 두 사람.

한나 악!

선수 아, 개새끼! 저거!

선수의 차 양 옆으로 엄청난 굉음을 내며 빠른 속도로 지나가는 폭주 오토바이들.

선수 (창문 내리고) 야, 이 미친새끼들아! 죽고 싶냐!? (흥분해서 헉헉거리다가 그제야 한나를 본다) 야. 괜찮냐?

한나 네…….

선수 인생 막판이라고 막사는 새끼들…… 아오, 죽을 뻔했네…….

한나는 걱정스러운 얼굴로 멀어지는 오토바이들을 바라본다.

#34 한남대교

한남대교에서 질주하고 있는 또 다른 오토바이들. 그중 한철의
모습도 있다. 친구들과 함께 인디언처럼 괴상한 소리를 지르며
미친 듯이 속력을 내고 있다. 한철의 오토바이 열쇠에 가족사진
열쇠고리가 달려 있다. 한나엄마의 성경에 꽂혀 있던 것과 같은
사진이다.

#35 워커힐 옥상 수영장 파티장 / 밤

수영장 파티장에서 모여 있는 수많은 10대 후반에서 20대 초반의
남녀. 다들 비키니 수영복에 가운을 걸치거나, 핫팬츠에 탑을 입
는 등 과감하고 야한 의상에 짙은 화장을 하고 있다. 귀를 찢을 듯
쿵쾅거리는 음악과 현란한 조명까지. 스프레이로 벽에 그래피티
를 그리며 노는 아이들도 있다. 호텔에서 꽤 큰 돈을 주고 구입했
을 그림에도 낙서를 하며 낄낄거리는 남녀들.
한나는 이런 광경이 낯설어 놀란 눈으로 두리번거리고 있다. 운동
화에 긴 청바지, 반팔티를 입은 자신의 모습이 이질적으로 느껴져
부끄럽다. 그런 한나를 수지가 먼저 발견한다.

수지 와! 생각보다 빨리 왔네!?

못 알아볼 정도로 짙은 화장을 한 수지가 한나를 반긴다. 비키니 수영복에 가운만 걸치고 있는 모습에 한나는 깜짝 놀란다.

한나 야…… 이게 다 뭐야. 뭐하는 건데.
수지 뭐긴 뭐야. 우리 인생의 쫑파티지! (한나가 들고 온 수영가방을 본) 야! 너 수영복 가져오랬더니 이거 가져왔어? 내가 못살아 진짜! 푸하! 아– 진짜 최한나! 푸하하!

오버해서 웃고 있는 수지를 한나는 낯선 눈으로만 바라본다.

한나 난…… 이런 건 줄 몰랐지…….
수지 (웃음기 남은 얼굴로 찬찬히 한나를 살펴보다가) 일루와! 화장이라도 해줄게. 그럼 좀 나을 거야.
한나 뭐? 야아– 됐어.

수지가 막무가내로 한나를 끌고 간다.

#36 파우더룸

음악 소리가 조금 작게 들리는 파우더룸. 마주 보고 앉아 화장 떡
칠한 수지의 얼굴을 보는 한나. 수지가 전문가처럼 화장을 시작한
다. 한나는 포기한 듯 얼굴을 맡기고 앉아 있다.

수지   죽도록 수영만 한 시간이 아깝다. 너는? 너두지?
한나   아니. 수영한 시간은 안 아까운데 (잠시 생각) 수영하는데
쓴 돈은 좀 아까워…….
수지   아- 이렇게 될 줄 알았으면 수영 안 하고 실컷 노는 건데.
한나   (이해 안 가는) 왜? 1분 59초대는 너밖에 없는데.
수지   이제 와서 그딴 게 다 무슨 소용이야? (한나의 얼굴 보며)
다 됐다! 어때? 봐봐.

한나, 걱정스러운 얼굴로 거울을 본다. 하지만 생각보다 마음에
드는 듯하다. 다른 사람이 된 듯, 신기한 듯 거울을 바라본다.

#37 워커힐 옥상 수영장 파티장 / 밤

한나는 수지와 함께 다시 파티장에 들어선다.

수지 이제 알아서 각자 놀자.

한나 (당황) 어, 어?

수지 나 오늘 미친 듯이 놀아야 되거든!

수지, 갑자기 가운을 벗고 수영장에 풍덩 뛰어들어 보트에 담긴 병맥주를 마신다. 그런 수지 주변에 남자들이 벌떼처럼 몰려들고, 음악 소리는 더욱 커진다. 뻘쭘하게 서 있던 한나가 수영가방을 끌어안고 소파에 앉는다. 그런 한나를 멀리서 지켜보다가 옆에 다가와 앉는 선수.

선수 이열- 화장했네?

한나 (어색) 네? 그게…… 수지가…….

선수 오늘 집에 가야 하니 어쩌니 하더니 다 내숭이었네.

선수가 한나를 느끼하게 바라본다. 선수의 시선을 눈치채지 못하고 테이블 위 맥주와 과자, 땅콩 같은 마른안주를 바라본다.

한나 (아쉬워하며) 귤은 없네…….

#38 도로가 / 밤

도로가에 모여 있는 한철과 친구들. 한철이 쓰고 있던 헬멧을 벗자 아직 많이 자라지 않은 짧은 머리가 드러난다.

친구1 (한철의 머리 쓰다듬으며) 아- 개 불쌍한 새끼. 1학기 마치고 바로 군대 가더니 상병 꺾이자마자 조기 전역했어. 크흐하하!
한철 (친구의 손 치우며) 아, 하지 마.
친구2 넌 진짜 개고생만 하다가 죽네. 우린 즐기기라도 했지.
한철 자꾸 긁을래?
친구1 이제 이 짓도 그만해야지. 엄마가 길에서 죽을 거냐고 난리 쳐. (주머니에서 귤 하나 꺼내는) 니들이랑 이거 나눠 먹고 마지막 인사하고 헤어지란다.
한철 (귤 보고 하나를 떠올린다.) 그거 하나를 뭘 나누냐? 그냥 몰아주기 어때? 한강전망대까지. (헬멧을 쓴다.)
친구2 오, 내기 좋지. 콜. (헬멧을 쓴다.)
친구1 하여튼 마지막까지……. (웃으며 헬멧을 쓴다.)

부릉거리며 시동을 거는 한철과 친구들. 동시에 굉음을 내며 출발한다.

#39 워커힐 옥상 수영장 파티장 / 밤

춤추고 비비대며 놀고 있는 젊은 남녀. 그중에는 수지도 있다. 한나는 과자를 먹다 토끼 눈으로 눈알을 굴리면서 그 풍경을 지켜본다. 더는 안 되겠다는 생각이 든 한나. 수영가방을 들고 선수에게 다가간다.

한나 저기…… 오빠. 나 집에 바래다줄 수 있어요?

선수 뭐? 야, 너 온 지 30분도 안 됐어.

한나 (시계 보고) 가봐야 돼요. 네?

선수 (얼굴 바짝 들이대며) 데려다주면? 뭐 해줄 건데?

한나 (물러서며) 네?

갑자기 달려들어 입을 맞추는 선수. 한나 깜짝 놀라서 선수를 밀쳐낸다.

한나 (저항하며) 아, 뭐예요!

선수, 전혀 아랑곳하지 않고 한나를 벽에 몰아세운다.

선수   너 한 번도 안 해봤잖아. 그지? 어떤 건지는 알고 죽어야 지…… 응?

선수가 한나의 티셔츠 안에 손을 집어넣으며 목에 키스한다.

한나   아악!!!

한나, 발차기도 하고 손도 뿌리치려 애쓰지만 역부족이다. 아무리 소리쳐도 음악에 묻히고, 사람들은 도와주기는커녕 웃으며 지나 간다. 한나의 목에서 입술로 넘어오는 선수. 결심한 듯 선수의 입 술을 깨무는 한나.

선수   으악!!!

물러난 선수의 입에서 피가 뚝뚝 떨어진다.

선수   (피 보고 질색하는) 으으……이게 진짜!!!

한나가 놀라서 뒷걸음질하다가 선수 옆 바닥에 떨어진 수영가방 을 발견한다. 잠시 망설이다가 수영가방을 얼른 들고 도망친다.

#40 파티장 밖 복도 / 밤

허겁지겁 도망쳐 나오는 한나. 떨리는 손으로 엘리베이터 버튼을
누른다. 마침 바로 열리는 문.

#41 엘리베이터 안 / 밤

로비 버튼을 누르는데 입가의 피를 닦으며 뛰어오는 선수의 모습
이 보인다.

선수 이게 진짜…… 별 거지 같은 게…….

한나가 미친 듯이 닫힘 버튼을 누르자 아슬아슬하게 문이 닫힌다.
길게 숨을 내쉬며 주저앉는다. 엘리베이터 내부도 스프레이로
지저분하게 낙서가 되어 있다. 깨진 거울에 비친 화장 떡칠에 립
스틱이 번진 자신의 모습이 추하다. 떨리는 손으로 립스틱을 닦
아낸다.

#42 번화가 / 밤

다양한 연령대의 남녀가 하나같이 술에 취해 서로 끌어안고 있는 밤거리. 한나가 주변을 경계하며 터덜터덜 걷는다.

한나　집에 어떻게 가…….

울상이 된 얼굴로 중얼거리는 한나. 곧 울음이 터질 것 같은 얼굴이다. 꾹 참으며 어딘가로 전화를 건다.

#43 원효대교 / 밤

질주하고 있는 오토바이들. 엎치락뒤치락 순위가 바뀌고 결국 1등으로 달리고 있는 한철. 뒤따라오는 친구들을 슬쩍 돌아보고 웃는데 그런 한철을 향해 자동차 한 대가 달려오자 한철은 얼른 방향을 튼다. 한철의 오토바이가 끼이익 굉음을 내며 넘어질 뻔한 아찔한 순간, 그사이 한철을 추월하는 친구들. 한철도 다시 얼른 속력을 낸다. 한철의 주머니 속 핸드폰이 반짝인다. 한나의 전화지만 알 턱이 없다.

#44 번화가 / 밤

한철이 전화를 받지 않자 한나는 그럴 줄 알았다는 듯 핸드폰을 내린다.

한나 그럼 그렇지. 받을 리가 없지…….

한나가 한적하고 어두운 아스팔트 도로를 황망히 바라본다.

한나 수영해서 가고 싶다…….

한나는 걸어가기로 결심한 듯 도로 이정표를 보며 터벅터벅 걷는다. 그때 거짓말처럼 그런 한나의 옆에 초록버스 한 대가 선다.

버스기사 어디로 가세요?
한나, 이게 꿈인가 생시인가 하는 얼굴로 버스기사를 올려다본다. 버스에 적힌 노선 지역을 훑어보면 종로, 광화문, 상암 같은 지역이 적혀 있다.

한나 (자신 없는) 저…… 안양이요…….

그러자 거짓말처럼 끼익하며 버스 앞문이 열린다.

#45 버스 안 / 밤

버스에 타면서 습관적으로 버스카드를 찍으려 하지만 기계는 전원이 꺼져 있다.

버스기사 무료입니다. 그냥 앉으세요.
한나 (꾸벅 인사) 가, 감사합니다…….

한나가 앉으려고 돌아보니 다양한 연령대의 승객들이 듬성듬성 조용히 앉아 있다. 창가 옆 1인석에 가 앉는다. 버스기사는 계기판의 남은 기름을 눈으로 체크한다.

버스기사 지금 승차한 손님께서 안양에 간다고 하니까 저기 양재동, 사당 갔다가 인덕원 그리고 안양 들러 수원으로 가겠습니다.

각 지역에 해당되는 승객이 작게 '네'라고 대답한다. 한나는 처음 보는 낯선 풍경에 어리둥절하다. 라디오 소리가 흘러나오고 있다.

DJ(E) 오늘은 8월 10일 일요일입니다. 평소 같으면 일요일 저녁
에는 다음 날 출근할 생각에 우울하곤 했는데요. 요즘은 그럴 필
요가 없네요. 월요병으로 힘들던 평범한 일상이 그리워지네요,라
고 광명에 사시는 허유리 씨가 보내주셨습니다.

DJ의 말에 한나의 앞자리에 앉아 있던 30대 초반 여자의 어깨가
들썩거린다. 울음소리를 내지 않으려고 애쓰는 모습이다. 그러자
우는 여자의 옆자리에 앉아 있던 아저씨도 눈시울이 붉어진다.

DJ(E) 오늘로서 20일 남았죠? 정확히는 20일 29분이 남았네요.
참 소중한 하루하루입니다. 그럼 허유리 씨가 신청해주신 곡 들려
드릴게요. 올여름 피서도 제대로 즐기지 못한 우리 모두를 위해
신청한다고 해주셨어요. 여름이면 항상 듣는 노래였죠? 듀스의
〈여름 안에서〉.
DJ의 멘트가 끝나자 노래가 흘러나온다. 밝고 경쾌한 멜로디에
기분 좋은 가사지만 앞자리 여자의 울음은 더욱 심해진다. 그러자
결국 아저씨도 눈물을 흘리고, 그 모습을 본 다른 아줌마도 눈물
을 훔친다. 순식간에 눈물바다가 된 버스. 한나만 멀뚱멀뚱한 얼
굴로 심란한 듯 창밖을 바라본다.

#46 도롯가 / 밤

친구에게 귤을 받은 한철. 한철의 표정이 아이처럼 밝아진다. 얼른 주머니에 귤을 넣는다.

친구2 이제…… 우리 못 보는 건가?

친구2의 말에 잠시 정적이 흐른다.

한철 뭘 못 봐. 심심하면 또 보는 거지 뭐.
친구1 (피식) 그래.
친구2 그래도…… (잠시 생각하다가) 악수 한번 하자.
친구1 아, 뭐야. 미친놈. 개오글거려.

웃으며 친구2을 놀리는 한철과 친구1. 하지만 이내 어색하게 악수를 하고 그러다가 곧 서로를 꼭 끌어안고 토닥인다.

한철 야, 야…… 귤 터져.

친구를 밀어내고 한철이 피식 웃는다.

#47 동네 거리 / 밤

한나의 집이 보이는 동네 거리에서 버스가 멈춘다. 한나가 버스에
서 내리며 버스기사를 향해 재차 인사한다.

한나 정말…… 정말 감사합니다……!
버스기사 기름이 없어서 운영은 오늘까지입니다. 죄송합니다.
한나 아…… 네…….

한나는 문이 닫히고 멀어지는 버스를 끝까지 바라보다 길게 심호
흡을 하고 애써 기운을 내서 집을 향해 걷는다.

#48 도로 / 밤

한철이 혼자 오토바이를 타고 달린다. 앞으로 터널이 보이는데 그
때 어디선가 고라니 한 마리가 튀어나온다. 고라니를 피하려고 핸
들을 꺾은 한철. 어두운 터널 속 옆 차선에서 갑자기 튀어나온 차
에 충돌한다. 공중에 붕 떠서 나가떨어지는 오토바이와 한철. 잠
시 멈춰 서 있던 차는 이내 그대로 출발해버린다. 엎어진 한철의
머리에서 피가 흐른다. 바닥에 떨어져 뭉개진 귤 하나.

#49 한나의 집 / 밤

한나가 불 꺼진 집으로 들어온다.

한나엄마 (안방 문 열고) 한철이니?

한나 아, 아니…… 나야…….

한나엄마 너 이 시간까지 뭐 하다 들어와! 어? 지금 몇 시야? 어?

한나 수, 수지랑 좀 놀았어.

화장한 얼굴을 들킬까 봐 얼른 욕실에 들어간다.

#50 한나의 집 안방 / 밤

문 닫고 다시 눕는 한나엄마.

한나엄마 으이구…… 하여간…… 자식이라고 있는 게…… (시계를 보고) 얘는 왜 또 이렇게 늦어.

한나아빠 (눈 감은 채) 한두 번 늦어? 잠이나 자.

한나엄마 이제 걔도 가족이랑 시간을 좀 보내야지. 가뜩이나 군대 가 있느라 오랫동안 못 봤는데.

한나아빠 그러니까 하고 싶은 게 더 많겠지. 좀 내버려 둬.

눈 뜨고 천장의 동그란 전등을 바라보는 한나엄마. 통 잠이 오지 않는 얼굴이다.

#51 도로 / 새벽

여전히 그대로 누워 있는 한철. 바닥에 흥건한 피는 어느새 굳어 있다. 그런 한철 옆을 지나가던 자동차. 갓길에 차를 세우고 차에서 내리는 젊은 여자. 차마 한철의 모습을 가까이에서 보지 못하고 멀리서 바라본다. 떨리는 손으로 핸드폰을 꺼내 119에 전화를 건다.

여자 여, 여보세요? 거기 119죠? 여기…… 사람이…… 오토바이 탄 사람이…… 아무래도 죽은 것 같긴 한데…… 무서워서 확인을 못 하겠어요. 여기 (두리번거리다가) 안양터널 앞이요. 네? 한 시간이요? 근데 이대로 두면 터널에서 나온 차에 이중, 삼중으로 치일 것 같은데…… 이미 그렇게 치였을 수도 있고요…… 모, 모르겠어요. 가까이 못 가겠어요…… 빨리 좀 와주세요. 네?

전화를 끊은 여자. 한철을 길가로 옮겨야 하나 갈등한다. 하지만 아무래도 무섭다. 그때 갑자기 울리는 전화벨 소리. 화들짝 놀라는 여자. 한철의 재킷 주머니에서 울리는 벨 소리다. 망설이던 여자, 결심한 듯 조심조심 다가가 핸드폰을 향해 손을 뻗는다.

여자 (눈 질끈) 으…… 으윽!!!

여자가 낚아채듯 핸드폰을 꺼내 헉헉거리며 숨을 고른 뒤 핸드폰을 보면, 발신자는 한나엄마의 사진과 함께 '어마마마'라고 떠 있다.

#52 종합병원 응급실 / 낮

허겁지겁 정신없이 뛰어오는 한나와 한나엄마, 아빠.

한나엄마 (지나가는 의사 붙잡고) 하, 한철이…… 우, 우리 아들……!

의사가 착잡한 표정으로 한철이 누워 있는 침대로 향한다. 이미 흰 천으로 얼굴까지 덮여 있다.

의사　헬멧 덕분에 즉사는 아니었겠지만 도로에 너무 오래 방치 됐고…… 그러느라 차에 몇 번 더 치였던 것으로 추측이 됩니다.

의사의 말에 하늘이 무너지는 한나엄마. 그대로 주저앉아 숨도 제 대로 쉬지 못하고 억억거린다. 한나 역시 멍한 표정으로 서 있는 다. 한나아빠는 차마 침대를 바라보지도 못하고 고개를 숙인다.

한나엄마　안 돼! 안돼에!!! 안 된다 안 돼! 내 새끼!!! 내 새끼…….

한나엄마는 가슴을 치며 통곡한다. 그런 엄마를 말리며 괴롭게 눈 물 흘리는 한나.

한나　엄마…… 엄마아…….

한나아빠는 말없이 아랫입술을 깨물며 운다. 한나아빠의 눈물이 하얀 천 위로 뚝뚝 떨어진다.

#53 영안실

한철의 시신이 영안실로 들어간다.

#54 영안실 앞

너무 울어서 얼굴이 퉁퉁 부은 한나와 한나엄마, 그나마 정신을
좀 차리고 있는 한나아빠에게 병원 관계자가 다가온다.

관계자 어떻게 장례는…… 치르실 건가요?
한나아빠 네…… 치러야죠. 그럼…….
관계자 준비는 해드릴 수 있지만…… 아시다시피 지금 인력도
많이 부족하고 해서…….
한나아빠 네. 압니다. 간소하게 하겠습니다.
관계자 네. 그럼 일단 상복부터 입으시고요.

관계자를 따라가는 한나아빠. 한나엄마를 부축하며 걷는 한나.

#55 장례식장

한나와 한나아빠, 한나엄마 나란히 상복을 입고 앉아 있다. 한나
엄마는 한철의 영정사진을 보고 또 가슴을 치며 꺽꺽 운다. 이제
는 울 기운도 없어 넋이 나간 채 앉아 있는 한나. 한나아빠는 찾아
오는 이 없는 적막함이 미안한 듯 향 하나를 피워 꽂는다.

작은아빠 형님.

작은아빠의 등장에 희미하게 미소 짓는 한나아빠.

한나아빠 왔어……?

한나가 힘겹게 일어나 꾸벅 인사한다. 한나엄마가 덩달아 일어
난다.

작은아빠 이것 참…… 뭐라 드릴 말씀이 없습니다.
한나아빠 일단 절부터 해라. 향도 피우고…….
작은아빠 근데 참. 형님도 참…… 이런 난리 통에 장례는 무슨 장
례예요.

놀란 눈으로 작은아빠 바라보는 한나.

작은아빠 어차피 우리 곧 다 죽을 건데. 며칠 먼저 죽는다고 슬플
것도 없잖아요. 안 그래요?
한나아빠 (가만히 바라보다가) 너 술 마셨냐?
작은아빠 (피식) 참나, 뭘 새삼스럽게…… 아니 그럼 이 난리 통

에 술이라도 안 먹으면 버틸 수 있나? 네. 마셨습니다. 형님도 맨날 술독 빠져 사시면서.

한나아빠 (말 끊으며 단호하게) 절해라.

작은아빠 아니…… 절이야 하면 하는데…… 이거 이런다고 문상객 안 와요. 형님만 고생합니다. 형수님도 고생이고요.

한나아빠 (화를 억누르며)

작은아빠 며칠 후에 죽으나 지금 죽으나 어차피 똑같은 거 아니에요. 네?

그 순간, 작은아빠의 멱살을 잡는 한나아빠.

한나아빠 그게 어떻게 똑같아…… 응?

작은아빠 (피식) 여어, 이거 놓으슈. 네?

한나아빠 (눈물 맺히는) 그게 어떻게 똑같아! 어떻게 똑같아!!!

작은아빠 어차피 형님도 곧 죽어요! 곧 천국에서 다 같이 만날 거다 이겁니다! 슬퍼할 게 없다! 이거예요!

한나아빠 (이 악물고) 내가 죽어서 다시 내 새끼 만난다는 보장 있어……? 내가 이놈 얼굴을…… 다시 볼 수 있다는 보장 있냐고!!!

한나아빠, 더는 참지 못하고 주먹을 날린다. 작은아빠, 픽 나가떨어진다. 한나는 무서워서 말리지도 못하고 떨어져 있다. 한나아빠, 헉헉거리다가 장례식장에서 나가버린다. 주저앉아 있던 작은아빠, 고개를 들면 한철의 영정사진이 눈에 딱 들어오자 한숨을 쉰다.

#56 종합병원 주차장 / 낮

한나아빠가 퀭한 얼굴로 서 있는 맞은편에서 응급차가 멈춰 서고 응급대원들이 이동 침대를 움직인다. 이동 침대에 타고 있는 것은 만삭의 임산부다.

남자 (손잡아주며) 괜찮아. 응? 괜찮을 거야. 응?
임신부 (이 악물고 고개 끄덕이는) 응…….

사람들이 빠르게 한나아빠 옆을 스쳐 가고 한나아빠는 그 모습 멍하게 바라보고 있다.

#57 장례식장

한나아빠가 다시 한철의 장례식장으로 돌아온다. 검은 정장을 차려입은 한철의 친구1, 친구2가 영정사진 앞에서 절한다. 얼른 신발을 벗고 들어와 친구들과 맞절을 하는 한나아빠. 절을 끝내고 일어선 친구들은 눈이 빨갛게 충혈되어 있다. 그 모습에 한나는 또 울컥하고 친구가 앞에 서자 한나가 올려다본다.

친구 한철이 동생이지?

한나 네…….

친구 (주머니에서 귤 하나 꺼내며) 이거……

한나 (영문 모른 채 받는)

친구 너 준다고 했었어. 한철이가.

한나, 손에 놓인 귤 하나를 멍하게 바라본다.

#58 동네 거리 / 밤

상복을 입은 채 미친 듯이 달리는 한나. 손에 뭔가를 꼭 쥐고 있다.

#59 수영장 앞 / 밤

한나가 쥐고 있던 열쇠로 허겁지겁 수영장 문을 딴다.

#60 수영장 / 밤

한나가 옷을 입은 상태로 수영장 물에 풍덩 뛰어든다. 미친 듯이
수영을 하지만 옷 무게 때문에 속도는 나지 않는다. 물속에서 괴
롭게 눈물을 흘린다. 숨이 차서 어쩔 수 없이 물 밖으로 고개를 내
밀어 큰 소리로 운다.

한나 어헉……! 어흐흐흑!
한나의 울음소리가 텅 빈 어두운 수영장 안에 울려 퍼진다.

FADE OUT.

#61 광화문 광장 / 낮

여러 사람이 무리를 지어 삼보일배를 하고 있다. 머리띠에는 '내
가 지은 모든 죄를 속죄한다'는 문구가 적혀 있다. 대형 전광판에
떠 있는 붉은 글씨 '지구 종말 D-10'.

#62 한나의 방 / 낮

매미의 우렁찬 '맴맴' 소리에 한나가 잠에서 깬다. 너무 울어서 퉁퉁 부어버린 눈으로 창문을 바라보면 방충망에 앉아 있는 매미의 그림자가 보인다. 창문을 열어 방충망을 두드려 매미를 쫓아내려다가 멍하게 매미를 바라본다. 매미의 배가 울음소리에 맞춰 크게 흔들린다.

#63 한나의 집 / 낮

한철의 영정사진이 거실 한가운데 TV 옆에 나란히 놓여 있다. 여전히 빈 소주병 옆에서 한나아빠가 자고 있다. 한나가 수영가방을 들고 집에서 나선다.

#64 수영장 앞 / 낮

열쇠를 넣어 돌리는데 이미 열려 있는 문. 조심스레 안으로 들어간다.

#65 수영장 / 낮

수영복, 수영모, 수경을 모두 착용한 한나. 수영장은 텅 비어 있다. 두리번거리다가 곧 익숙한 듯 준비운동을 하고 물에 뛰어든다. 시원스럽게 물살을 가르는 한나. 200미터를 완주하고 습관대로 터치패드를 누르듯 타일을 누르는 한나의 손. 머리를 내밀고 수경을 올린다.

김할배 1분 59초 56.
한나, 깜짝 놀라서 소리 나는 쪽을 보면, 스톱워치 목걸이를 차고 있는 김할배. 스톱워치를 한나에게 보여준다.

한나 에이…… 거짓말.
김할배 진짜야. 이것 보래도.
한나 그런 건 오차가 커요. 할아버지가 시작 버튼을 좀 늦게 눌렀을 수도 있고.
김할배 내가 수영장 관리 30년 차다. 분명히 1분 59초대야.
한나 (여전히 믿지 못하지만) 정말요? 그럼 나 세계선수권 나갈 수 있겠다.
김할배 음…… 이 기록이라면 가능하지.

한나, 빙긋 웃고는 물에서 나와 바닥에 걸터앉아 발만 담근다.

한나 (중얼중얼) 대회…… 꼭 나가고 싶었는데.

김할배 (대걸레질하다가) 뭐라고?

한나 아니에요. 근데 할아버지는 누가 온다고 그렇게 맨날 청소해요?

김할배 너.

한나 ??

김할배 너 오잖아.

한나, 피식 웃고는 김할배를 도와서 같이 청소한다. 하지 말고 수영하라고 떠미는 할배와, 계속 청소하는 한나의 모습을 멀리서 보여준다.

#66 한나의 집 / 밤

라면을 먹으며 뉴스를 보고 있는 한나와 엄마, 아빠.

아나운서(E) 지구 종말을 닷새 남긴 현 상황에서 혼란은 더욱 커지고 있습니다. 거리에서는 묻지 마 폭행이 만연하고, 인터넷으로는 확인되지 않은 초강력 벙커가 판매되고 있습니다. 교회와 사찰은 넘쳐나는 신도들을 감당하지 못해 골머리를 앓고 있습니다. 이에 반해 종말을 환영한다는 사람들의 움직임도 커지고 있습니다. 현장에 나가 있는 이유현 기자와 연결하겠습니다. 이유현 기자?

기자(E) 네. 이들은 괴행성이 떨어지는 것을 가까이에서 구경하겠다며 가장 높은 빌딩인 현대 글로벌 비즈니스 센터 옥상을 점거하고 축제를 벌이고 있습니다. (그중 한 명에게 마이크 대는) 종말이 두렵지는 않으십니까?

환영인(E) 어차피 마지막은 누구에게나 오는 것이니까요! 그동안 지구에서 잘 머물렀으면 그걸로 된 거 아닙니까? 여러분! 남은 날을 즐기고 종말을 기쁘게 맞이합시다!

옥상에서 환호하고 있는 사람들의 모습이 화면에 나오자 한나아빠가 꼴 보기 싫은 듯 뉴스를 끈다.

한나아빠 기쁘긴 개뿔…… 저것들도 미쳐서 저러는 거야…….

한나엄마, 넋이 나간 얼굴로 TV 옆 한철의 영정을 바라본다. TV 소리마저 없자 적막한 분위기. 한나가 벌떡 일어나 찬장에서 햇반을 꺼낸다.

한나 (애써 발랄하게) 햇반 먹을 사람?

아무도 대답하지 않는다.

한나 (손들며) 저요!

한나, 햇반 한개를 꺼내 껍질을 조금 벗겨 전자레인지에 넣는
다. '웅-'소리를 내며 돌아가는 전자레인지를 한나가 멍하게 바
라본다.

#67 수영장 / 낮

한나가 수영복을 입고 깜짝 놀라 멍하게 서 있다. 물 빠진 수영
장의 4번 레인에 터치패드를 설치하고 있는 김할배와 기사.

김할배 왔네. 수영선수.
기사 쟤에요?
한나 이게 다 뭐예요……?
김할배 니가 하도 안 믿길래 설치하고 있다. 이 사람 기술자야.
한나 (아직도 멍한) 아…… (기사 보고) 안녕하세요. 저기……

설마 저 때문에 이거…… 이걸 만드시는 거예요?

기사 (웃으며) 얼마 만에 일하는지 모르겠어요. 온종일 집에서 우울했는데. 일하니까 아무 생각도 안 나고, 예전으로 돌아간 것 같고…… 좋은데요.

땀을 흘리면서도 밝은 기사의 표정에 조금 마음이 놓이는 한나.

김할배 오늘은 수영 못 해. 가고 내일 다시 와라.

한나 아니에요. 저도 할게요. 뭐 도와드릴 거 없어요?

김할배 아, 됐어. 걸리적거리기나 하지.

한나 옷 갈아입고 올게요!

탈의실로 달려가는 한나를 김할배가 흐뭇하게 바라본다.

#68 광화문 광장 / 낮

'지구 불멸! 인간 불멸!', '거짓 뉴스로 선동하지 말라!', '지구가 멸망하지 않는다는 증거 10가지', '괴행성 화면이 CG라는 증거!' 같은 팻말을 들고 행진하고 있는 사람들. 다들 정신이 나간 듯 과열된 분위기다. 대형 전광판에 떠 있는 붉은 글씨 '지구 종말 D-1'.

#69 수영장 / 낮

터치패드는 물론 발돋움 판까지 설치된 4번 레인. 국제대회 수영장처럼 그럴듯하다. 물도 찰랑찰랑 채워져 있다. 한나는 황홀한 듯 수영장을 바라보다 침을 꿀꺽 삼키고 물에 뛰어든다. 김할배가 멀리서 그 모습 지켜보고 있다. 터치패드를 터치하고 얼른 수경을 벗으며 기록을 확인하는 한나. 2분 01초 07다.

한나 아, 뭐야…… 보통 때보다도 훨 못했어!
김할배 (다가오며) 그러네. 그런데 저번엔 진짜 1분 59초대였어.
한나 한 번만 더 해봐야겠다. (다시 수경을 낀다.)
김할배 숨 좀 돌리고 해야지. 바로 한다고 기록이 나오…….

김할배 말이 끝나기도 전에 한나가 물에 뛰어든다. 김할배 피식 웃는다.

#70 수영장 밖 / 밤

한나와 김할배가 함께 걸어 나온다. 문을 잠그는 김할배. 함께 걷는 두 사람.

한나 (조심스럽게) 저기…… 할아버지는…… 가족 없어요?

김할배 가족? 있지 왜 없냐? 내가 독거노인이라 심심해서 너랑 노는 것 같아?

한나 (당황) 아니, 그게 아니구요…….

김할배 그러는 너는 수영장 왜 오는데?

한나 그냥…… 그냥 심심해서요. 딱히 할 것도 없고…… (피식) 그래도 수영할 때가 제일 좋아요.

김할배 그래. 사람은 쓸모가 있어야 해.

한나 ?

김할배 잘 하든 못 하든…… 어쨌든 쓸모가 있어야 살아갈 수가 있는 거라고.

한나 (무슨 말인지 잘 모르겠지만) 네…….

김할배 (먼 산 보며) 내일인가…?

한나 네…… 내일…….

김할배 그래. 잘 지내라.

한나, 이게 마지막 인사임을 알고 우뚝 멈춰 선다.

한나 네. 할아버지두요. 그동안 감사했습니다.

한나가 꾸벅 인사를 한다. 김할배가 그런 한나의 어깨를 가볍게 두드려주고는 한나의 집과 반대 방향으로 간다. 한나가 김할배의 뒷모습을 바라본다.

#71 한나의 집 / 밤

안방에서 한나엄마와 한나아빠가 자고 있다. 한나가 베개를 안고 들어와 슬며시 한나엄마 옆에 눕는다.

한나 엄마. 자……?

한나엄마 (눈 감은 채) 너 또 수영장 다녀왔어?

한나 응.

한나엄마 거기 너밖에 없지 않아? 안 무서워?

한나 (잠시 생각하다가) 아니야. 또 있어.

한나엄마 그래? 다행이네…….

한나 엄마.

한나엄마 응.

한나 ……고마워.

쌩뚱 맞은 한나의 말에 '뭐가?'라고 하려고 입을 달싹거리다가 달는 한나엄마. 말없이 한나에게 이불을 덮어준다. 한나의 눈이 스르륵 감긴다. 두 사람의 대화를 듣고 있던 한나아빠도 한나 쪽을 슬쩍 바라보고 다시 눈을 감는다.

#72 광화문 광장 / 낮

대형 전광판에 떠 있는 붉은 글씨 '지구 종말 D-DAY'. 사람 하나 없는 텅 빈 거리.

#73 한나의 집 거실 / 낮

TV에서는 격양된 아나운서의 목소리와 함께 자료 화면이 뜨고 있다.

아나운서(E) 종말의 날을 맞이하면서 미국 국방부에서는 수년간 1급 기밀로 관리해왔던 문서를 대중에게 공개했습니다. 그동안 음모론으로 종종 제기됐었던 외계인 시체 해부설을 비롯해서 존 에프 케네디를 암살한 실제 범인도 공개했고요. 버뮤다 삼각지대에 대한 진실까지 낱낱이 공개했습니다.

한나엄마가 아껴뒀던 통조림을 모두 꺼내 나름대로 진수성찬을 차리고 있다. 한나가 옆에서 음식 차리는 것을 돕고 있다. 그런 두 사람을 보고 소주병을 따르려다가 마는 한나아빠. 다가와 수저를 놓는다.

한나아빠 (쑥스러워서 괜히 딴소리) 너 오늘은 수영장 안 된다.

한나 잠깐만 다녀올게.

한나엄마 오늘도? 안 돼- 가족이랑 같이 있어야지. 이제 다섯 시간밖에 안 남았는데.

한나 30분이면 되는데 뭐. 밥 먹고 나가서…… (시계 보는) 음…… 세 시간 전에는 들어올게.

한나아빠 (혼잣말하듯) 수영시키길 잘했네. 저렇게 좋아하니.

한나아빠를 보고 미소 짓는 한나.

#74 수영장 / 낮

텅 빈 수영장. 어디선가 김할배가 보고 있을 것 같아 두리번거리는 한나. 하지만 아무도 없다. 길게 한숨을 쉬고 레일 앞에 선 한나. 수경을 쓰는데 밖에서 함성이 들린다.

#75 동네 거리 / 낮

#65의 과열된 단체들이 팻말과 깃발을 흔들며 한나의 동네 거리를 행진하고 있다.

광인1 죽음은 없다! 거짓에 현혹되지 말자!
광인2 살고 싶은 자! 우리와 함께 행진하자!

거대한 행진 무리를 두려워하며 구경하던 사람들. 그러다가 몇몇 사람들은 그 행진에 합류해 구호를 외친다.

#76 수영장 / 낮

사람들의 함성이 마치 세계선수권대회를 응원하는 관중들의 함성으로 들리는 한나. 텅 비었던 수영장이 관중들로 꽉 찬다. 관중석 가운데에 마련된 중계석. 해설자가 한나를 바라보고 있다.

해설자 한국 대표로 출전한 자유형 200미터 최한나 선수. 4번 레인입니다.

한나, 해설자의 목소리에 맞춰 4번 레인 앞에 서서 한쪽 손을 든다. 그러자 더욱 커지는 함성. 한나, 수경을 쓰고 준비 발돋움 판 위에 선다.

방송 온 유어 마크On your mark.

한나의 상상 속 방송. 준비 자세를 취하는 한나. 숨을 고른다.
웅성거리는 관객들의 목소리 중에서 한 목소리가 크게 들려온다.

의사(E) CPR했나요? 카데터는?

#77 몽타주

— 응급실 / 낮
#52의 응급실. 여전히 응급환자를 살리고 있는 의사와 간호사 들의 모습.
— 호스피스 병동 / 낮
생일을 맞은 할머니의 생일을 축하하고 있는 환자들과 환자의 가족들. 빽빽한 초를 한 번에 다 불지 못하고 고생하자 모두 웃음이 터진다.

— 가정집 / 낮

한철 친구의 집. 가족과 함께 손을 잡고 기도를 하고 있는 친구의
모습.

— 선수의 방 / 낮

크고 고급스러운 방 안 침대에 누워 있는 선수. 바로 옆에 놓인 수
면 유도제와 물컵. 그래도 잠이 안 오는지 알약 세 알을 더 삼킨다.
두려워서 온몸을 떠는 선수.

— 은행 금고

금고 안 돈을 모두 털어 등산 가방에 꾹꾹 눌러 담으며 신나 하는
복면 쓴 남자들.

— 백화점 / 낮

#56의 임신부와 남편. 폐허가 된 백화점의 아기 용품 코너에서 아
기 옷을 고르는 남편. 아기를 안고 있는 아내에게 옷을 보여준다.
미소 짓는 아내.

— 현대 글로벌 비즈니스 센터 옥상 / 낮

지구 종말을 세 시간 남긴 스톱워치를 확인하는 사람들. 돗자리를
깔아놓고 행성이 오기를 기다리는 듯 망원경을 꺼내놓고 하늘을
바라보기도 하고 샴페인을 마시기도 한다. 서로를 끌어안고 토닥
이며 마지막 인사를 나눈다.

— 김할배의 집 / 낮

자식들, 손자, 손녀들과 함께 밥을 먹고 있는 김할배. 문득 햇살이 쏟아지는 창밖을 눈부신 듯 바라본다.

— 동네 거리 / 낮

함께 바깥으로 나온 한나아빠와 한나엄마. 멀리 보이는 한숲스포츠센터를 바라본다. 한나엄마는 눈부신 여름 햇살을 손으로 가린다.

#77 수영장 / 낮

역시 햇살이 쏟아지는 수영장의 넓은 창문. 한나가 삐- 소리와 함께 물속에 첨벙 뛰어든다. 그 순간, 모든 환상이 사라지고 한나만이 텅 빈 수영장에서 혼자 수영을 한다. 한 바퀴 턴 하고 다시 나아가는 한나. 더욱 속력을 낸다. 드디어 마지막 50미터가 남았다. 아무도 없는 고요한 수영장 안에서 한나만이 홀로 수영하고 있다. 드디어 손끝이 터치패드에 닿는 순간, 한나가 물 위로 고개를 내밀고 얼른 수경을 올려 기록을 확인한다. 만족스러운 기록인지 환한 웃음이 번진다. 흘러내리는 물기를 손으로 닦아내는데 수영장 문이 열리는 소리가 들린다. 누군가를 발견하고 미소 지으며 손을 흔드는 한나의 모습에서 엔딩.

FADE OUT. ☐

부동의 올드맨

조영수

만식 (70대 초반, 남)

고물상 사장 창수에게 올드맨으로 불리며 고물상 컨테이너에서 손녀를 키우며 살고 있다. 왜소한 체격에 다리를 절고 성격은 괴팍하다. 늘 치통을 달고 사는 탓에 얼굴도 일그러져 있다. 절도, 폭력 관련 전과만 무려 21범. 교도소를 들락거리며 세월을 보냈다. 마지막으로 출소한 날, 딸을 찾아갔다가 얼떨결에 딸이 버린 아기를 데려와 키우게 되었다. 주로 폐지와 고물을 주워 파는 일을 하며 생계를 유지하는데, 그러다 보니 손녀를 제대로 먹이거나 교육시키지 못한다. 키우기보다는 알아서 크는 것에 가깝다. 그래서 아동보호센터 복지사와 동네 이웃들은 늘 의심의 눈초리로 만식을 주시한다. 하지만 부동을 누구보다 아끼고 사랑한다.

부동 (7세, 여)

만식의 손녀. 태어나서 지금까지 고물상 컨테이너에서만 살았다. 만식 이외에 다른 가족은 본 적 없고 일곱 살이 되도록 유치원에도 간 적이 없어 할아버지 만식이 유일한 가족이자 친구다. 어린아이 같지 않은 거친 말투와 찰진 욕은 모두 만식에게 배웠다. 폐지와 고물을 줍고 다니는 생활이 싫지는 않지만 또래 아이들이 유치원 버스에서 내릴 때면 저도 모르게 전봇대 뒤로 몸을 숨기게 된다. 보호기관에 가면 유치원도 가고 간식도 실컷 먹을 수 있다는데 그래도 만식과 떨어지는 건 싫다.

창수 (30대 중반, 남)

만식과 부동을 고물상 컨테이너에서 지내게 해준 은인. 온몸에 문신을 해 주변에서 종종 오해를 받기도 하지만 만식의 고물을 제값보다 더 쳐주는 마음이 따뜻한 사람이다. 만삭의 아내도 잘 챙기는 가정적이고 다정한 예비 아빠. 누구보다도 만식이 갖은 고생을 하며 부동을 키워낸 걸 잘 알고 있다.

가희 (30대, 여)

창수의 아내. 만삭의 임산부다. 남편 창수와는 부부 금슬이 꽤나 좋다. 말투나 패션에서 특유의 포스가 느껴지지만 싹싹하고 정이 많다. 만식에게 잔소리를 늘어놓지만, 그게 다 부동과 만식에 대한 애정 어린 걱정에서 나오는 말. 창수와 함께 만식을 돕는다.

수진 (30대, 여)

아동보호센터 복지사로 일하고 있다. 부동이 보호기관으로 가 더 나은 환경에서 지내길 진심으로 원하지만 부동은 꿈쩍도 않는다. 부동을 몇 번이고 설득해보지만 돌아오는 건 일곱 살의 거친 욕뿐. 만식의 학대를 의심할 때도 있었지만 진심을 알고 나서는 만식을 적극 돕는다.

여진 (40대, 여)

만식의 딸. 어릴 적 부모의 이혼 이후 제대로 만식을 본 적이 없다. 6년 전 자신이 버린 아이를 만식이 키우고 있다는 사실을 알게 되자, 고물상으로 아버지를 찾아간다.

회윤(40대, 여)
경기교육감 후보 1번. 교육학 및 아동학 박사이자 20년 넘게 아동심리 연구소를 운영해온 전문가. 우아하고 지적이고 세련된 이미지. 교수 남편에 입양 자녀 둘을 포함한 세 남매를 키우고 있는 모범적인 어머니이자 아내.

눈 내리는 날 출소한 만식은 어린 여자아이 사진을 한 장 들고 어느 주택가로 간다. 철문 앞에서 누군가를 기다리는 듯한데, 거기서 마침 젊은 여자가 밖으로 나온다. 여자의 품에는 갓난아기가 있다. 그 여자가 자신의 딸 여진임을 알아본 만식은 몰래 뒤를 따른다. 여자는 아기를 베이비 박스에 놓아두고 도망친다. 만식은 베이비 박스의 아이, 즉 자신의 손주를 거두어 키우게 된다. 아이의 이름은 때마침 예진 부동산 간판을 보고는 박부동이라 지었다.

6년 후 다시 겨울, 만식은 그새 한쪽 다리를 절고 있다. 고물상 뒤편 컨테이너에서 부동과 같이 산다. 이나마 착한 고물상 사장 창수와 그의 부인 가희의 배려 덕분이다. 폐지나 고물을 주워오는 만식을 부동은 꼭 따라다닌다. 추레한 노인을 따라 리어카를 끄는 어린아이의 모습을 보고 사람들은 혀를 차고 몰래 손가락질하며 심지어 학대를 의심한다. 아동보호센터 복지사 수진은 그런 부동을 시설에서 보호하고자 한다. 지금보다 좋은 환경이 필요하다는 것에 동의한 만식은 부동에게 보호시설에서 며칠 지내보라 말하지만, 부동은 가지 않겠다고 소리를 지르고, 속이 상한 만식은 밤새 술을 마시고 다음 날 컨테이너로 돌아가는데, 그사이 부동이 실종된다.

주변에 애타게 물어도, 경찰에 신고를 해도 부동은 나타나지 않는다. 겨우 발견한 cctv에서 부동이 미상의 여자를 따라 고급 외제차를 타는 모습이 찍히고, 만식은 그 주변을 돌아다니며 부동을 데려간 여자의 행방을 찾는다. 부동을 부르는 만식의 목소리는 지방선거로 떠들썩한 뉴스에 묻힌다. 이때 노숙자 중에 유괴 목격자가 나타난다. 수진의 도움으로 돈을 마련해 얻은 정보에 의하면 유괴범은 교육감 후보 정회윤. 교육 전문가이자 부유한 중산층인 그녀가 왜 부동이를 데려갔을까. 만식은 부동이 잘 지내는지 확인하고자 한다. 부동은 겉보기에 이전과는 완전히 다른 삶을 사는 것 같다. 하지만 만식은 알게 된다. 둘만 알고 있는 암호로 부동은 지금 자신이 지옥에 있음 알리고 있었던 것이다. 과연 부동은 다시 만식에게 돌아갈 수 있을까? 회윤은 왜 부동이를 데려갔을까? 만식은 자신의 모든 것을 걸더라도, 부동의 행복만을 바라고 있다. 그래서 부동이 구출 작전을 감행하는데…….

#1 교도소 앞 / 오후

화면 들어오면, 사락사락 눈 내리고 있는 교도소 앞. 잠시 후 끼익- 소리와 함께 재소자들이 하나, 둘 밖으로 나온다. 어우, 추워…… 하며 몸을 부르르 떨고는 바삐 가거나, 마중 나온 사람과 만나 함께 간다. 이어 뽀드득뽀드득 소리를 내며 내딛는 발. 낡은 여름 운동화를 신은 발이다. 사람이 거의 다 빠졌을 즈음 만식이 밖으로 나온다. 곳곳에 구멍이 난, 먼지 묻고 잔뜩 해진 가방을 어깨에 메고 나와서는 잠시 멈춰 서서 내리는 눈을 가만 바라보다가 어디론가 간다. 소중한 것이 들어 있는지, 가방을 최대한 조심히 안고 간다.

#2 교도소 근처 산 / 오후

산을 오르고 있는 만식. 여름 운동화를 신어 더욱 미끄럽다. 적당한 곳을 찾아 가방을 내려놓고 손으로 흙을 판다. 눈 묻은 흙을 만지려니 손이 시려 후후 부는데 금세 두 손이 벌게진다. 흙을 조금 파낸 뒤, 가방에서 휴지 뭉치를 꺼내어 살짝 열어본다. 휴지 속에 참새가 죽어 있다. 만식, 참새 사체를 다시 휴지로 감싼 뒤 흙 속에 묻는다.

만식 옘병할…… 하필 감옥 방엘 기어들어 와서는……. (손을 털고 돌아선다.)

#3 어느 골목 / 밤

만식이 어느 주택 골목 가로등 아래에서 서성이고 있다. 목적지는 알고 있는데, 들어가지 못해 망설이는 모습이다. 손에는 10대 여자아이의 사진을 들고 있다. 이내 마음을 다잡고 어느 낡은 주택 철문을 향해 걸어가려 한다. 한데 그 주택에서 누군가 밖으로 나오자, 자기도 모르게 놀라 휙 돌아선다. 나온 사람은 여진이다. 사진 속, 만식의 딸.

딸의 이름을 부르려다가 멈칫한다. 여진의 얼굴이 잔뜩 굳어 있어 서라기보다, 여진의 품에 안긴 아기 때문이다.

만식 ……

#4 거리, 골목 / 밤

택시비도 없는지, 걷고 또 걷고…… 하염없이 걷는 여진. 여진도 만식처럼 계절에 맞지 않는 신발을 신고 있다. 큰길을 걷다가 모퉁이를 돌아 작은 골목으로 들어가고, 마지막으로 그 골목의 오르막길을 오른다. 만식은 그런 여진을 조용히, 조심스레 따라붙는다. 어느새 자정 넘은 늦은 시간이라 인적이 없다. 여진은 어느 작은 교회 앞에 선다. 만식이 조금 떨어진 곳에서 그 모습을 지켜본다. 여진, 조금 생각하다가 결심한 듯 주변을 한 번 두리번거리더니, 웬 손잡이를 잡아당겨 생긴 공간에 서둘러 아기를 넣는다. '베이비 박스'다. 박스 문을 닫고 휙– 돌아선 여진이 휘적휘적 어디론가 도망치듯이 빠르게 간다. 만식이 잠시 넋 놓고 있다가 뛰듯이 여진에게로 가려는데, 아기의 가느다란 울음소리가 들린다. 돌아서 베이비 박스를 물끄러미 본다. '꼭 다시 만나요.'

쓰여 있는 문구를 잠시 보다가 조심스레 베이비 박스를 열어본다. 아기가 들어 있다. 태어난 지, 백일 조금 넘었을 듯하다. 아기가 울자 자기도 모르게 손을 뻗었다가, 이내 거둔다.

만식 (중얼) ……옘병…… 책임지지도 못할 거…….

잠시 여진이 사라진 자리를 멀거니 바라보던 만식이 고개를 작게 절레절레 젓고는 돌아서 간다. 이내 사라지는 만식. 아기가 조금씩 더 크게 울기 시작한다. 울음소리를 듣는 이는 아무도 없다. 베이비 박스를 운영하는 교회에서도 누구도 나와 보지 않는다. 가로등 불빛만 들어찬 텅- 빈 골목. 잠시 후 발소리와 함께 그림자가 나타난다.

#5 동네 슈퍼 / 오후

슈퍼 계산대 위로 놓이는 지폐, 동전, 공중전화 카드. 아무렇게나 죄 꺼내놓는 거친 손, 만식이다. 당황한 기색이 역력. 계산원이 못마땅한 얼굴로 서서 만식이 어설프게 안고 있는 아기를 불안한 눈빛으로 바라본다.

만식   지랄, 뭔 분유가 이렇게 비싸…….

계산원   (퉁명) 분유가 원래 비싸죠…….

만식, 하는 수 없이 기저귀와 라면을 옆으로 밀어 빼고는 분유만 한 통 산다.

#6 여진의 집 / 오후

아기가 숨넘어가게 빽빽 울어댄다. 만식은 어설픈 솜씨로 물에 분유를 탄다. 찬물에 타니 잘 녹지 않아 물을 데우려 가스레인지를 켜지만, 불이 들어오지 않는다. 전기도 끊겨, 포트도 되지 않는다. 뿐만 아니라 집 안은 방치된 듯 전체적으로 엉망이다.

만식   옘병…… 되는 게 없어…… 이놈의 집구석…….

만식, 손바닥을 비벼 열을 내 젖병을 비비고 마구 흔들어댄다. 흔들어대는 꼴이…… 조금 우스꽝스럽다. 간신히 녹여 먹인다. 자신도 배가 고파 물로 배를 채운다. 물만으로는 허기가 가시지 않아, 아기의 눈치를 보며 분유 한 티스푼, 대접에 타서 꿀떡꿀떡 마신다.

#7 몽타주

— 아기가 자는 동안 천기저귀를 박박 빠는 만식. 물이 차가워 금방 손이 벌게진다. 후후 입김을 불어도 소용이 없다.
— 아기 옆에서 쪼그려 쪽잠을 자다가 아기가 깨서 울자 안고 흔들어댄다. 아기를 안은 채 서서 졸기도 한다. 잠을 제대로 자지 못해 혼몽하다.
— 다시 또 분유 한 티스푼 넣은 물로 자신의 배를 채우고, 잔뜩 넣은 분유는 아기에게 먹인다.
— 아기를 데리고 밖으로 나가 골목을 하염없이 서성이며 누군가(여진)를 기다리지만, 오지 않는다.

주인(V.O.) 아니, 뭐야. 왜 아직 사람이 있어?!

#8 여진의 집 / 오전

아침부터 집주인이 세입자를 데리고 나타나 버럭, 한다.

주인 근데, 누구…… 세요?
만식 (불퉁) ……애비요.

주인 지난주에 집 비운다더니 왜 아직 이러고 있어…… 빨리 좀 비워줘요! 에이, 참…….

만식 (벌떡 일어서) 에라이, (바닥에 가래침 뱉으며) 퉤! 집 있다고 더럽게 유세 떠네!

주인 어머머?!

주인, 기막혀한다.

#9 베이비 박스 앞 골목 / 오후

가방 하나를 둘러메고, 하나는 들고, 아기는 품에 감싸 안고 힘들게 다시 온 곳은 베이비 박스 앞이다.

만식 ……난 할 만큼 했어. 너무 원망하지 마라.

만식, 베이비 박스 문을 열려고 하는데, 품속의 아기가 만식을 보고는 까르륵, 한번 웃는다. 만식이 얼굴을 구기자 다시 한번 소리 내어 까르륵.

만식 지랄…….

난감해지는 만식의 얼굴.

#10 거리 / 오후

다시 거리로 내려온 만식이 여전히 아기를 품에 안고 있다.

만식 여진이 걔가 나 때문에 고생을 해서 그렇지, 그렇게 나쁜 애
는 아니다. 니가 이해하라고. 알았어?
아기 …….
만식 근데 너 이름은 없냐?
아기 …….
만식 뭐 했냐, 이름 하나를 못 얻고..

조금 걸으려니, 멀리 부동산 하나 보인다. '예진 부동산' 그러면 예
진이라고 이름 지어줄 법한데…….

만식 너…… 부동이다. 박부동. (큭큭)

부르고는 피식- 또 한 번 웃는다. 아기도 꼭 웃고 있는 것 같다.
FADE OUT.

#11 지하철역 안 / 오전

웅성웅성…… 사람들 웅성거리는 소리, 오가는 구둣발 소리, 지하철 소리.
F.I. 소란한 소리에 눈을 뜨는 만식. 치통이 있어서인지, 시끄러워서인지 인상 잔뜩 찌푸리며,

만식 에이, 씨…… 쌍것들…… 잠도 못 자게…… 이도 아파 죽겠구만…….

시간이 흘러, 이제 검은 머리보다 흰머리가 많고 주름이 더욱 깊어졌다. 덩치가 제법 있던 6년 전에 비해, 완전히 비쩍 마르고 왜소하다. 지하철역 안에서 몇몇 노숙자와 섞여 술을 마시다 쪼그린 채 잠이 들었던 만식이 사람들의 출근으로 번잡해지자 겨우 자리에서 일어난다. 오가는 사람들은 그들을 보며 대놓고 싫은 기색이다.

노숙자1 왜 욕을 하고 그려요. 하여튼 입 걸어…….
노숙자2 내 말이…… 그러니 그 집 애기가 따라 배우잖여.
만식 시끄러. 뭔 상관이야.

만식이 깔고 덮고 자던 박스를 챙긴다. 자신이 깐 것과 다른 이들 것까지 죄 빼앗아 챙긴다. 노숙자1이, 뺏기기 싫은 듯 엉덩이에 힘을 주고 있으려니, 힘으로 휙-! 빼서 가져간다. 노숙자1, 옆으로 홀러덩 넘어졌다가 일어난다. 으씨⋯⋯. 일어나 가는 만식, 한쪽 다리를 조금 전다.

노숙자1 에이, 영감탱이. (만식 뒤에 대고) 박스 좀 바짝 더 줍든 해서 치과 좀 가셔요!! 그게 사람 잡는다고. 엄청 아퍼!
만식 ⋯⋯.

20대 청년 노숙자 태준이 그런 만식을 멀뚱 바라본다.

#12 한마음 고물상 (이하 고물상) / 오전

고물로 가득 찬 고물상. 세상의 온갖 버려지고 쓸모없는 것들이 작은 산처럼 솟아 있다. 분명 필요해서 만들어진 것들일 텐데, 이제는 그저 쓰레기인 온갖 고물. 만식, 박스 더미를 옆구리에 끼고 고물상으로 들어선다. 챙겨온 박스를 박스 더미 위에 던져놓고는 잠시 뭔가를 보는데 고물상 뒤편 반파된 고물 택시가 보인다. 택시를 잠시 보다가, 고물상 뒤편 컨테이너로 들어간다.

#13 고물상 컨테이너 / 오전

컨테이너는 말 그대로 컨테이너다. 간이 화장실도 컨테이너 밖에 있고, 주방용품이라고는 낡은 휴대용 가스레인지와 누렇게 변색된 미니 냉장고가 전부다. 방 안에는 그다지 더럽지는 않지만, 보기에 좋지 않은 고물들이 곳곳에 자리를 차지하고 있다. 들어서자마자 방 한가운데의 텐트 문을 열고, 그 속의 낡은 침낭을 들춰본다. 침낭 속에 일곱 살 부동이가 잠들어 있다. 괜히 한 번 코에 손가락을 대본다. 살아 있다. 만식은 팔을 걷어붙이고 라면박스에서 라면을 꺼낸다. 하나밖에 남지 않은 라면을 보고 입맛을 쩝······다신다.

만식　엠병······.

밖으로 나가 사무실로 몰래 들어간다.

#14 고물상 사무실 / 오전

주변 눈치를 살피며 사무실 안으로 들어오는 만식. 다행히 아무도 없다. 미션 임파서블처럼 미션을 수행하듯, 아주 조심스럽게, 까치발까지 들고……. 냉장고 문을 열어 계란 하나 훔쳐가지고 잽싸게 밖으로 나온다. 만식이 나가고 소파에서 쑤욱- 고물상 사장 창수가 일어나 앉는다.

창수 (중얼) 유통기한 지난 것 같은데……. (귀 후비적)

창수가 머리를 벅벅 긁는다. 옷 밖으로 나온 모든 피부에 문신이 새겨져 있다. 갱스터 힙합을 하는 래퍼 같은 패션이다.

#15 고물상 컨테이너 / 오전

만식이 컨테이너 문 앞에 쪼그려 앉아 꼼지락거리고 있다. 뭘 하는 건가…… 보면, 플라스틱 생수통을 반 잘라 흙 넣고 심은 파를 가위로 자르고 있다. 다시 안으로 들어가 파를 넣고, 계란도 풀어 라면을 끓인다. 침을 꿀꺽 삼키는 만식. 부동을 깨운다.

만식 박부동.
부동 …….
만식 야, 박부동 이 가시나야! 인나, 밥 먹어!
부동 …….

만식 빨리! 어제저녁도 안 처먹었자네!! 말을 안 들어, 말을.

부동이 침낭에서 꿈틀꿈틀 부스스 일어나 밥상 앞에 앉는다. 에취, 에취- 춥게 잤는지 연방 재채기를 하더니 콧물을 주르륵 흘린다.

만식 으유, 맨날 코 찔찔······. (손으로 슥슥 닦아준다.)

부동이 잠이 덜 깬 얼굴로, 눈을 반만 뜬 채 호로록- 호로록- 라면을 먹는다. 물론, 당연히 만식도 먹고 싶다. 너무너무 먹고 싶어서 침까지 고인다. 먹어보란 소리 없이 라면을 먹는 부동. 어린 애가, 많이도 먹는다. 만식, 부동을 은근 흘겨보다가 먹어보란 소리를 안 하니, 더 앉아 있다가는 침 흘릴 것 같아 스윽 일어난다.

부동 (삼키지도 않고) 같이 가!
만식 됐어! 오늘은 집에 있어! 추워.
부동 옘병, 싫어! 같이 가!

라면을 입에 문 채 따라나서려는 부동. 주섬주섬 옷을 챙긴다.

만식 또 저 똥고집…… 지 엄말 닮았나. (하는 수 없이) 알았어! 알았으니까 다 먹고! 가시나가 칠칠맞게 다 흘리고 묻히고.. 아까 버라. (이때다, 떨어진 라면 한 줄기 집어 후루룩 먹는다.)

손으로 부동의 입가를 대충 문질러 닦는 만식. 히죽, 여유롭게 웃는 부동. 부동은 할아버지가 이렇게 구박하면서도 돌봐주는 게 좋은 얼굴이다.

#16 거리 / 오후

리어카를 끌고 나온 만식과 부동. 만식이 끌고 부동이 뒤에서 민다. 오가는 사람들이 그런 두 사람을 한 번씩 힐끔거린다. 미간을 찌푸리는 이도 있다. 만식이 박스, 폐지를 줍는데 부동도 같이 줍는다. 싫은 내색 없이. 만식이 갑자기 극한의 치통이 몰려와 잠시 멈춰 선다. 한겨울에 땀이 뻘뻘 날 정도로 고통스럽기가 이루 말할 수가 없다. 다리가 후들거리고 손이 덜덜 떨린다.

부동 할아버지, 이거 봐!

부동이 신나서 팔짝거리며 발견한 것은 고물 가전제품이다.

만식　(치통 참고) 옘병…… 횡재네. 너는 쬐간한 게 눈도 좋더라.

부동　(히죽)

만식이 끙끙대며 리어카에 고물을 싣는다. 치통이 다소 잦아들자 숨을 크게 내뱉는다. 그러는 동안 부동은 눈에 띄는 박스를 잽싸게 주워 리어카에 싣는다. 전봇대 밑 박스 발견하고 달려가 줍는 순간, 이상하게 팽팽한 느낌인데, 90대 노파랑 같이 잡았다. 순간 고민하는 부동. 이내 눈 부릅뜬다. 손을 놓지 않는데…… 만식이 다가와,

만식　놔아. 저 할머니가 먼저 집었어.

부동　지랄! 우리가 더 가난해!! 저 할머니 2층 살아!

만식　자랑이다. (콩- 꿀밤 먹이고 빼앗아 할머니에게 준다.)

앞서가는 만식. 리어카를 끌면, 다시 뒤에서 부동이 민다. 동네 사람들, 그런 만식과 부동이 지나가면 자기들끼리 혀를 차고 수군댄다. "왜 자꾸 애를 데리고 나온대……." "아이고, 애가 얼마나 힘들어……." 이때, 부동을 주시하는 누군가의 시선이 있다. 몇몇 고등학생은 대놓고 이들의 모습을 사진, 동영상으로 찍어 SNS에 올린다. '이거…… 학대 아님? 신발도 여름 신발임.'

고딩1 신고해야 되는 거 아닌가?

고딩2 (만식 들으란 듯 기세 좋게) 내 말이…… 완전 학대야, 저거!

그 소리를 들었는지 못 들었는지, 갈 길을 가며 계속 박스를 줍는 만식과 부동. 시선 하나가 계속 이 두 사람을 따라간다. 만식이 끌다가 조금 무거운 것 같아 돌아보면, 부동이 멈춰 서서 유치원 버스에서 내리는 아이들을 보고 있다. 아이들이 자신을 보자, 전봇대 뒤로 살짝 몸을 숨긴다. 그 모습을 보고는, 외면하듯이 고개를 돌려 먼저 가는 만식. 잠시 후, 몸을 돌려 다시 가려는 부동을 누군가 화악-! 낚아채 데려간다.

#17 건물 사이 / 오후

건물과 건물 사이로 부동을 데리고 온 사람은, 아동보호센터 복지사 수진이다.

부동 아아악!! 악악!

수진 소리 지르지 말고…… 아줌마 말 한 번만 들어봐, 부동아……. 응?

부동 (양손으로 귀 막고) 닥쳐! 닥쳐! 닥쳐!

살짝 굳지만, 그래도 몇 번 있던 일인 듯, 익숙한 수진이 작게 심호흡을 한번 한다.

수진　거기 보육원 가면, 삼시 세끼 따뜻한 밥 먹을 수 있고 간식도 줘. 요구르트나 과자나 빵, 그런 거. 노래도 배우고 춤도 배우고 그림도 그리고 친구들도 많고…… 놀이터도 있고…… 엄청 좋다니까? 추운 겨울에 박스 안 주워도 되고.

부동　지랄! 박스 줍는 거 재밌다고!
수진　더 재밌는 걸 몰라서 그게 재밌는 거 같은 거야, 부동아! 어? 너도 유치원 가고, 내년에는 학교도 가야지!
부동　(바락바락) 개뿔따구, 학교 필요 없어!
수진　(맞받아 발악) 대체 왜!! 왜 자꾸 고집을 피우니?!
부동　(소리 빽!) 올드맨은 내 엄마고 내 아빠야!

휙- 돌아서는 부동. 어린 애가 고집이……. 한숨이 푹- 나오는 수진.

수진　(졸졸 따라 가며) 할아버지가 때리진 않아? 맞은 적 없냐고…….

하필, 그 말을 하는데 언제 온 건지 모를 만식과 눈이 마주치는 수진. 놀란다.

만식　(입 삐죽) 저 싸가지…… 사람을 뭘로 보고…….

#18 버스 정류장 / 오후

정류장 의자 끝에 만식이 앉아 있고 수진은 옆에 서 있다. 버스 기다리는 사람들은 만식한테 냄새가 나는지 한쪽으로 우르르 붙어 서 있다. 부동은 정류장 뒤 리어카에 올라앉아 놀고 있다. 옆에서 모자母子가 버스를 기다리는데 남자아이가 부동에게 말을 걸며 논다.

만식　젠장헐, 지가 안 간다는데 어떡해. 보내면 혀 깨물고 죽어버린다는데…… 어서 그런 말을 주워들었는지…….
수진　(말에 뼈가 있는) 보통은 가장 가까운 가족의 말을 배우죠.
만식　(수진 한 번 흘겨본다.)
수진　하여간, 슬슬 생각이란 게 생기고 다른 애들 사는 모습 보면…… 마음 바뀔 거예요.
만식　그땐 지가 가겠다고 하겠지. 그럼 보내줘야지. 지금은 갔다가 적응 못 하고 진짜 혀라도 깨물면…… 에라이. (카악, 퉤-! 침 뱉고) 저 가시나는 어릴 때부터 고집이 세서…… 지가 하겠다면 한다고…… 쬐깐한 게…….

수진 옆에 끼고 살고 싶으셔서 그런 거 아니죠?

만식 (수진 쳐다보며) …… 있어?

수진 아…… 아직이요.

만식 그러니 그런 질문을 하지. 나도 힘들어. 힘들어 죽겄어. 이 나이에 애 키우는 게 쉽겠냐고. 죽을 맛이지…… 나이는 처먹어 팔에 힘도 없어 죽겠는데…… 이도 아파 죽겠고……. 일어나 리어카로 가며 만식이 덧붙인다.

만식 어이, 싸가지.

수진 ?

만식 내가 잘해주진 못해도 때리진 않으니까 걱정 말어라. 알았냐?

수진 ……. (조금은 미안한)

#19 거리 / 밤

만식, 잠시 생각에 잠겨 있는 얼굴이다. 리어카 뒤에 벌러덩 누운 부동은 뭐 때문인지 대놓고 입이 댓 발 나와 있다.

만식 (뒤 한번 돌아보고) 왜 똥 씹은 얼굴이냐? 뭔 일 있어?

부동 아까 어떤 애랑 얘기하는데 나보고 피자 모르는 사람이 어딨냐고, 피자 안 먹어본 사람이 어딨냐면서 놀렸어.

만식 …….

부동 그딴 거 줘도 안 먹어, 병신. (입을 쭉 내민다.)

들었어도…… 만식은 할 말이 없다.

#20 고물상 / 밤

부동은 "아, 추워!" 하며 컨테이너 안으로 쪼르르 들어가고, 만식은 저울로 가 고물 무게를 잰다. 창수가 대형 저울에 주워온 박스를 올려 무게를 잰다. 3,800원 나왔는데, 5,000원 준다. 행색(?)에 비해…… 좋은 사람이다.

만식 지럴, 넌 땅 파서 장사허냐?

가희 아유, 할아버지. 욕 좀 하지 마아―

창수 아내 가희가 뒤이어 고물상에 들어서며 뭐라고 한마디 한다. 싹싹하고 정 많아 보이는 가희는 만삭이다. 말투나 패션이, 가희도 밑바닥에서 고생깨나 한 사람 특유의 포스가 있다.

창수 줄 때 받아요, 올드맨- 쎈 척하지 말고. 당장 먹을 거나 있어?

만식 (고집스럽게) 없음 굶음 되지!

가희 할아버지야, 되지! 부동이는! 하루걸러 하루 밥 먹는 애가 어딨어. 요즘. 술도 좀 끊으시고. 알코올 중독 되면 부동인 어쩌라고.

만식 고아원을 죽어도 안 간다는 걸 어쩌! 씨버럴.

창수 그럼 쉬세요. (가희에게) 자기야 들어가자. (배 문지르며) 우리 반짝반짝 전구, 오늘은 뭐 먹었어요-?

창수, 가희 데리고 사무실 안으로 들어간다. 만식, 입을 삐쭉거리며 컨테이너 안으로 들어가면, 부동이 고구마 검댕을 입가에 묻히며 먹고 있다.

만식 (창수가 준 걸 알고) 어이구, 잘났다, 잘났어. 돈도 없는 게.

부동 맞아! 돈도 없으면서 맨날! 우리가 거지도 아니고, 니기미. (고구마 하나 주며) 자! 이거, 할부지 꺼.

쿵-짝이 잘 맞는 두 사람. 이때 만식, 또 치통이 덮친다. 으으……
만식, 급하게 소주를 꿀꺽꿀꺽 마신다. 소주는 만식의 진통제다.

부동 (맛있게 먹으면서) 맛도 디게 없네. 닝닝해.
만식 …….

고통을 삼키려는지 만식이 말없이 소주만 마시자, 부동은 누워 뒹
굴거리며 노래하면서 먹는다.

만식 (그 와중에 들릴 듯 말 듯) ……인나 먹어. 걸려…….

부동, 관심을 끌려는지,

부동 할버지 이바라!
만식 …….
부동 (뽐내듯이) 개지럴! 씨부럴! 니기미! 육시랄! 옘병! 젠장
헐……!
만식 …….

만식, 듣고 뭐라고 할 처지가 못 된다. 들리지도 않는다. 아프다.

너무 아프다. 혼자 라면 봉지 접은 딱지를 한참 가지고 놀다가, 이내 심심해진 부동은 뾰로통해져 밖으로 나간다. 컨테이너 앞 고물택시에 올라 혼자 버둥버둥 놀던 부동, 이마저도 심심해 고물상을 아예 빠져나간다.

#21 번화가 / 밤

혼자 번화가를 돌아다니며 노는 부동. 취객들이 휘청거리며 걷는 거리를 씩씩하게 돌아다닌다. 놀이터에서 놀듯이. 사람들이 한 번씩 허름한 부동을 쳐다보지만, 달리 어떤 조치를 취하거나 하는 건 없다. 가다가 어느 좋은 차 조수석에 앉은 여자아이와 눈이 마주친다. 차 안에서는 동요가 흘러나오고, 운전석 엄마가 아이와 동요를 같이 부른다. 조금 보다가, 아무렇지 않은 얼굴로 다시 길을 간다. 이것저것 구경하다가 어느 갈빗집 앞에 멈춰 선다. 외식하러 나온 4인 가족의 모습을 물끄러미 바라본다. 이번엔 확실히 부러운 듯이 본다. 그 너머로 보이는 커다란 텔레비전 뉴스에서는 지방선거 관련 뉴스가 나온다. 창가에 딱 붙어 보자니, 안에 있던 아들,

아들　(비밀 얘기해주듯이) 엄마, 쟤 폐지 줍는 거지야…….

말하자, 아이 엄마가 고기를 몇 점 싸서 밖으로 나와 부동에게 건넨다.

애 엄마   애, 너 괜찮니? 경찰에 신고해줄까?
부동   (버럭) ……개지랄!

외치고는 고기만 낚아채 달아난다. 어머머…… 벙-찐 애 엄마. 부동이 컨테이너를 향해 달린다.

#22 컨테이너 안 / 밤

만취한 만식은 중얼중얼 욕을 하며, 손에 닿는 것을 바닥에 집어던지며, 침을 흘리며 앉아 있다. 치통이 아직 완전히 가시지 않은 모양이다. 들어와 잠시 그런 만식의 모습을 보다가 봉지를 꺼내 고기를 주는 부동.

부동   올드맨! 이거 먹어!
만식   (뾰족해져) 확씨…… 가스나가…… 반말을 찍찍..
꿀밤 한 대 얻어맞는 부동.

부동 아씨…….

만식 (봉지 속 보고) 이거 어디서 났어..

부동 어떤 아줌마가 줬어! 요.

만식 이런, 씨이…… 야, 이 가시나야. 니가 거지야? 거지냐고! 이 딴 걸 왜 받아 와!!

봉지를 벽에 팍-! 던져버리는 만식. 놀라 바짝 얼어붙는 부동. 벽에 붙어 선다. 만식은 씩씩대다가 벽을 보고 웅크린 채 잠이 든다. 이렇게까지 무서웠던 적은 없던 것인지, 잠시 쫄아 붙어 있다가, 그럼에도 침낭을 만식 쪽으로 끌고 와 옆에 놓고 들어가서 잔다. 훌쩍훌쩍…… 울음이 바로 멈추지 않는다.
(시간 경과) 햇살이 눈이 부셔 잠에서 깨는 만식. 부동이 가져온 고기를 데워 즉석밥 하나와 함께 밥상을 차려낸다.

만식 인나. 밥 먹어.

부동, 졸리지만 가까스로 잠 깨며 일어나 앉아 밥을 먹는다. 만식도 계속 권하는 부동 때문에 한 점 먹는 둥 마는 둥……. 맛은…… 엄청 있다. 눈 돌아가게..

만식 고아원 가면, 이런 거 자주 먹을 수 있다. 친구들도 있고, 그림도 배워주고, 노래도 배우고.

부동 (빽!) 안 가!

만식 (손 들어올려) 확, 씨……! 이 멍청한 가시나가 가보지도 않고 무작정 안 간다고 지랄이야, 지랄이. 가서 좀 지내보고!

부동 안 간다고!

만식 (욱하지만 참고 설득하듯이) 아니, 지내다가, 만약에 힘들거나 싫거나 괴롭거나 그러면 어? (잠깐 생각하다) 어, 그래. 따악- 허리에다가 따악- 옷을 묶고 다니란 말이야. 어? 그럼 이 할버지가 찰떡같이 알아듣고 다시 데리러 간다고. 그러니까 한 번만 가보라고.

부동 (소리 꽥!) 싫다고오! 쌍!!

만식 어휴, 씨…… 저 웬수같은 가시나.

만식이 또 욱해서 휙- 밖으로 나가버린다. 부동, 바로 또 잽싸게 쫓아나간다.

#23 골목 / 오후

박스를 줍는 만식과 부동. 만식은 아침의 기분 때문인지 치통 때문인지, 굳은 얼굴로 박스를 줍는 둥 마는 둥 하는데. 부동은 열심히 두리번대고 있다. 만식이 주머니에 꽂아 넣은 팩소주만 한 번씩 빨아댄다. 점점 또 취기가 올라온다.

동네사람1   아유, 자꾸 애를 데리고 나와 날도 추운데…….
동네사람2   그러게나 말이야. 애가 지 할아버지랑만 지내니 욕만 늘고…… 저렇게 맨날 술만 마시고…….

누군가의 말에, 부아가 치민 만식. 리어카를 내동댕이친다.

만식   할 일 드럽게도 없네! 남의 일에 관심이 많어, 씨부랄. 에잇!

만식이 리어카와 부동을 내팽개치고 어디론가 씩씩대며 가버린다. 취기에 비틀거린다.

부동   할버지!

부동은 리어카 때문에 만식을 바로 따라가지 못하고 우왕좌왕 한다. 그러다 낑낑대며 리어카를 전봇대에 자물쇠로 걸어놓고 두리번대며 간다. 그런 부동을 지켜보는 누군가의 시선.

노숙자1(V.O.) 아우, 왜 지랄이여, 지랄이!!

#24 지하철역 안 / 밤

한바탕 드잡이판이 벌어졌다. 만식과 만식보다 열 살 정도 어린 노숙자가 술판을 벌이다 시비가 붙어 머리채 잡고 뒹구는 중이다.

만식 개새끼가! 니가 나에 대해 아냐? 알어? 옛날 같으면 한 주먹에 염라 만날 개똥 같은 놈이…….
노숙자2 (맞으며) 아니, 내가 뭐라고 했다고오! 갑자기이!! 고아원은 영감이 먼저 보내고 싶다고 해놓고 막상 보내라고 하니까, 나한테 심술을 부려요, 심술을..!! 아이고, 아퍼…… 이거 놔아!!
만식 개자식……! 개자식!!

만식, 분풀이 하듯 노숙자2를 잡고 늘어진다.

#25 고물상 컨테이너 / 밤

문 벌컥 열고 씩씩대며 들어온 만식이 우당탕, 넘어지듯이 쓰러져 눕는다.

만식 (작게 혼잣말처럼) 미안하다…… 할버지가 못 나서. 내 고집으로 널 힘들게 하는 거 아닌가 모르겠다……. (사이) 딸내미 크는 걸 제대로 못 봐서, 손녀딸로 위안을 받으려고 했던 건가 싶고…… 나 스스로한테 벌을 주고 싶었는가도 싶고…….

그러다 스르르 잠에 빠진다. (시간 경과) 부스스한 얼굴로 라면 끓일 물을 올리고, 라면 박스를 보는데, 라면이 하나도 남아 있지 않다.

만식 육시럴…….

눈치 보듯이 침낭을 보는데, 어쩐지 침낭이 푹 꺼진 것 같다. 슥, 가서 만져 보고 열어보면 부동이 보이지 않는다. 만식의 얼굴이 굳어진다.

#26 고물상 / 오전

만식 부동아! 박부동!

고물상 안을 돌아다니며 부동을 찾아다니는 만식. 제일 먼저 택시 안을 보지만, 없다.

창수 (출근하며) 부동이 없어요?

만식 어. 안 보여.

창수 나가 노는 거 아니에요?

만식은 느낌이 좋지 않다. 나가 노는 게 아닌 것 같다는 생각이 드는 것이다. 창수도 같이 찾기 시작한다.

#27 동네 곳곳 / 오전

부동아! 박부동! 부르며 동네 여기저기, 곳곳을 돌아다니며 부동을 찾는 만식과 창수. 갈 만한 곳에, 안 갈 만한 곳도……. 발 닿는 곳 여기저기 돌아다닌다. 초조한 마음에 만식의 발걸음이 빨라지고 점점 숨이 가빠진다. 한참 돌아다니다, 뭔가를 발견하는 만식. 전봇대에 리어카가 묶여 있다. 리어카는 있는데 부동이는 없다. 박스 몇 개 주워, 어설프게 줄로 묶어 놓기까지 해놨다.

만식 …….

(시간 경과) 몇 시간이 흐르고, 만식은 혼이 빠져 있다. 창수가 멀리서 다가온다.

창수 안 되겠어요. 신고부터 해야지.
만식 신⋯⋯고⋯⋯?

#28 파출소 / 오후

실종 신고를 하는 만식과 창수. 순경, 허름한 만식과 잔뜩 문신한 창수를 위, 아래로 쓰윽 한 번 훑어본다.

순경 그럼 마지막으로 본 게 어제 낮이라는 거예요?
만식 (고개 끄덕)
창수 친부모 행적을 몰라서⋯⋯ 출생 신고는 못 했는데⋯⋯ 괜찮겠죠? 찾는 데 문제가 된 다거나⋯⋯.
순경 일단 그건 나중 얘기고. 아니, 근데, 일곱 살짜리 꼬마가 하루 반이나 안 보였는데 이제 오셔, 그래⋯⋯.
만식 잔말 말고 찾아주기나 하라고.
순경 (못마땅하지만 참고) 일단 접수는 했으니까 집에 가 기다리셔요. 혹시 집에 갔을지도 모르니까.

만식, 순경들이 가만 앉아 있자 못마땅해진다.

만식　바로 나가서 찾아야 하는 거 아녀?

순경　차근차근…… 순서가 있잖아요, 일에 순서가. 이제 접수했는데, 어떻게 찾을 건지 계획을 세워야지. CCTV 좀 찾아보고. 안 그래요?

창수　(만식 데리고 가며) 가요, 가. (순경들에) 잘 좀 부탁드립니다.

만식　(들릴 듯 말듯) 쌍노무 것들…… 내가 폐지나 줍는 늙은이라 이거지…… 어디 정치쟁이 자식이었어 봐…… 지금쯤 엉덩이에 불났지. 저러고 있을 시간이 있어? 쌍놈들…….

창수　(말이 들릴까 봐 막으려고) 아아아…… 부동인 어디 있는 거야…… 아아…….

만식　(괜히 창수 보며) 너는 겉옷이나 좀 입고 나올 것이지!!

창수, 순경들 들을까 더 빨리 밀어 데리고 간다. 이미 들었지만.

순경　어휴, 저 승질 드러운 영감탱이.

옆 순경　자작 아니겠죠? 어디다 갖다 버리고…… 저 할아버지 신고도 많이 들어 왔었잖아요. 애기 학대하는 거 같다고…….

순경　애가 도망간 걸 수도 있고. CCTV부터 좀 보자.

#29 동네 어귀 / 밤

만식은 입을 꾹 다물고 다시 또 여기저기 돌아다니고 있다. 어린 애를 보면 다가가 돌려세워 얼굴을 확인하기도 한다.

창수 집에 가 기다려보는 게…….
만식 내가 우리 부동이를 고아원에 데려다 놓을 생각을 한 적도 있고. 언제고 떠나보낼 생각을 했지만, 이런 식은 아니야. 아니라고.
창수 알죠. 알아요…….

혼이 빠져 부동일 찾는 만식의 모습이 애처롭고 애잔하다. 간 데 또 가고, 또 가는 동안 따라다니는 창수. 이때, 지난번에 본 90대 노파가 손수레를 끌고 지나간다. 만식, 노파에게 다가가 묻는다.

만식 우리 부동이 못 봤어요?
노파 그 시커먼 애기?
만식 (고개 끄덕) 어. 시커먼 애기…….
노파 나는 못 봤지. 얻다 잃어버린 거여.
만식 …….

만식, 돌아서 간다.

노파 누가 존 데 데리고 가 사는 거면 좋겠구만.

별 뜻 없이 한 말에, 만식의 가슴이 철렁 내려앉는다. 창수, 옆에서
눈치를 보고 있는데 전화가 걸려온다.

#30 경찰서 / 밤

강형사 유괴 사건일 가능성이 있어서, 이쪽으로 오시라고 했습
니다. 한번 보세요.

마지막으로 발견된 장소(리어카 놓은) 부근 CCTV 화면을 보여
주는 경찰. 리어카를 두고 만식을 찾는 듯 돌아다니다가, 리어카
를 지키려는 듯 다시 돌아와 그 주위를 맴도는 부동. 근처를 빙빙
돌며 폐지를 찾아 모아 리어카에 넣는다. 혼자 폐지를 줍는 부동
의 모습을 보며 모두가 미간을 찌푸린다. 그러다 주울 것도 없는
지, 앉아 만식을 기다린다. 두리번거리며 만식을 하염없이 기다린
다. 이내 화면 안으로 외제차의 귀퉁이가 보이고 웬 하이힐 신은
여자가 내린다. 명품백을 들고, 명품구두를 신은 여자가 부동에게

뭐라고 한 뒤, 손을 뻗어 데려간다.

강형사 (만식에게) 누군지 아시겠어요?

만식 (고개 절레절레)

창수 (의아한) 이 여자가 유괴범이라고요?

강형사 범인일 수도 있고, 비가 와서 그냥 태워준 걸 수도 있죠. 일단 신원 파악부터 해야죠.

만식 …….

강형사 뭐 나오는 게 있으면 바로 연락드리겠습니다. 할아버지도, 혹시나 이 사람이 전화해서 돈 요구하거나 하면 바로 알려주셔야 합니다.

창수 할아버지가 핸드폰이 없으셔서…… 전화는 저한테 주시면 됩니다. 저희도 무슨 연락 있으면 바로 연락드릴게요.

#31 고물상 컨테이너 / 밤

컨테이너로 돌아와 멍-한 얼굴로 앉아 있는 만식. 무슨 생각을 하는지, 골똘하다.

창수 (머뭇거리다) 할아버지 딸은 아니겠죠? 여자던데. 차라리 그럼 나을 텐데..

만식 걘 아닌 것 같아. 키도 그렇고…… 느낌이…….

그러다 복잡한 생각을 떨치려는 듯, 고개를 절레절레 저으며 벌떡 일어나 다시 밖으로 나간다. 창수, 나가는 만식을 보며,

창수 어디 가요!

만식 게을러빠진 것들……!! 당최 믿을 수가 있어야지.

#32 동네 어귀 / 밤

만식, 아무나 붙잡고 부동이 사진을 보여준다.

만식 오늘 이 애 못 봤어요? 얘 데려간 여자 못 봤어?

아무나 붙잡고 물어보고, 아무 가게나 들어가 물어본다. 문 닫으려는 가게로 불쑥 들어가 물어보고, 술 마시는 손님에게 물어보다가 쫓겨나고 불쑥불쑥 아무에게나 묻고 다닌다. 여기저기 가게마다 틀어놓은 뉴스에서는 지방선거 뉴스가 한창이다.

#33 지하철역 안 / 밤

막차가 끊긴 시간, 노숙자들이 다시 모여든다. 또 술판을 벌인 참이다. 만식, 휘적휘적 나타난다.

만식 자네들, 우리 부동이 오늘 못 봤어? 부동이 데리고 간 여자 못 봤냐고?

노숙자1 부동이? 부동이가 어디 갔는데요.

노숙자2 누가 데려갔어요?

만식 봤어, 못 봤어?

노숙자2 난 못 봤는데……

다들 나도, 나도 하자 망연자실하는 만식. 이때,

태준 난 봤는데.

그 말에 획-! 뒤를 도는 만식. 항상 말없이 앉아 있던, 얼굴의 반이 화상 자국인, 20대 청년 노숙자 태준이다.

만식 봤어? 니가 봤다고?

태준 (끄덕)

만식 어떤 여자가 데려가대?

태준 (끄덕)

희망이 생긴 듯한 만식의 얼굴.

만식 얼굴 기억나? 혹시…… 이 사람?

하고는 주머니에서 여진의 사진을 보여주는 만식.

태준 아닌데. 전혀.

만식 (하아) 그럼……?

태준 근데 얼굴만 기억해서 뭐 해요. 몽타주만 가지고는 경찰도 한참 걸릴걸?

만식 ?

태준 (음흉하게) 난 그 여자…… 누군지도 안다고. 경찰보다도 빨리 찾을 수 있어.

만식 (안도하며) 아이고오, 고맙네. 다행이고만. (다급한 마음에) 그 여자가 누군데?!

뚱-한 태준 얼굴.

태준 할아버지.

만식 ?

태준 (건조하게) 500만 원 있어?

한번 크게 술렁이는 노숙자 무리.

만식 뭔 말…… 이여?

태준 500만 원 주면…… 그 여자가 누군지 가르쳐준다고.

노숙자1 아이고, 이 사람아. 무슨 소리야. 이 영감님이나 우리나 처지가 똑같은데. 그 큰돈이 어디 있다고.

노숙자2 그러게나 말이야. 조용하니, 사람 좋게 봤더만. 빨리 알려드려!

태준 ……돈 없음 마는 거지. (귀 후비적)

태준이 지하철역 밖으로 나가려고 한다. 만식이 순간 생각하다가 얼른 가서 잡아챈다. 태준의 얼굴을 잠시 빤-히 보는 만식. 무색무취 아무 표정도 감정도 느껴지지 않는 얼굴이다.

만식　확실히 봤다고. 어떻게 믿어.

태준, 표정의 변화 없이 주머니를 뒤적이다가 뭔가를 꺼내 내민다. 만식 받아서 보면, 라면 봉지 딱지다. 만식이 눈을 한 번 질끈 감는다.

만식　기다려. 돈 구해올 테니까. 여기 있으라고. 딱 여기 있어!!
태준　(빤히 보다가 끄덕)
만식　(다시 한번) 거짓말이면 너 죽이고 나도 죽는다.
태준　(뚱한 얼굴로 끄덕)

창수(V.O.)　그 큰 돈이 지금 어디 있어요.

#34 고물상 사무실 / 밤

난감하면서 미안한 얼굴의 창수. 옆에 가희도 와 있다.

창수　500은커녕 50도 없는데……. 그냥 기다려요. 거짓말일수도 있고.
만식　진짜 거 같아. 느낌이 그래. 부동이 물건도 가지고 있고…….

가희 그냥 경찰 기다려봐요. 네?

만식 그사이에 무슨 일이라도 당하면 어쩔 거여. 인신매매단이든 새우잡이배든 일본이든 중국이든 팔려 가면 어쩔 거냐고. 폐지 줍는 사람 애새끼를 경찰이 적극적으로 찾아줄 거 같어? 세월아, 네월아지.

창수 그치만…….

만식, 일어나 밖으로 나간다.

가희 (답답한 마음에) 그러게, 애 좀 데리고 나가지 마시라니까!

창수 할아버지가 데리고 나갔나…… 부동이가 따라 나갔지.

가희 아니, 저 할아버지 가진 게 뭐 있다고 부동이를 데려가, 부동이를. 잘못 짚어도 단단히 잘못 짚었지. 근데 왜 돈 요구하는 연락이 없지?

창수 그러니까, 이상해.

만식, 뭔가를 가지고 다시 돌아온다.

만식 나 전화 좀 빌려줘.

만식, 가져온 수첩을 꺼내 연락처를 훑어보더니 여기저기 전화를 한다.

만식 어, 나여. 만식이. 오랜만이지. 나야, 뭐……. 근데 너 돈 500 지금 있냐? 급해서 그래……. 어, 알았다. 급하니까 끊자. (다른 곳으로 전화해) 형님, 나 만식이요. 어, 셋째. 형님 지금 나 돈 좀 급하게 해줘야겠는데. 500만 원. 그럼 누이는……? (끊었는지) 여보세요? 여보세요? 니기미……. (누군가에 걸고는) 어, 나 작은할아버지다. 여보세요? 이것들이…….

여기저기, 연락 안 하고 지내는 가족, 친구 등에 전화하지만, 대부분 받지 않거나 그냥 뚝 끊어버린다. 초조해지는 만식. 이때, 문을 열고 들어서는 수진.

수진 부동이 데려간 유괴범이 돈 달래요? 돈 줄라고?!
창수 아…… 복지사님…….
만식 너 상대할 시간 없다. 가.
수진 무슨 돈을 구하고 있는 거냐고요!!

수첩만 넘기는 만식. 전화할 곳이……. 더 이상 없는 모양이다.

수진   저한테 그 정도 돈 있어요. 전세금 올려주려고 모아놓은 돈.

모두, 일제히 수진을 본다.

수진   지금 뭐하려는 건지 솔직하게 말씀하시면 제가 빌려드릴
수도 있다고요.

만식, 창수 부부 눈치 보며 망설인다. 창수도 뭐가 답인지 모르겠
다는 듯 어깨를 한번 들썩인다.

수진   유괴범한테 돈을 주려는 거냐고요!
만식   ……유괴범이 아니라…….
수진   그럼……?
만식   유괴범을 확실히 안다는 놈이 나타났는데 돈을 달래. 돈을
주면 누군지 알려주겠다고.
수진   (벌떡 일어나) 그럼 경찰에 말해야죠!
만식   (고개를 내저으며) 눈깔이가 튀튀한 게 여간한 놈이 아닌 거
같어. 경찰에 고해바쳤다가는 입 꽉 다물고 안 가르쳐줄 거 같다
고…….
수진   거짓말일 수도 있잖아요.

만식 내가 평생 교도소만 들락날락거리면서 별의별 놈을 다 봤 잖어……. 그놈은 알어. 분명히 알어.

수진 …….

수진의 얼굴만 살피는 세 사람. 수진, 조금 고민하다가…….

수진 누군지 알아내면, 바로 경찰에 알려주는 거예요, 바로!

만식 (고개 끄덕인다.)

#35 지하철역 안 / 밤

봉투 속 액수를 확인하는 태준. 사람 속 터지게, 느릿느릿 확인한다.

만식 맞다니까, 500…….

만식이 초조해하든 말든, 돈을 세는 태준. 다 셌는지, 봉투를 주머 니에 쑤셔 넣고는 돌아서서 걷는다.

만식 (놀라) 어디 가!! (뒷덜미를 잡아채는)

태준 (손을 탁! 쳐내고) ……따라와요.

만식 ······.

#36 거리 / 밤

태준, 앞서 걷는다. 만식은 일단 따라 걷기만 하는데······. 혹시라도 태준이 튈까, 조마조마하다. 그나마 뒤에서 따라오고 있는 창수의 트럭이 힘이 된다. 조금 걷다가 어느 담벼락 앞에 서는 태준. 휙, 돌아서 담벼락을 본다.

태준 이 여자예요. 1번.

태준이 뭔가를 가리켜 보면, 지방선거 벽보가 붙어 있다. 만식은 아리송한 얼굴로 태준이 가리킨 벽보를 본다. 우아한 차림에 환히 웃고 있는 40대 여성의 사진. 경기 교육감 후보 1번 정회윤이다.

만식 정회윤······?

태준, 주머니에서 뭔가를 꺼낸다. 꼬깃꼬깃 접어놓은 웬 종이.

태준 도대체 이런 여자가 돈도 없는 애를 왜 데려가······.

말하고는 종이를 건네고 자리를 뜨는 태준. 만식, 재빨리 종이를 펼쳐본다. 지방선거 공보물. 지방선거 공보물 중, 교육감 후보 정회윤에 대한 내용. 이력, 경력. 한국대학교 영어 교육학과 출신의 교육학 및 아동학 석박사이자, 대치동에서 아동 심리 연구소를 20년 넘게 운영해온 사람. 교수 남편과 열두 살 큰딸, 열한 살 아들, 열 살 막내딸이 있다는 내용. 단란한 가족사진이 인상적이다. 당최 이런 여자가 부동이를 왜…… 만식은 의아하기만 하다.

가희(V.O.) 진짜 이 여자가 맞아요?

#37 고물상 사무실 / 밤

사무실에 모인 창수, 가희, 수진, 만식. 가희가 고개를 갸웃갸웃한다.

가희 한국대학교 영어교육과.. 교육학, 아동학 석박사…… 대치동에서 아동심리 연구소 20년…… 전혀 아닌 거 같은데? 이런 여자가 뭐하러……
창수 그러게. 영 잘못 짚은 거 아니에요?
만식 ……확실히 그 여자가 데려간 걸 봤대. 그때 입은 옷이랑,

여기 사진 속 옷도 똑같았다고…….

가희 대체 부동일 왜 데려간 거지? 돈이 필요해 보이진 않은
데…….

만식, 치통이 찾아온다. 미간이 잔뜩 찌푸려진다. 소주병에 절로
손이 가는데, 거둔다.

창수 이제 어째야 돼……?

수진 경찰한테 알려야죠. 그러기로 했잖아요.

수진이 핸드폰을 꺼내려고 하면 막으며,

만식 이틀만. 이틀만 시간을 줘.

모두 ?

만식 이 여자부터 만나봐야겠어.

수진 그치만, 누군지 알아내면 바로 경찰에 말하기로…….

만식 (단호하게) 이틀만. 딱 이틀만…….

#38 고물상 컨테이너 / 밤

컴컴한 컨테이너에 들어서는 만식. 손을 더듬어 스위치를 켜는데, 전구가 나갔는지 켜지지 않는다. 어두컴컴한 채로 더듬어 침낭을 찾는 만식. 침낭이 부동이인 양 옆에 눕는다. 코를 몇 번, 훌쩍인다. 울음을 참느라 끅끅대는 이상한 소리가 난다. 투둑투둑 투두둑 컨테이너로 빗방울이 떨어지기 시작하더니, 이내 퍼붓는다.

#39 동네 어귀 / 오전

강형사는 동네 사람들을 만나 탐문 수사를 시작한다. 부동 사진 보여주며, "이 아이 아세요? 할아버지는?" 우선 만식에 대한 평판을 알아본다.

이웃1 말도 마요. 애를 폐지 주울 때마다 데리고 다니고.. 밥도 제대로 안 먹이는 것 같고…….
이웃2 애가 혼자 줍고 다니는 날도 있었다니까요.
학생1 애 겨울에도 여름 신발 신고 다녔어요.
학생2 애가 없어지니까 나온 거예요? 학대 신고할 때는 나와 보지도 않더니!!

강형사 …….

#40 고물상 / 오전

고물상에 찾아온 강형사. 사무실로 가보는데, 아무도 없다. 들어
와 여기저기 기웃거리다가 컨테이너를 발견하고 들어가 본다. 컨
테이너 안을 돌아보고는 미간을 찌푸린다. 어디론가 전화를 건다.
'윤창수'에게 전화를 거는데, 받지 않는다.

강형사 전화는 왜 안 받는 거야…….

#41 도로, 트럭 안 / 오후

창수의 트럭을 타고 유세 현장을 찾아 돌아다니고 있는 창수와 만
식. 전화가 계속 울린다.

만식 일단 경찰 전화는 받지 말어.

창수 ……알았어요.

만식은 유세 현장이 보일 때마다 눈을 크게 뜨고 본다. 시장, 지사 후보 등이다. 정회윤은 아직 찾지 못했다. 잠시 후, 창수 핸드폰으로 도착하는 메시지.

[한국대학교로 가보세요. 정회윤 유세 예정 장소 - 양수진]

메시지를 보고는 창수가 핸들을 돌린다.

#42 한국대학교 앞 / 오후

대학교 앞 유세 트럭에서 정회윤이 유세를 하고 있다. 투피스 정장이 잘 어울리는, 우아하고 지적이고 세련된 이미지다. 감격스러운 얼굴의 회윤,

회윤 ……이렇게 후배 여러분을 만나게 되어 감회가 새롭고, 기분이 좋습니다. 혹시 여기 영어교육학과 친구들도 있나요-?

몇몇 손을 든다. 분위기 좋은 유세 현장.

#43 갓길, 트럭 안 / 오후

창수와 만식이 유세 현장 맞은편에 트럭을 대고 지켜보고 있다.
만식이 뛰어나가려고 하자,

창수 기다리세요. 따라붙어야 부동이 어디 있는지 알아내죠.
만식 ……알았다.

창수는 그런 만식을 힐끗 본다. 평소와 달리 어떻게든 정신 차리
고 있으려는 만식이 안쓰럽다. 챙겨온 두유를 하나 건넨다. 만식
은 받아들고 마시지는 않는다.

창수 할아버지.
만식 왜.
창수 경찰 따돌리고, 지금 이렇게 따로 행동하는 이유가…… 뭐
예요?
만식 …….
창수 (조심스레) 혹시…….
만식 (말 자르고) 어어! 저기 출발한다! 밟어!

마침 출발하는 유세 트럭. 창수가 일단 따라잡는다.

#44 도로 / 오후

창수의 트럭, 기민하게 유세 트럭을 따라잡는다. 중간에 끼어든 차 때문에 놓칠 뻔하지만, 가까스로 다시 따라붙는다. 어느 도로 갓길에서 정회윤이 유세 트럭에서 내려 외제차로 갈아탄다. 창수, 다시 외제차를 따라잡는다.

#45 아파트 단지, 트럭 안 / 오후

거대한 아파트 대단지. 외제차가 아파트 입구에서 진입 금지 바를 지나 안으로 들어간다. 창수는 트럭을 아파트 근처에 세운다. 바로 차에서 내리려는 만식을 잡는 창수.

창수 할아버지 얼굴은 알 수도 있으니까⋯⋯ 제가 갈게요.
만식 ⋯⋯(망설이다가 끄덕) 조심해.

바삐 뭔가를 챙겨 내리는 창수.

#46 아파트 단지 안 / 오후

뭔가를 입으며 부리나케 뛰어 들어가지만, 정회윤을 놓친다. 입은 것은 때 타서 버려진 듯한 택배 조끼다. 빠르게 분리수거함에서 작은 상자 하나 찾아 손에 쥐는 창수. 이리 뛰고, 저리 뛰고 하다가 지하 주차장으로 들어간다. 이내 멀리 차에서 내리는 정회윤을 발견한다. 입구 비밀번호를 누르기 직전, 등 뒤의 창수를 한번 힐끗 보지만 택배 조끼를 입고 있어, 이내 의심을 거둔다. 엘리베이터까지 가까스로 따라 타는 창수. 정회윤이 3층을 누른다. 창수, 어쩔까 하다가 4층을 누른다. 이때, 정회윤의 핸드폰이 울린다. 창수가 움찔 놀란다.

INSERT. 트럭 안에서 기다리는 만식은 초조하기만 하다.

정회윤 (걸려온 전화 받으며) 네- 교장 선생님. 많은 도움 주셔서⋯⋯ 열심히 하고 있어요~ 정말 감사해요- 식사 한번 같이 해야 되는데-

엘리베이터 3층에 도착한다. 내려서 비밀번호를 누르려는데, 위로 올라가지 않는 엘리베이터가 신경 쓰이는 회윤. 조금 기다렸다가 누르려고 우유 주머니만 만지작거리는데, 창수도 더는 어려울 것 같아 하는 수 없이 4층으로 올라간다. 뭐야…… 하며 비밀번호 누르고 현관문을 여는데, 그 안으로, 아이들이 보인다. 쪼르르 선 세 명의 아이 중…… 부동이 있다! 창수, 4층에서 어쩔까 하다가 에라, 모르겠다- 뛰어 내려와 닫히는 문을 잡는다.

정회윤 아악! 뭐예요!
창수 아, 저…… 택배가 왔는데…… (집 안을 보려고 시도한다.)

집 안으로 부동이 화장실 안으로 들어가는 걸 본다.

정회윤 (빈 상자 보고) 이게 뭐야…… 지금 뭐하시는 거예요?
창수 아…… 그게…… 이게 왜…… 잘못 가지고 왔나 봐요…….

문을 쾅-! 닫아버리는 정회윤.

창수 부동아…….

#47 정회윤의 집 / 밤

회윤, 들어서며 사 들고 온 케이크 상자를 화장실에서 나오는 부동에게 건넨다. 부동, 좋아하며 아이들과 케이크를 꺼내 먹는다. 마카롱도 들어 있다. 신이 난 부동, 예쁜 색의 동그란 마카롱이 꽤 마음에 드는 얼굴이다.

회윤 (방으로 들어가며) 씻고 나올 테니까 먹고 학습지 할 준비해.
아이들 (좀 싫지만) 네.

허겁지겁…… 신나게 먹는 부동. 내내 함빡 웃는 얼굴이다. 새삼 입고 있는 부들부들한 잠옷과 동물 털 슬리퍼가 마음에 든다. 벽면 가득한 텔레비전으로 나오는 애니메이션 영화도 신나고. 먹다가 슬쩍 마카롱 하나를 뒤로 숨겨 방으로 들어간다. 방으로 들어가 침대 밑을 더듬어 봉지를 꺼낸다. 봉지를 열면 피자 한 조각과 케이크 한 덩이가 들어 있다. 그 속에 마카롱도 넣는다. 넣으면서 좋아한다. 그런데, 부동이 있는 방 안이 문득 기이하게 느껴진다. 부동의 사진이 곳곳에 액자에 끼워져 세워져 있고, 부동의 사진과 함께 곳곳에 적힌 이름이 낯설다. 유경현.

#48 아파트 단지 근처, 트럭 안 / 밤

앞 유리 너머로 우뚝 솟은 아파트를 바라보는 만식.

만식 정말 좋은 집이었단 말이지? 부자 같고…… 돈 많고…….

창수 네. 그래 보였어요. 예상대로……. 선거에도 나가는 사람이니까…….

(사이)

만식 저런 곳에 사람이 진짜 들어가 살까 싶네…… 너무 높고…… 다닥다닥 붙어 있고…… 불이라도 한번 나면 다 죽겠어.

창수 이제 어쩔까요.

만식 부동이를…… 내 눈으로 좀 봐야지 싶네.

창수 ?

(시간 경과) 트럭 안에서 잠든 창수. 만식은 먼저 일어나 아파트 입구를 주시하고 있다. 동이 트고, 사람들이 오가기 시작하는 시간. 잠시 후, 아파트 입구 앞에 아이들이 모여들고, 영어 유치원 버스가 도착한다. 그리고 그 유치원 버스에 부동이…… 부동이가 올라탄다. 부동을 보자마자 뛰쳐나가려던 만식이 유치원 버스가 출발하자 창수를 흔들어 깨운다.

#49 유치원 / 오전

트럭을 타고 유치원 버스를 따라온 창수, 만식. 만식은 버스에서 내리는 부동의 모습을 본다. 함빡 웃으며 깔깔대며 신나게 유치원 안으로 들어가는 모습. 유치원 창 너머로도 부동의 모습이 보인다. 새로운 곳에서도 친구들과 잘 어울리며, 되레 대장처럼 굴며, 장난감을 가지고 이리 뛰고 저리 뛰며 논다. 그런 부동을 굳은 얼굴로 보는 만식의 얼굴을 창수가 힐끗 한번 본다.

#50 몽타주

— 유치원이 끝나고, 회윤 부부가 부동을 데리러 온다. 유치원 입구에서부터 양쪽에 서서 손을 잡고 데리고 나와, 한번 들썩 점프 시켜주니 까르르 웃는 부동. 그런 부동을 차에 태워 안전벨트를 채워주는 회윤. 머리도 한번 쓰다듬어 주고…… 멀리서 지켜보던 만식과 창수가 회윤의 차를 따라간다.

— 회윤, 백화점으로 가 부동의 옷을 사준다. 한 벌도 아니고 몇 벌씩이나. 가방도 사주고, 신발도 사주고…… 따라다니는 부동은 원래부터 이들 부부의 아이였던 것처럼, 자연스럽게 녹아들어 있다. 이 행복한 가족의 모습을 수행원이 사진으로 남긴다. 멀리서 만식

이 계속 지켜보고 있다.

— 레스토랑에서 식사를 하는 회윤 부부와 부동. 어느새 남매도 데리고 와 다섯 식구가 오붓하다. 회윤, 웃으며 밥을 먹는 부동에게 웃으며 말한다. "그래, 우리 경현이. 넌 지금처럼 이렇게 그냥, 행복하면 돼."

— 레스토랑 앞. 레스토랑 입구에 서서 창 너머 레스토랑 안을 가만히 들여다보던 만식과 창수는 그런 부동의 모습을 보며 생각이 많아진다.

만식 (고개 돌려 앞을 보며) ……그만 가자.

#51 고물상 / 밤

고물 택시에 들어가 앉아 달을 보며 소주를 마시는 만식. 이날 따라 달이 유난히 크고 밝다. 창수가 안주될 만한 것을 가지고 나와 조수석에 올라 건넨다. 만식의 표정을 힐끗, 살피며 바닥에 앉는 창수.

만식 (잔 비우고) 우리 부동이…… 착하게 살아서, 복 받는가 보다. 고마운 유괴네…… 착한 유괴야…….

창수 말도 안 돼. 그런 말이 어디 있어요. 멋대로 남의 아이를 데려간 건 뭐가 됐든 무조건 범죄예요.

(사이)

만식 내일…… 경찰서 가서 실종 신고 취소할란다.

창수 할아버지!

만식 지 에미가 데리고 갔다고 말할 거야. 그러니까 윤 사장도 비밀 지켜줘.

창수 그 여자는 그냥 유괴범이라니까요! 범죄라고요!!

만식 어디 오다가다 보고…… 우리 부동이가 불쌍해 데려가 버렸나 보지. 잘해주고 싶어서. 안 그래도 동네 사람들이 우리 부동이 불쌍하다고 말 많았잖어. 학대당한다고…….

창수, 억장이 무너진다. 다른 사람은 몰라도 창수는 안다. 만식이 어떻게 부동이를 키웠는지. 고물 택시 안을 돌아보자니 더 가슴이 아리다. 룸미러에 달랑이는 사진. 만식과 아기 부동. 창수, 두 사람과의 첫 만남이 떠오른다.

#52 고물상 / 오후 (과거)

고물상 개업하던 날, 몇몇과 음식을 나눠 먹고 있는데, 탈탈탈 소리 내며 들어오던 고물 택시. 교통사고가 난 듯 부서져 있다. 만식이 그 차를 낑낑대며 밀고 들어온다. "이거 주면…… 방 좀 내줄라요?" 묻던 만식의 품에 안겨 있던 꼬마 부동이.

#53 고물상 / 밤

창수 이렇게 쉽게 포기하려고 그 고생하면서 키웠어요? 이가 다 문드러질 정도로, 허리, 무릎 다 아작 날 정도로?!

만식 …….

창수 포기하면…… 다시는 함께 살 수 없어요. 그래도 괜찮아요?

만식 괜찮아. 우리 부동이만 행복하면.

말은 그래도, 만식의 얼굴은 전혀 그렇지 않다. 창수, 길길이 날뛰다, 마음을 다잡으려 한다. 만식의 마음을 이해 못 할 바 아니기에…… 후우…… 한숨을 푹 한번 내쉬고는,

창수 그래요, 뭐! 저도 안 어울리지만, 어릴 때 검사가 되고 싶었는데, 페인트칠로 먹고 사는 부모 만나…… 턱도 없었어요. 법대는커녕 전문대도 못 나왔으니까.

만식 (창수를 본다.)

창수 방식이야 어쨌든, 방법이 틀렸든 맞았든, 갈아탈 수 있는 사람은 갈아타고 빠져나가는 게 낫겠죠⋯⋯.

만식 맞어. 우리 부동이 빠져나가야 돼. 내 시궁창 같은 인생에서⋯⋯ 좋은 냄새 나고 좋은 거 가득한, 크고 넓은 집에서 살아야지, 평생. 고아원도 센터도 다 아니야. 그 집이⋯⋯부동이한텐 천국이야⋯⋯.

창수 하아⋯⋯.

담담한 만식에 비해 울컥, 하는 창수. 고개를 파묻는다.

만식 한 가지⋯⋯조금 후회되는 게 있네.

창수 뭔데요?

만식 기왕이면 예진이라고 지어줄 걸. 예진 부동산에서 부동이 아니라, 예진이라고⋯⋯. 오래 오래 건강하게 살라고 촌스러운 이름을 지어준 건데, 그게 내내 마음에 걸려. 예진이라고 지었으면, 첨부터 예진이처럼 살았을 거 아니야.

창수, 작게 피식 한 번 웃는다.

창수 우리 애 나오면 잘해주세요!! 할아버지가 의외로 아기를 잘 키우시잖아요. 부동이의 영웅, 욕쟁이 올드맨!

만식　(피식) 옘병…….

이 모든 이야기를 고물상 벽 너머에서 다 듣고 있던 수진이 주먹을 꽉 움켜쥐고 있다. 눈가가 촉촉하다. 하아- 한숨이 절로 새어나오자 수진은 마른세수를 벅벅 한다.

#54 정회윤의 집 / 밤

방으로 들어온 부동, 몰래 주머니에 싸온 레스토랑 식전 빵을 침대 밑에 있던 봉지에 넣는다. 봉지를 보고 있자니, 시무룩해지는 부동의 얼굴.

부동　빨리 가야 되는데…….

이때, 등 뒤가 싸해 뒤를 돌아보니 뒤에 회윤이 서 있다. 잔뜩 굳은 얼굴로. 부동이 뭐라고 말을 하려는데, 뺨을 세게 한 방 얻어맞는다. 부지불식간에. 거의 날아갈 정도로 세차게 몇 대 더 때리자 부동이 크게 놀란다. 놀라 눈이 휘둥그렇다.

부동 아줌마……?

회윤 누가 이런 짓 하랬니……?

부동 (봉지 들며) 할버지 줄 거야. 집에 언제 가요?

회윤, 봉지를 들어 열어본다. 우욱……헛구역질이 나올 것 같다.

부동 할버지한테 갈래요, 이제!

회윤 아휴, 이게 진짜!!

회윤이 부동의 머리통을 또 한 번 세게 갈기자 부동이 옷장까지 날아간다.

회윤 우리 경현이는…… 이런 구질구질한 행동하지 않았다고……. (신경질적으로) 아무리 씻어도 계속 냄새 나는 것 같고…… 드러워 죽겠어, 아주……!! (다시 손을 뻗으면)

부동 (웅크려) 잘못했어요!

회윤 어유, 진짜…….

회윤, 부엌 쓰레기통으로 가 음식 봉지를 쑤셔버린다. 부동은 놀라 훌쩍 훌쩍 울기 시작하고 회윤이 다시 방으로 돌아온다.

회윤　책상 앞에 앉아!! 너 오늘 새벽 두 시까지 학습지 풀어. 빨리 안 일어나?!

부동　아아!!

회윤, 부동이 일어나지 못하자, 머리채를 손으로 휘어잡은 채 책상 앞 의자에 앉힌다. 부동은 괴롭다. 부동은 영어는커녕 한글도 모른다. 다 그림 같을 뿐이다. 잔뜩 겁에 질린다.

부동　(작게 중얼) 할버지…….

꽉 움켜쥔 작은 주먹이 벌벌 떨린다.

의사(V.O.)　그냥, 다 빼버리라고요?!

#55 치과 / 오전

치과 진료실. 의사 앞에 만식이 입을 크게 벌리고 있다가, 고개 끄덕이며,

만식　(웅얼) ……다 빼버려…… 죄다.

의사　하도 여러 개가 썩어서, 다 빼면 몇 개 안 남을 텐데…… 치료비 때문에 그러시는 거죠..?

만식　…….

의사　……진짜 괜찮으시겠어요?

만식　(고개 끄덕인다.)

의사　(혀를 차며) 아이고오. 그동안 아프셔서 어떻게 버티셨대…… 뽑고 항생제 잘 챙겨 드셔야 돼요.

만식　…….

#56 고물상 컨테이너 / 오후

만식, 이를 빼서인지, 얼굴이 퉁퉁 부어 있다. 그 몸으로 부동의 물건을 하나, 하나 정리한다. 박스에 하나, 하나 조심스레 챙겨 집어넣는 만식. 부동이 전단지 뒷면에 그린 그림을 한번 본다. 아마도 만식인 듯한 사람과 부동인 듯한 사람이 그려져 있다. 구불구불하고 어설프게…….

만식　그림은 영…… 파이다.

다 챙겨 넣고는, 박스를 한쪽에 밀어 넣고 겉옷을 챙겨 일어선다.

#57 고물상 / 오후

밖으로 나오니, 창수가 일을 하고 있다. 부동이 일이 창수에게도 힘든지, 얼굴이 영 거칠하다.

창수 (나오는 만식 보며) 경찰서 가시려고요? 진짜 신고 취소하실 거예요?

만식 ……그래. 갔다 오마. 참.

창수 ?

만식 그 여자 집 주소 기억나지? 거기 그 피잔가 뭔가 그거 하나만 시켜줘라. 내 갔다 와서 돈 줄게.

창수 아…… 네. 그럴게요.

이내 고물상을 나서려는데, 입구에서 누군가와 마주친다. 처음엔 누군가…… 싶은데 여진이다. 놀라는 만식. 자기도 모르게 뒤로 주춤한다. 초반에 나온 것과 확연히 달라진 여진의 모습. 깨끗한 옷을 입었고, 한껏 꾸몄고, 눈매에 독기가 어렸다.

만식 여진아…….

대꾸 없이 만식의 어깨를 툭 치고 들어가 고물상을 휘이 보는 여진. 창수도 침을 꿀꺽 삼키며 스윽…… 떨어져 서고. 여진이 컨테이너 안도 열어보고는 미간을 팍- 구기며,

여진 이런 데서 어떻게 애를 키울 생각을 한 건지…….
만식 …….
여진 (만식 보며) 실종 신고, 취소해요. 내가 데리고 간 거니까.

그 말만 딱- 하고는 매몰차게 가버린다. 창수, 고개를 갸웃한다. 자기가 데려갔다니? 만식은 15년 만에 보자마자 한다는 소리에 기가 막혀 화가 난다. 따라붙어 따지듯이 묻는다.

만식 이제 와서 왜 데리고 갔어…….
여진 (조용히 참는다.)
만식 왜 말도 없이 데려가 이 사달을 만들었냐고!!
여진 말 섞기 싫어서!! 당신이랑 말 섞기 싫어서 말 안 하고 그냥 데려갔다고. 됐어?!

휙-! 신경질적으로 가버리는 여진. 완전히 떠나기 전,

여진 신고 취소해요. 당장.

말 남기고 간다. 창수, 여진이 떠난 자리와 만식을 번갈아 보며 눈치를 살핀다.

창수 근데…… 왜 자기가 데리고 갔다고 하는 거죠? 부동인, 그 교육감 후보 집에 있잖아요.

만식, 무슨 생각을 하는 건지, 잠시 곰곰 생각하다가, 재빨리 밖으로 나간다.

창수 할아버지!

#58 정회윤의 집 / 오후

거실에 모여 앉아 공부 중인 세 아이. 가사도우미가 부엌에서 일을 하고 있는데, 인터폰이 울린다. 인터폰 받은 가사도우미.

가사 도우미 안 시켰는데. 너희 피자 시켰니? 사모님이 시키셨나······?

첫째 피자?

둘째 앗싸-

일단 피자 받아 들고 들어오는 가사 도우미. 남매, 피자 박스 열고 한 입 먹는다. 관심 없는 부동. 기운 없고, 힘이 없다.

첫째 우웩 씨······ 맛없어. 이거 완전 싸구려 피자야. 치즈도 가짠가 봐.

둘째 으악······ 진짜 맛없네. 퉤퉤. 안 먹어.

첫째 엄마가 시킨 게 아닌가?

부동은 그제야, 피자에 눈길이 간다. 뭔가를 직감한 건지······ 피자 한 조각 손에 든다. 오물오물 피자를 먹는 부동. 눈물이 고인다.

#59 거리, 지하철역 / 오후

지하철역을 향해 걷는 여진을 쫓아가는 만식. 사람들 사이를 헤치며 따라 걷자니 힘에 부친다. 아슬아슬하게 전동차에 오르는 여진을 따라, 간발의 차로 오르는 만식. 헉헉 숨을 거칠게 몰아쉰다. 마른기침도 연방 터져 나온다. 누군가 "괜찮으세요?" 묻는다. 만식보다 조금 젊은 남자가 노약자석을 양보한다. 노약자석에 엉덩이만 대고 걸터앉아, 멀리 떨어져 선 채 핸드폰을 만지는 여진에게서 눈을 떼지 않는다. 이 상황과 상관없다는 듯, 자기는 아무것도 모른다는 듯, 웃으며 핸드폰으로 누군가와 메시지를 주고받는 모습. 딸의 웃는 모습에, 기분이 묘하고 복잡하다.

#60 주택 단지 / 오후

조용하지만 낙후된 주택 단지로 들어선 여진을 계속 만식이 따라붙는다. 여진은 이사 마무리 중인 다세대 주택 앞에 멈춰 선다. 이삿짐에 줄을 던져 묶는 걸 보니, 이사는 다 끝난 듯하다. 남편으로 보이는 남자에게 다가가 "여보-" 하고 부른다. 옆에 다섯 살짜리 남자 꼬마애도 서 있다.

여진 이제 출발하면 된대요?
남편 응.
여진 (아이 보며) 가자, 규식아- 우리 오늘 새집으로 이사 가는 거야- 아파트-

규식　우와…….

꽤 평범하고 행복해 보이는 모습에 만식은 울컥한다. 그냥 돌아설까, 모르는 척 보내줄까 고민하다가 그래도…… 그래도…… 부동이는 찾아야 하니까. 이삿짐 트럭 출발하고, 뒤이어 여진 남편의 차가 출발하는데, 만식, 그 차를 막아선다. 팔을 활짝 벌리고 막아선다.

남편　뭐야!

클랙슨 연신 누르는 남편. 여진, 조수석에 앉아 있다가 놀라 밖으로 나온다.

여진　(발작적으로) 뭐하는 거야!! 여긴 어떻게…….
만식　부동이는!! 니가 데려갔다며! 부동이 어디 있어!! 안 보이는데!
여진　(밀어내며) ……가. 걔 잘 지내고 있으니까 그냥 가라고!
만식　왜 다른 여자가 데리고 있는데 니가 데려갔다고 거짓말하는 거야? 어?! 그 여자 누구야!!

순간, 만식이 뭔가를 알고 있다는 걸 직감한 여진. 미간을 한 번 찌

푸리다가,

여진 누가 데리고 있으면 어때서! 아무나 데려가도 당신보단 잘 키워! 쓰레기 더미에 방치해놓고 이제 와서 찾는 척이야, 왜!! 비켜!!

만식을 밀치는 여진.

여진 (차에 올라타기 전) ……나한테 아무것도 해준 거 없지. 그럼 이번만 그냥 모르는 척해.
만식 왜 그러는데. 그 여자가 누군데 그 여자한테 애를 보냈냐고!! 정 뭣 하면 그냥 니가 키울 것이지!!
여진 부동인 잘살 거야…… 그러니까 더 이상 묻지 마. 처음이자 마지막으로, 아빠 노릇 좀 하시라고. 나한테 미안하면.

말하고는 차에 올라타 떠나는 여진. 여진, 차에 올라 떠나며 어디론가 전화를 한다. 차를 따라 조금 뛰다가, 이내 포기하는 만식. 괴로워한다.

#61 정희윤의 집 안팎 / 밤

INSERT. 거의 다 불이 꺼진 밤의 아파트. 그나마도 켜져 있던 어느 집의 불이 꺼진다. 굳게 닫혀 있던 부동의 방문이 **빼꼼** 열린다. 부동, 까치발을 들고 안방 눈치를 살피며 현관으로 향한다. 살금살금 조심히 가서 버튼을 누르는데, 띠릭 소리에 한 번 흠칫한다. 문을 열고 밖으로 나간다. 엘리베이터 버튼을 누르고 발을 동동거리고 있는 부동.

부동　빨리…… 빨리…….

현관문을 힐끔거리며, 조마조마하게 엘리베이터 기다린다. 이내 띵- 하는 소리와 함께 엘리베이터 문이 열린다. 잽싸게 오르려고 하면, 눈앞에 보이는 희윤!

희윤　(얼굴 일그러져) 너 진짜 말 안 듣는구나? 이래서 피가 무서운 건데!!

말하고는 손톱 긴 손으로 머리를 또 화악- 잡아챈다.

#62 정회윤의 집 / 밤

INSERT. 부동의 닫힌 방문이 보이고, 안에서 퍽 퍽 소리와 부동의 비명이 들린다. 이불을 머리끝까지 끌어다 덮는 회윤 남편과 잠에서 깨 두려워하는 첫째.
(시간 경과) 딱딱하게 굳어 책상 앞에 앉아 있는 부동. 이번에는 《수학의 정석》같이 두꺼운, 연령에 맞지도 않는 문제집 앞에 놓고 눈물을 뚝뚝 흘리고 있다. 회윤은 침대에 웅크리고 누워 동공이 팍 풀어진 채, 중얼중얼하는데 정신 나간 사람처럼 보이기도 한다.

회윤 멍청한 년…… 진짜 경현이는 얼마나 똑똑했는지 아니? 걔가 영재였어. 영재. 다른 애들이랑 수업도 따로 듣는…… 영재가 뭔지는 아니? 내가 교육 전문가라 웬만한 애들은 천재 만들어줄 수 있는데, 넌 피부터 바꾸지 않으면 어려울 거야.
부동 …….
회윤 애가 어쩜 이렇게 멍청하니…… (키득 웃는) 역시 피는 못 속여…….
부동 그럼 진짜 경현이는…… 어디 있는데요……?!

그 말에 순간, 감정이 확-! 치밀어 올라 눈을 질끈 감는 회윤.

INTERCUT. 한강. 유람선을 탄 회윤의 가족. 그런데 아홉 살 경현이 스스로 배 난간에 오른다. 잠시 뒤를 돌아보는 경현의 무표정한 얼굴. 풍덩-! 소리에 회윤이 돌아보면 경현이 없다.

회윤 (중얼) 자살 아니야. 자살 아니라고. 아홉 살이 어떻게 자살을 해……. 발을 헛디딘 거라고. 알지도 못하는 것들이…… 쓰레기 같은 것들이…… 지들 멋대로 지껄이고!!

회윤이 몸부림치며 괴로워한다. 부동은 너무 무섭기만 하다. 회윤이 그러다 경현을 떠올리게 한 부동에 화가 난 건지, 부동에게 다가가 머리채를 휘어잡고 흔들어댄다.

회윤 허리 똑바로 세우고! 그거 다 안 풀면 오늘 못 잘 줄 알아! 내가 나 위해서 이러니?! 다 너 위해서 이러는 거지! 경현이 너도…… 나중에 크면, 엄마 마음 알게 될 거야. 그러니까…… 조금만 더 참자, 응?

남편이 문틈으로 그런 회윤을 보고 있다. 무표정한 얼굴로 외면하고 방으로 들어간다.

#63 고물상 사무실 / 오후

사무실 창문에 서서 고물 택시를 바라보고 있는 창수. 찬합을 들고 문을 열고 들어오는 가희가 그런 창수를 보며,

가희 (찬합 펼치며) 부동이 보고 싶어?

창수 웃긴 얘기해줄까.

가희 응?

창수 나는 말이야…… 우리 아이가 부동일 닮았으면 좋겠다고 생각했어.

가희 부동일?

창수 부동인 욕도 잘하고 고집도 세고 얼굴도 그냥 그렇고…….

가희 (핏- 웃는다.)

창수 먹는 것도 엄청 먹고 사고도 많이 치고 손도 많이 가고…… 그런 애긴 했는데…….

가희 그런데?

창수 할아버지를 너무너무 사랑하는 아이였거든. 그게 눈에 훤히 보일 정도로. 그래서 우리 애도 나를 그렇게 사랑해주면 좋겠

다고 생각해서……. 부동일 닮으면 좋겠다고 생각했어.

가희 (피식 웃으며) 할아버지가 들으면 좋아하시겠네.

창수, 슬픈 얼굴이 된다.

창수 (울먹이며) 정말…… 행복한 거 맞겠지? 좋은 집으로 갔으니까…….

가희, 그런 창수를 안아 토닥여준다.

#64 동네 / 오후

여진(V.O.) 부동인 잘살 거야. 그러니까 더 이상 묻지 마.

만식은 여진의 말을 곱씹고 또 곱씹는다. 마음을 다잡고 다시 폐지를 주워 모으려 나왔지만 자꾸 정신이 딴 데로 샌다. 사람들이 혼자가 된 만식을 한 번씩 힐끔거린다. 누군가는 손수 모아놓은 박스를 리어카에 올려준다. 만식은 리어카 뒤에 올라타 놀던 부동이 생각나, 자기가 먼저 나서서 박스를 줍고 좋아하던 모습이 선연해, 도저히 못하겠다 싶어 돌아선다.

#65 사진관 / 오후

그 시각 사진관에 모여 있는 회윤의 가족들.

회윤 (사진사에게) 언론사에 새로 보낼 거니까, 잘 좀 찍어주세요~!
사진사 네, 그럼요~! 잘 찍어야죠. 자고로 선거 땐 화목한 가족의
모습을 보여주는 게 후보의 신뢰감을 높이는데 아주 직빵이죠.
회윤 하하— 잘 아시네요.
사진사 제가 이래 봬도 시장, 구청장, 시의원 후보들 사진도 많이
찍어서 그럼 저쪽으로 모여 서시고—

회윤 가족들, 자리를 잡고 선다. 부동의 얼굴이 잔뜩 굳어 있자, 회
윤이 부동의 팔 안쪽을 살짝 꼬집는다.

회윤 (입은 웃으며 무섭게) 웃어.

부동, 억지로 웃는다.

사진사 근데…… 막내, 막내는 허리에 묶은 옷을 좀 풀었으면 좋
겠는데? 사진에 이상하게 나오거든.

회윤, 그제야 옷을 허리에 묶은 부동을 본다.

회윤 얘가 옷을 언제 이렇게 해놨지. 잠시만요!

회윤, 부동 허리에 묶인 옷을 풀려고 하자, 부동이 몸을 빼내며 싫어한다.

첫째 저건 무슨 패션이야.

회윤, 무섭게 부동의 팔을 세게 잡아 옷을 벗겨낸다. 고집스럽게 버티는 부동과 잠시 기 싸움을 한다. 부동도 이제 가만히 있지만 않겠다는, 어떤 의지가 느껴지는. 회윤 살짝 당황하지만, 완력으로 옷을 벗겨낸다.

사진사 그럼, 찍습니다! 하나, 둘, 셋!

스트로보, 펑-!

#66 동네 / 밤

만식이 리어카를 끌고 어느 편의점 파라솔 의자에 걸터앉는다. 가만히 생각에 잠긴다.

수진　아무것도 안 사고 그냥 앉아 있으면, 주인이 싫어해요.

소리에 돌아보면, 팩 소주 두 개 들고 맞은편에 수진이 앉는다. 새우깡도 하나 펼친다.

만식　돈은…… 최대한 빨리 갚겠수. 윤 사장 부부도 도와준다고 했고…….
수진　이사하기로 했어요. 그러니까 신경 쓰지 마세요. 집에 별로 애착도 관심도 없고.
만식　……. (미안한 얼굴)

수진 소주를 한 모금 마신다. 쓰다. 얼굴이 일그러진다.

수진　이 쓴 걸 어쩜 그렇게 매일 마시는지…….
만식　(피식- 힘없이 웃는다.)

수진 아이가 있었어요.

만식 ?

수진 이혼하고 전남편이 키웠는데…… 작년에 죽었어요. 폐렴. 혼자 키우기 어려우면 바로 보낼 것이지 고집부리다…….

만식 아…….

수진 제가 복지사여서가 아니라, 그것 때문에…… 부동이한테 집착했나 봐요. 가기 싫다는 애한테 자꾸 가서 들쑤시고…….

만식 …….

수진 근데요. 부동이가 잘 지내지 못한다면 전 다시 또 부동일 도와주러 갈 수밖에 없어요.

수진, 자리를 털고 일어선다.

수진 (의미심장하게) 부동이가 잘 지내는지 어쩐지…… 제가 알 길은 없지만.

수진, 먼저 자리를 뜬다. 만식은 수진의 말을 가만 곱씹는다. 가로 등의 불이 툭, 꺼진다.

#67 아파트 단지 / 오후

아파트 단지로 들어서는 차. 강형사의 차다. 입구에서 관리인에
형사 신분증을 보여주고, 안으로 들어간다.

#68 유치원 / 오후

만식이 유치원 앞에 와 서성이며 유치원 안을 들여다보고 있다.
창문 너머 아이들 틈에, 부동의 모습은 보이지 않는다. 더 잘 들여
다보려고 몸을 기울인다.

#69 정회윤의 집 / 오후

외출 준비 중인 회윤. 거울 앞에서 잠시 옷매무새와 표정을 점검
한다. 세련된 원피스, 온통 명품으로 치장했다.

회윤 다 왔어.

이때, 초인종 소리가 들린다. 회윤이 고개를 돌린다.

#70 유치원 + 회윤의 집 (교차) / 오후

안에서 율동을 배우는 아이들 틈에 간신히 부동을 발견한 만식이 반가움에 울컥한다. 부동을 보니 좋아 웃음이 나는데……. 반면, 지난번과 달리 위축되고 잔뜩 굳은 얼굴의 부동. 율동도 따라 하지 않고 고개만 푹 숙이고 있다. 고개를 갸웃하는 만식.

만식 (중얼) ……살이 빠졌네…….

초인종 소리에 인터폰을 확인하는 회윤. 누구세요? 물으니, 형사 신분증을 보여주는 사람, 강형사다.

강형사 경찰입니다.

알 수 없는 회윤의 표정.

부동의 굳은 모습이 걱정되는 만식이 조금 더 자세히 들여다보려고 가까이 다가간다. 마침 아이들이 우르르, 놀이터로 나온다. 만식이 아이들을 따라서 담장을 두고 이동하며 바라본다.
현관문을 열어주는 회윤. 별로 당황한 기색이 없다.

강형사 정회윤 씨?

회윤, 고개를 끄덕인다.

회윤 네, 제가 정회윤입니다. (여유롭게) 들어오세요.

우르르 나와 노는 아이들 속에서 부동을 발견한다. 만식의 얼굴이 급격하게 굳어진다. 뭔가를 본 것인데…… 그건…… 그건 바로, 부동의 허리춤에 묶여 있는 옷이다. 티셔츠를 허리에 묶었다. 옷이 풀려 떨어지자 다시 주워 묶는다. 좌악- 작은 손으로 좌악- 묶는다. 선생이 잡아주려 하자 몸을 빼내 혼자 묶는다. 만식은 언젠가 자신이 했던 말이 떠오른다.

만식(V.O.) 지내다가, 만약에 힘들거나 싫거나 괴롭거나 그러면 어? 따악- 허리에다가 따악- 옷을 묶고 다니란 말이야. 어? 그럼 이 할버지가 찰떡같이 알아듣고 다시 데리러 간다고.

만식 부동아……. (눈에 눈물이 차오르는)

그걸 보자마자 눈이 돌아 한 걸음 두 걸음…… 걷다가 걸음이 빨라지고, 부동을 향해 달려간다.

만식 (크게) 부동아!!

그러자 드디어 부동이 만식을 발견한다.

부동 할버지!

함빡 웃는 부동. 애가 얼마나 기다렸으면 울면서 웃는다! 눈물 나게 기뻐서!! 만식이 다가가고. 부동도 만식을 보고는 함빡 웃으며 이쪽으로 뛰어오려고 하는데, 이때, 눈앞으로 차 한 대가 멈춰 서고, 빠르게 부동을 태워간다.

만식 (절규) 안 돼!! 안 돼!! 부동아!!
부동 할버지!!

만식이 차를 따라 달리지만 이내 역부족이다. 망연자실하는 만식 앞으로 끼익- 멈춰서는 트럭. 창수다.

창수 빨리 타세요!

#71 아파트 단지, 차 안 / 오후

창수의 트럭 들어서고, 차에서 서둘러 내리는 만식.

만식　윤 사장은 당장 경찰에 신고 좀 해줘.
창수　알았어요. 신고할 테니까, 좀 진정하고…….
만식　불행하대. 힘들고 괴롭대, 우리 부동이가. 데려와야 돼.
창수　(고개 끄덕)

만식, 정회윤의 아파트 건물 입구로 들어서려는데, 마침 안에서 강형사와 회윤 부부가 나온다.

만식　(회윤을 보자마자 잡아챌 듯이 하며) 야, 이 마귀 같은 년아! 우리 부동이 어디 있어! 부동이 데려와!! 데리고 오라고!!

강형사, 급히 말리고 회윤 남편이 회윤을 뒤로 빼돌린다. 만식, 재빨리 신발을 벗어 회윤에게 집어 던져 맞춘다!

강형사　왜 이러세요! 진정하시고!!
창수　(반색하며 달려와) 어?! 지금 신고하고 왔는데…… 마침 형사님 와 계셨네요. 지금 경찰서에 연행해 가시려는 거죠? 그럼 부동이는 저희가 지금 데려가도 되나요?!

강형사 (조금 난감한) 일단 서에 가서 얘기하시죠.

창수 서요?

만식 (흥분해) 부동이 데려오라고!!

이때, 두 사람을 보며 보일 듯 말듯, 비릿하게 입꼬리를 올려 웃는 회윤, 뒤돌아선다. 그러고는 남편과 함께 집으로 들어간다.

창수 어어? 저 사람들은 안 가요? 유괴범인데······.

강형사 ······일단 가시죠.

만식 뭐 하는 거야, 이 쌍놈의 새끼들!!!

창수 할아버지 일단 진정하시고······.

발악하는 만식을 창수가 달랜다.

창수(V.O.) 유괴가······ 성립이 안 된다고요?!

#72 경찰서 / 오후

놀란 창수의 얼굴. 만식도 어안이 벙벙하다.

강형사 네. 검사 쪽 통해서 더 확인해보긴 해야 하는데…….(난감하고 복잡한 얼굴로) 어쨌든 서류상으로 정회윤 씨가 지금 부동이, 아니 경현이 엄마니까요. (서류 보여준다.)

만식 (벌떡 일어나) 그게 무슨 말이요! 경현이라니?!

강형사 부동이가 태어나자마자 정회윤 씨가 친모로부터 아기를 입양해 출생 신고를 하고 호적에 올렸습니다. 아이를 가지지 못해서 위의 두 아이를 입양하고 부동이도 입양했는데, 부동이를 입양하고 얼마 후에 부동이를 잃어버렸대요.

만식, 정보가 쏟아지자 머리가 혼란스럽다. 창수도 머리가 복잡하지만 더듬더듬 생각을 정리한다.

창수 그럼 지금 그쪽은…… 자기들이 부동이를 되찾아 간 거라고 우기는 겁니까?

강형사 (고개 한 번 끄덕하고) 변호사를 알아보시는 게 좋을 것 같아요. 이게 잘못하면, (만식 눈치 보며) 할아버지가 멋대로 아이를 데려다 키운 게 될 수도 있어서…….

만식 !!

창수 뭐라구요?

강형사 법으로만 따지면…… 할아버지가 유괴범이 될 수도 있는 상황입니다. 할아버지가…… 전과도 있으시고…….

기가 막힌 창수, 말이 안 나온다. 만식은 뒷골이 당겨 눈을 질끈 감는다. 이게 다 뭔 소리인지……. 충격에 정신이 혼몽한 만식.

창수 아…… 친모! 친모한테 확인해보면 될 건데!! 할아버지 딸이요!

강형사 딸이 있으세요?

창수 네. 딸이 버리려던 아이를 할아버지가 데려와 키우신 건데…….

말하고 있는데, 듣다가 완전히 돌아버린 만식, 벌떡 일어나 난동을 피운다.

만식 이 옘병할 것들!! 다 같이 작당을 하고!! 내가 제대로 못 키우는 거 같으니까 다 짜고 이러는 거야!! 다 짜고!! 쌍놈의 새끼들!! 딸년까지 다 짜고!! 떼놓을라구!!

만식, 흥분해 손에 잡히는 대로 집어 던지고 고래고래 소리를 지른다. 창수와 다른 경찰들이 말려도 소용이 없다. 만식이 괴로워 가슴을 쥐어뜯으며 울부짖는다.
(시간 경과) 유치장에 홀로 앉아 있는 만식. 한 명 남아 있던 형사도 자리를 뜬다. 형사, 만식이 있는데도. 툭, 불을 끄고 간다.

#73 고물상 사무실 / 밤

가희, 자신의 무릎을 베고 누운 창수에게 묻는다.

가희 뭐어?! 그게 말이 돼?! 유괴라니?!
창수 세상이 정말…… 정말 너무하지?
가희 말도 안 돼…….
창수 아이 낳기 겁난다, 정말…… 이런 세상에서…… 어떻게든 우리 힘으로만 지키고 살아야 된다는 거 아니야…….

가희는 너무나, 어이가 없고 가슴이 아프다. 창수가 괴로워하는 모습이 더더욱 가슴 아파 창수의 가슴을 토닥여준다.

가희   아직 끝난 거 아니잖아. 기다려 보자…….

창수, 가만히 눈을 감는다.

#74 경찰서 앞 / 새벽

푸르스름하게 동터오는 새벽, 만식이 경찰서에서 터덜터덜 나온다. 투둑 투둑 비가 내리기 시작한다.

강형사(V.O.)   합의하면, 아무 일 없었던 걸로 끝낼 수 있을 거 같아요. 부부가 잘 키우겠다고 약속도 했고…….

그 말과 동시에, 허리에 옷을 묶은 채 굳어 있던 부동의 얼굴도 떠오른다. 만식, 도저히 어째야 할지 모르겠다. 촤아아아- 빗줄기가 굵어진다.

#75 고물상 / 새벽

만식, 비를 맞으며 힘없이 고물상으로 들어서면, 다가와 길길이 날뛰는 여진.

여진 (날카롭게 쏘는) 그게 어려워?! 입 다물고 있는 게 그렇게 어렵냐고, 내가 그렇게까지 부탁했는데!!

만식 …….

소리에 밖으로 나와 보는 창수와 가희.

여진 친손녀 아니야! 내 딸 아니라고, 걔!! 피 한 방울 안 섞인 남이라고!!

뒤에서 듣고 있다가 흠칫, 놀라는 창수와 가희. 만식은 예상한 건지, 놀랐는데 안 그런 척하는 건지 아무래도 다 상관없는 건지…… 담담하다.

여진 아빠가 무슨 오해를 하고 키웠는지 모르겠는데 난 중간에 소개만 시켜준 거야.

#76 몽타주 (회상)

― 늦은 밤 사람 없는 어느 공원. 여진, 두툼한 돈 봉투를 마주 선 여자에게 건넨다. 여자는 나이가 어린 학생도 아니고, 30대 평범

하고 수수한 여자의 모습. 어쩌면 또 다른 아이가 있을지도 모르겠다. 여자가 여진에게 아기를 건넨다. 그러고는 봉투 속 돈을 확인하며 돌아서 걸어간다.

여진(V.O.) 친엄마란 여잔 애한테 애초부터 관심도 없었어. 삼백만 원 준다니까 좋다고 내줬다고, 한 번 쳐다보지도 않고.

— 어느 휴게소. 품에 아기를 안고, 두리번 주변 눈치를 살피며 걸어오는 여진. 주차장 한쪽에 뚝 떨어져서는 차에 오른다.

여진(V.O.) 산부인과 의사랑 짜고 내 친딸로 만들어서 입양 보낸 거야.

— 아이와 함께 차에 올랐는데 이내 여진 혼자 내린다. 무표정한 얼굴로 차 안의 아기를 한 번 보고는 다시 돌아서 간다.

— 공장. 삼각김밥 공장에서 일을 하고 잠시 휴게실에서 쉬며 핸드폰을 확인하는데, 메시지가 와 있다.

[돈 더 드릴 테니, 애 좀 다시 데려가줘요.]

#77 고물상 / 밤

여진　갑자기 애를 다시 데려가라기에, 데려와 베이비 박스에 넣은거야. 알겠어?! 그러니까 당신이랑 아무 상관도 없는 애라고!!

창수, 잠시 생각하다가,

창수　정회윤은 아이를 잃어버렸다고 했는데…… 그것도 아니었네요. 근데……이제 와서 왜…… 왜 갑자기 부동일 데려간 거지?!

만식, 말없이 비만 맞고 서 있다. 여진, 조금 진정하고 조곤조곤 만식에 이야기한다.

여진　나 정회윤한테 돈 받아서 아파트로 이사 간 거야. 정회윤이 나보고 경현이, 아니, 부동이를 찾을 수 없겠냐고 하더라, 7년 만에 연락 와서…….
만식　…….
여진　평생 시궁창 같이 살다가 처음으로.. 나도 태어나 처음으로 아파트 가서 살아보게 됐다고.
만식　…….

여진   당신이 적어도 내 아빠면 아무것도 하지 마. 걔 거기서 살게 그냥 두라고, 그만 들쑤시고. 알았어?! 한 번만 더 찾아갔다간, 정말 죽어버릴⋯⋯.

찰싹! 깜짝 놀라는 여진. 만식이 여진의 뺨을 때렸다. 또 한 번 찰싹! 여진의 뺨을 세차게 내리치는 만식.

여진   (발악) 왜 이래!!

또 한 번 후려치는 만식. 폭발한다.

만식   어디서⋯⋯ 부모 없이 큰 티를 내고 말이야. 못된 년. 싸가지 없는 년! 그걸 지금⋯⋯ 자랑이라고 떠들어대냐?! 어?! 아무 죄 없는 애 이용해먹고 버리고 또 이용해 아파트로 이사 가는 게 그게 자랑이냐고, 이 정신 나간 년아!!!!

여진   (놀라) 아빠⋯⋯.

만식   어. 맞어. 내가 니 애비다. 내가 너한테 제대로 해준 게 없어서⋯⋯ 니가 버린 자식이라도 키우면 죽을 것 같이 힘들어도 내 힘닿는 안에서 열심히 키우면! 그게 속죄하는 길이라고 생각해서⋯⋯ 내가 내 몸 부서져라 키우면 그게 너한테 복이 돼 돌아갈 거라고 생각해서…….

여진 (원망스럽게 노려본다.)

만식 완전히 잘못 생각한 거라……. 완전히…… 이미 썩어 문드러진 년인 줄 모르고…….

여진, 분해서 눈물이 뚝뚝 떨어진다.

만식 악마 같은 년. 부동이가 지금 얼마나 괴로운지도 모르면서…….

밖으로 휙 나가버리는 만식.

창수 (여진 한번 보고 우산 들고 따라가며) 할아버지! 우산이라도 가져가요! 우산!

#78 거리 / 밤

비를 맞으며 주먹을 꽉 움켜쥔 채 걷는 만식. 가슴이 터질 것 같다. 눈앞도 핑- 돌아 한 번 휘청. 비를 계속 맞고 있어서인지……. 눈에서 흐르는 게 비인지 눈물인지 모를. 빨리 가고 싶어, 부동이에게 당장이라도 가고 싶어 발걸음이 빨라지지만, 이내 몇 발자국 더 걷다가 결국 풀썩 쓰러지는 만식. 의식이 흐려진다. 몇몇 사람들 모여든다.

#79 꿈 몽타주 (회상)

— 부동과 함께 한 시간이 주마등처럼 스쳐 지나간다. 고생고생해 키운 부동이. 신생아 때는 신생아여서, 꼬마 때는 꼬마여서, 어려움이 참 많았다. 분유 나눠 먹으며 버티던 때, 천기저귀 몇 개로 종일 빨아 널면서 버티던 때, 첫 걸음마에 감격한 만식의 모습, 처음 '할버지' 하던 때의 부동이, 서너 살 땐 택시 조수석에 태우고 다녔고. 어느 날, 접촉 사고가 나 조수석으로 몸을 던져 온몸으로 부동이를 지켰다. 이 일로 다리를 절게 된 이후엔 함께 폐지를 주우러 다니고, 라면을 먹어도 함께해서 행복했던 때의 모습. 그땐 만식도, 부동이도 많이 웃었다. 창수가 만식을 부른다. "올드맨!" 그러자 부동도 따라 부른다. "오드맨!" 그게 듣기 좋은 만식, 씨익- 웃는다.

#80 응급실 / 밤

뚝뚝 떨어지는 링거액. 조용한 응급실에 잠들어 있는 만식. 뛰어 들어오는 창수. 만식 곁의 의사에게 묻는다.

창수 어떻게 된 거죠? 괜찮으신 건가요?

의사, 미간을 살짝 찌푸리며,

의사 기력이 많이 쇠하시고 급성 스트레스에 위염에…… 하여 간 사람이 걸릴 수 있는 거 다 걸린 상태에요. 죽지 않을 정도로 만…… 치과 치료 후에 약을 안 챙겨 드셔서 염증도 생긴 것 같은 데…… 그것도 바로 조치를 했으면 됐는데 방치하셔가지고…… 하여간 여러모로 너무 안 좋으시네요. 추이를 봐야할 것 같아요.
창수 네에…….

의사 떠나고, 창수는 안쓰러운 얼굴로 만식을 내려다본다.

#81 아파트 단지 / 오후

회윤의 가족들 쪼르르 서 있으니, 단지 입구로 유세 트럭이 들어
와 선다. 회윤의 유세 트럭에 오르는 가족들. 사설 경호원이 두 명
같이 서 있다. 부동이 때문인 듯. 회윤, 마지막으로 오르려는 부동
이를 붙들고 단단히 주입시킨다.

회윤   니 진짜 이름은, 유경현이야. 유경현. 절대 헷갈리면 안 돼.
헷갈리면……. (일그러진 얼굴로 웃는) 집에 와서 또 밤새 공부해
야 돼. 알았지?

회윤의 협박에 세차게 고개를 끄덕이는 부동. 이전의 기세는 사라
지고, 잔뜩 겁에 질려 있다.

#82 곳곳, 유세 트럭 / 오후

트럭에 올라 다복한 다섯 가족의 모습을 연출하는 회윤. 남편, 아
이들과 사람들을 향해 손을 흔든다.
어느 곳에 세우고 사람들과 악수를 하고 있는데, 누군가 다가와
회윤에게 묻는다. 의심스러운 눈초리다.

누군가 막내가 열 살이라던데, 생각보다 작네요?

회윤 (금방 눈치채고 얼굴 굳어졌다가 이내 연기하는) 맘 아프게…… 아이가 밥을 잘 안 먹어서…….

누군가 유일한 친자식이라던데…… 차별하고 그러시는 건 아니죠?

회윤, 얼굴 굳어 어딘가를 노려본다. 상대 진영 유세 트럭. 최대한 여유 있는 얼굴을 하고는 돌아서 가는 회윤. 돌아서면 무섭게 굳는 회윤의 얼굴. 그런 회윤을 떨어진 곳에서 지켜보는 수진. 기자가 수진의 곁으로 다가온다. 함께 이동하는 두 사람.

#83 지하철역 / 오후

지하철역 앞에 멈춰서는 회윤의 유세 트럭. 지하철역 옆 한쪽에 노숙자 몇 명이 함께 술을 마시고 있다. 그걸 보고는, 그 속에서 부동의 눈이 빠르게 만식을 찾는다. 하지만 그 속에 만식의 모습은 보이지 않자 크게 실망한다.

#84 병원 옥상 정원 / 오후

INSERT. 병원 외관. 수진과 창수, 옥상 벤치에 앉아 옥상 너머를 바라보고 있다.

창수 저 몸을 이끌고…… 어딜 가시려던 걸까요.

수진 뻔하죠.

창수 (맥없이 피식) 그러네요. 뻔하네요.

(사이)

수진 부동인 참…… 처음부터 관심이 많이 가는 아이였어요. 꼭 고물상에서 지내서가 아니라…… 할아버지랑 폐지를 주워서가 아니라…… 아이가 너무 어른스러웠거든요.

창수, 고개를 끄덕인다.

수진 할아버지를 웃게 해주고 싶어서 욕을 따라 하고, 술 드신 할아버지 집 못 찾아올까 데리러 가고…… 음식도 구해가고…… 말하자면, 부동이가 만식 할아버지의 보호자 같았달까.

창수 맞아요.

수진 어쩌면 지금 부동이는 자기 자신보다 할아버지 걱정이 클 거예요. 자기가 없으면 할아버지는 어쩌나 하고.

창수 (고개 끄덕)

이때 수진, 자신의 스마트폰을 창수에게 건넨다. 창수 보면, 인터넷 신문 기사다.

[아홉 살 아이 한강물에 투신해. - 어린 아이가 자살을 하는 것이 가능한가]

창수 이게…….
수진 아동 학대 신고 센터에 앉아 있으면 가끔 혼란스러워요. 어디까지가 학대인지, 교육인지…… 저조차 헷갈릴 때가 있는 거예요.
창수 (아리송하다.)
수진 정회윤 막내딸 이야기래요. 모르긴 몰라도, 유일하게 친자식이니……. 어떻게든 완벽한 아이로 만들고 싶어, 괴롭혔을 거예요. 지독하게…… 자신이 아동 교육, 아동 심리 전문가인데, 임신이 되지 않아서 완벽하게 키울 아이가 없었다는 게 눈을 돌게 만든 건지……. 정회윤, 입양과 파양만 무려 스무 건 넘게 행했다고해요. 그 기사 쓴 기자 말로…… 지금 있는 애들은, 그야말로 콘테스트에서 뽑힌 애들이라고 해야 하나.
창수 세상에…….
수진 나머지……. 그 많은 아이는 다 어디로 갔을까요.

창수 …….

#85 아파트 단지 근처, 트럭 안 / 오후

창수, 운전석에 앉아 있다. 먹을 것을 잔뜩 사서 조수석에 놓고.

수진(V.O.) 저는 들키면 안 될 테니까…… 센터에서 기다리고 있을게요. 무사히 데리고만 와줘요. 데리고 오면…… 최대한 안전한 곳으로 보낼게요.

창수 그래……해보자, 까짓거.

선거를 앞두고 몸을 사리는지, 보이지 않는 회윤 가족. 종일 아파트 입구를 지켜보는 창수. 시간이 흐르고 흘러도 나오지 않는다. 밤이 되고, 새벽이 되고…… 눈이 충혈될 정도로 빤히 보다가도, 졸음이 쏟아져 졸기도 하는 창수. 수진에게서 메시지가 온다.

[내일은 나올 거예요. 선거 날이니까…… - 양수진]

창수 (중얼) 그래…… 하루만 더…….

눈을 부릅뜨는 창수.

#86 정회윤의 집 / 밤

초조함에 잠 못 이루는 회윤. 태블릿PC로 이런저런 기사와 SNS
를 확인하던 회윤, 얼굴이 일그러진다. 누군가 익명으로 회윤에
대해 글을 올려놓은 것이다.

[불법 입양과 파양을 일삼으며 아이들에 상처 준 교육감 후보 정
회윤은 후보 사퇴하라…… 심지어 친자식은 정회윤을 견디지 못
하고 스스로 생을 마감했다 함…… 아홉 살 아이가…… 유람선에
서 아이의 마지막을 목격한 목격자의 진술…… 지금 데리고 다니
는 막내 딸은 친딸이 아니라 파양했던 아이를 멋대로 다시 데리고
온 것…….]

회윤 쓰레기 같은 게…….

글이 일파만파 퍼지는 걸 밤새 지켜보는 회윤. 컨디션, 정신 상태
가 엉망이 된다. 이내 태블릿을 집어 던진다. 회윤 남편은 잠들지
못하고 눈만 껌뻑이고 있다.

#87 아파트 단지 / 오후

아파트 입구만 뚫어져라, 보는 창수. 수진의 말대로 회윤 남편의 차가 아파트 입구에서 나온다. 창수, 물을 한 모금 마시고는 바로 차를 따라붙는다.

#88 도로 / 오후

회윤의 차를 바짝 뒤쫓는 창수.

#89 투표소 / 오후

회윤 부부가 투표를 하기 위해 차에서 내린다. 기자들 앞에서, 세상 평온하고 다복한 가족의 모습 연출한다. 기자들, 이런저런 질문 던지지만 표정 관리하며 안으로 들어간다. 그중 한 질문, "그렇다면 지금 같이 지내는 막내딸은 누구인가요?"에 흠칫 흔들리지만 이내 평정심을 되찾는다. 준비하고 뛰어나가려던 창수, 당황한다. 부부와 남매만 보이고, 부동이 보이지 않는다. 망연자실하는 창수. 바로 시동을 걸고 다시 아파트로 가려는데…… 이때, 울리는 핸드폰. 받으면, 가희다.

가희(V.O) 여보…… 전구…… 나오려나 봐.

창수 !!

브레이크를 밟아 멈추는 창수. 하아…… 눈을 질끈 감는.
이내 시동을 걸고 출발하는 창수의 얼굴이 복잡하다.

#90 정회윤의 집 / 오후

거실에 사설 경호원이 앉아 있고, 가사 도우미는 저녁 준비를 하
고 있다. 그리고 부동의 방문이 자물쇠로 잠겨 있다. 부동은 방 안
에서 문을 열어 보려고 안간힘을 쓰는 중이다.

#91 산부인과 건물 / 오후

트럭 끼익- 멈추고 차에서 내리는 창수, 그리고 가희. 창수는 들어
가기 직전, 뒤를 한 번 돌아본다.

창수 (중얼) 미안하다…….

#92 투표소 앞, 도로 / 오후

투표소에서 나오자마자차에 올라타는 회윤 가족. 회윤의 차, 집으로 향한다.

#93 정회윤의 집 / 오후

부동, 웅크려 앉아 있는데 어디선가 이상한 소리가 들린다. 으아아아– 울부짖는 소리 같은데…… 자세히 들어보면, 부동아!! 부동아!! 부르는 것 같다.

부동　할버지!!

소리가 나는 베란다 쪽으로 가보는 부동. 부동, 창문을 열어보면 놀랍게도 밑에 만식이 서 있다!

만식　부동아!!
부동　할버지!!
만식　부동아!! 할버지 믿지?! 할버지 믿고 내려와!

보면, 베란다 옆으로 철제 사다리가 놓여 있다. 혹시 모르니 바닥에는 온갖 고물을 한가득 깔아 놓은 만식. 스티로폼 박스, 얼기설기 박스들, 종이 뭉치, 플라스틱 한가득, 나뭇가지 얽히게 뭉쳐 놓고, 종이 박박 구겨 깔아 놓고. 혹시라도 떨어질 때를 대비, 할 수 있는 것들을 최대한 다 한 만식. 그래도 무서운지 망설이는 부동.

만식 부동아!! 이거 타고 내려와! 할버지 여기 있어!

부동, 빠르게 베란다를 둘러보다 한 켠에 놓여 있는 티테이블 의자 하나를 끌어 와 올라간다. 자신의 키보다 조금 높은 베란다 난간 위로 몸이 쑥 올라오자 훤히 보이는 발아래. 생각보다 너무 높다. 무서운지 망설인다.

부동 할버지…… 무서워.

#94 아파트 지하 주차장 / 오후

회윤의 차, 단지 안으로 들어온 뒤, 지하 주차장으로 향한다. 차 안, 아무도 말이 없다. 남매는 부모 눈치만 보고 있다.

192

#95 회윤의 집 앞 / 오후

겁먹은 부동의 얼굴을 보며 만식은 애가 탄다.

만식 부동아 괜찮아! 그것만 넘으면 돼. 밑에 할버지 있잖아.

부동, 잔뜩 긴장한 채 조심스럽게 베란다 난간에 걸터앉는다. 그러고는 한쪽 다리를 뻗어 난간 너머 철제 사다리에 올려놓는다. 긴장한 얼굴로 부동을 쳐다보고 있는 만식.

만식 잘하고 있어…….

아래에 있는 만식을 한 번 쳐다보고는 결심한 듯 나머지 한쪽 다리도 철제 사다리로 옮기려는 부동. 이때 덜컹, 바람에 철제 사다리가 출렁인다. 순간 그대로 굳어버린 부동. 만식, 사다리를 꽉 잡아 고정시키려고 애쓴다.

만식 부동아! 걱정 마! 할버지가 잡고 있어!

만식의 말이 아예 들리지도 않는 듯, 완전히 겁을 먹은 부동은 이러지도 저러지도 못한 채 점점 얼굴이 일그러진다.

만식 부동아! 할버지 봐! 부동아!

사람들이 소란에 하나, 둘 창밖으로 고개를 내민다. 뭐야…… 하며, 어딘가로 전화를 한다. 신고 전화 같다. 만식의 마음이 급해진다.

만식 부동아 얼른! 이제 가야 돼!

계속 망설이는 부동. 그러자 만식, 뭔가를 떠올리고,

만식 씨부럴! 육시럴! 이깟 것도 못하고 뭐하냐! 젠장헐! 거기서 벗어나려면 그거 잡고 내려와야 한다고, 이 가시나야!!

만식이 있는 힘껏 욕을 해대자 정신이 번쩍 드는 부동. 아래를 내려다본다.

부동 (망설이다) 밑에서 잡고 있을 거지?
만식 당연하지! 떨어져도 할버지 위로 떨어질 거니까 걱정 마!

올드맨, 믿지?!

부동, 큰 용기를 내 발을⋯⋯내디딘다. 만식은 혹시 모를 일을 대비, 두 팔을 쫙 펼치고 준비 태세. 떨어지면 받는다!는 각오로⋯⋯. 만식을 보며 부동이 난간을 완전히 넘어 철제 사다리에 선다.

#96 아파트 엘리베이터 / 오후

엘리베이터 안, 웃음기 없는 회윤 가족. 회윤, 핸드폰 출구 조사를 보고 얼굴이 완전히 일그러졌다.

회윤 하여간 개돼지들⋯⋯.

남매, 무서워 온몸이 뻣뻣하게 굳었다. 회윤의 남편은 거의 무기력증 걸린 사람처럼 무표정하다.

#97 회윤의 집 앞 / 오후

간신히 한 발 뗀 부동. 몇 칸을 아슬아슬하게 내려오는데, 위 층,

옆 층의 사람들까지 고개를 내밀어 불안한 표정으로 쳐다보거나 웅성거린다. 내려가다 말고 아래를 확인하는 부동. 여전히 높고, 만식과의 거리는 너무 멀다.

부동 (울먹이며) 할버지…… 무서워…… 못하겠어.

하아…… 절망적인 만식. 이때, 거실 창문으로 사람이 어른거린다. 가사 도우미다! 놀란 만식, 마음이 급해진다.

만식 부동아 제발!!

만식을 보며 조금 더 용기를 짜내보는 부동. 한 칸을 더 내려가기 위해 발을 뗀다. 하지만 다리가 풀렸는지 발을 헛디뎌 허순간 기우뚱한다. 허공에서 헛돌고 있는 부동의 다리. 악! 경악하는 사람들. 만식도 놀라 움찔한다. 부동, 가까스로 균형을 잡아 사다리에 두 다리를 안착 한다. 하지만 더 이상은 도저히 발이 떨어지지 않는 듯, 3 분의 1 정도 내려와 대롱 매달려 있기만 한다.

만식 ……제발…….

굳은 부동과 가사 도우미를 번갈아 보며 절규에 가까운 탄식을 내뱉는 만식. 베란다 난간으로 몸을 내미는 가사 도우미, 드디어 밖을 내다보다가, 부동과 만식을 발견한다! 하아…… 눈을 질끈 감는 만식.

#98 회윤의 집 / 오후

경호원 뭐예요?

경호원, 베란다 쪽으로 다가온다. 때마침, 띠리릭- 비밀번호 키 누르고 들어오는 회윤 가족. 가사 도우미, 흠칫 놀라 부동과 회윤을 번갈아 본다.

회윤 뭐해? 거기 뭐 있어요?

회윤이 묻자, 가사 도우미 기지를 발휘한다.

도우미 아…… 위층에서 이불이 떨어진 것 같아서요.
회윤 뭔 남의 집 이불을 보고 있어. 배고파요. 바로 차려줘.
도우미 네, 네.

짜증스럽게 말하고는 안으로 들어가는 회윤. 가사 도우미, 표정 변하지 않지만 크게 안도한다. 손끝이 살짝 떨리는. 그런 가사 도우미를 의아하게 보던 경호원, 소파로 가다가 다시 베란다를 돌아보는!

#99 회윤의 집 앞 / 오후

만식, 도무지 움직이지 않는 부동 때문에 미칠 지경. 게다가 멀리서부터 사이렌 소리가 들려온다. 시간이 없다. 마음 독하게 먹는 만식. 사다리를 하나, 하나 성큼, 성큼 올라간다.

만식 부동아! 거기 있어! 할버지가 갈게!
부동 어?

이제 아래도 쳐다보지 못하고 허공에 대고 말하는 부동. 그런 부동만을 바라보며 하나 하나 차근차근 올라가는 만식.

만식 절지 말자…… 절지 말자…….

중얼거리며 올라가는 만식. 말과 다르게 마음은 급한지 두 칸을

성급하게 올라가다 주욱 한 번 미끄러진다. 철제 사다리의 진동으로 만식의 움직임을 느끼는 부동. 철제 사다리를 더욱더 꽉 붙잡고 견딘다. 만식의 거친 숨소리가 점점 커지고…… 드디어. 드디어 부동이를 품에 안는다!

만식 부동아!!
부동 할부지!!
만식 집에 가자. 우리 집에 가자.

그제서야 비로소 아이처럼 울음이 터지는 부동과 토닥이며 진정시키는 만식. 하지만 그것도 잠깐, 출렁이던 철제 사다리가 옆으로 쓰러진다!

만식 어어어!!!

지켜보던 사람들도 놀라 어어어!! 이 모습을 본 경호원! 빠르게 집 안으로 들어간다.

#100 회윤의 집 / 오후

재킷을 벗어 걸어 놓고는, 문득. 무슨 소리에. 문득 뭔가에 이끌린 듯 베란다 문을 여는 회윤. 창문가로 가서 뭔가를 본 회윤의 얼굴이 굳어진다.

회윤 경현아!!! (밖에 대고) 여보!!

부리나케 밖으로 뛰어나오는 회윤.

경호원 (뛰어 나가며) 밖이요!

#101 회윤의 집 앞 / 오후

우당탕탕. 쓰러져 나뒹구는 철제 사다리와 무너진 고물 산. 고물 산에 파묻혀 구른 만식은 미동도 없이 눈을 감고 있다. 그리고 품 안의 부동.

부동 할버지⋯⋯할버지 괜찮아?

소리에 눈을 번쩍! 뜨는 만식. 초인적인 힘을 발휘해 몸을 일으켜, 부동이를 안는다.

만식   이제…… 가는 거야. (씨익 웃는)

부동이를 들춰 안고, 뛰기 시작하는 만식.

#102 아파트 단지 / 오후

남아 있는 온 힘을 다해 부동이를 안고 단지를 빠져 나오는 만식. 땀이 흥건하다.

부동   할버지…… 내릴래.
만식   조금만 더 가서…… 조금만..
부동   내릴래. 손잡고 뛸래.

부동, 만식이 힘들어 보였는지 내려서 만식의 손을 잡는다. 그리고 뛴다. 그들 뒤로 멀리, 회윤이 경호원과 함께 뛰어 나온 모습이 보인다. 회윤과 경호원을 보고는 속도를 내는 만식과 부동. 부동은 정말이지 이를 악물고 어린아이가 낼 수 있는 힘을 다하여 달린다. 만식 역시 다리를 절면서도 죽어라 달린다.

#103 도로, 차 안 / 오후

아파트 단지를 향하다가, 길에서 만식과 부동을 발견한 강형사.
급하게 핸들을 꺾어 두 사람을 따라간다. 있는 힘껏 있는 힘껏 달
린다고 달리는데…… 너무 느린 두 사람. 자기들은 빠르다고 생각
해 달리는데 너무 느린…… 한 사람은 다리를 저는 노인이고, 한
사람은 어린 아이다. 둘의 달리기는 절박하지만 너무 느리다. 두
사람을 보고 먹먹해진 강형사. 차의 속도를 조금 늦춘다. 만식은
멀리 보이는 택시를 잡아 올라탄다.

#104 도로, 택시 안 / 오후

기사 할아버지 괜찮으세요?

거의 숨넘어갈 정도로 괴로워하는 만식을 보며 묻는 기사.
그러다 룸미러를 보며,

기사 에? 경찰차 따라오는데?! 뭔 일이래?

만식 기사 양반. 전화 한 번만 빌려줘요.

#105 산부인과 / 밤

분만실 앞에 서성이고 있는 창수. 이래저래 복잡한 심경이다. 이
때, 걸려오는 전화. 낯선 번호.

창수 여보세요?! 할아버지!!

전화를 받고 상기되는 창수의 얼굴. 안도감에 다리에 힘이 풀려
주저앉는다. 분만실 문이 열리고 간호사가 아기 나왔다며 창수를
부른다. 눈물이 터지는 창수.

#106 수진의 집 앞 / 밤

수진, 부리나케 집 밖으로 나간다. 밖으로 뛰어나가 서성이고 있
으려니, 잠시 후 도착하는 택시 한 대. 수진, 안을 확인하고는 반색
한다.

수진 부동아!

만식, 부동이를 데리고 차에서 내린다. 부동이를 붙들고 단단히 얘기한다.

만식　잘 들어라, 부동아. 당분간은 할아버지랑 살 수는 없어. 그래도, 그 집보다는 좋은 곳으로 갈 거야.

부동, 지금 상황을 알겠는 것인지 대답 없이 눈물만 뚝뚝 흘린다. 만식의 소매를 잡은 채.

만식　잘 지내야 돼. 언제고 그곳도 힘들면 허리에 옷을 묶어. 그럼 또 할버지가 데리러 갈게.

힘든 마음 꾹 참고 고개를 끄덕이는 부동. 만식을 끌어안는다.

부동　꼭 다시 만나러 와야 돼…… 올드맨. (하며 손목에 뭔가 걸어주는)

크게 끄덕이는 만식. 이내 택시에 올라 출발한다. 수진은 누가 볼새라, 부동에 후드 점퍼를 입혀 집으로 얼른 데리고 들어간다. 부동이 보이지 않을 때까지 뒤창 너머로 지켜보는 만식의 눈에서 울음이 터진다. 으어어…… 으어어…… 노인의 서러운 울음에……
기사가 라디오 볼륨을 살짝 높인다.

#107 어딘가

택시를 따라잡은 순찰차. 택시 서서히 멈추고, 차에서 만식이 내
린다.

만식 육시럴, 씨버럴, 개놈의 새끼들…… 내가 간다, 가! 쫓아오
고 지랄이야, 지랄이…….

손을 들고 천천히 순찰차로 향한다. 손목에 웬 봉지가 걸려 있는
데…… 투명한 봉지 사이로 색색의 마카롱이 보인다.

#108 모두의 몽타주

― 수진, 부동이에게 따뜻한 코코아를 타준다.

수진 부동아…… 할버지 마음 알지? 우리 씩씩하게 견디자.

부동, 고개를 끄덕인다.

— 으앙! 우렁찬 아기의 울음소리. 창수와 가희는 드디어 아이를 만났다. 두 사람은 아이를 보며, 부동을 한번 떠올린다.

창수 할아버지가…… 구하셨어.

울컥, 하는 가희.

가희 고마운 일이다…… 진짜……고마운 일이야.

자신의 아기를 더 꼭 끌어안는 가희.

창수 근데 인터넷에 글 올릴 생각을 어떻게 했어?
가희 나…… 국문과 나왔잖아. (피식 웃는다.)

그런 가희가 사랑스러워 깊은 입맞춤 하는 창수!

— 아담한 아파트 부엌 식탁에서 가족과 식사를 하는 여진. 정성스럽게 식사를 차려냈다. 마주 앉은 아들에게 반찬을 집어 주다가, 문득 허공을 바라보는 여진.

— 만식은 경찰 앞에 취조를 받는다. 취조를 받는다기보다 입을 꾹 다문 채 아무 말도 하지 않고 버틴다. 그런 만식을 복잡한 심경으로 바라보는 강형사. 금방이라도 쓰러질 듯하더니 결국 풀썩…… 쓰러지는 만식.

그런 만식 너머로 입구로 회윤의 남편이 들어선다.

남편   ……증언하러 왔습니다.

회윤의 남편, 강형사 앞으로 걸어간다. 회윤의 남편을 보고는 씨익- 안도한 듯 웃으며 만식이 의식을 잃는다. 그리고, 만식을 떠올리는 듯, 하늘을 보며 웃는 부동의 얼굴…… 2분할 되며,

FADE OUT. □

강신

경민선

금옥

무당의 딸. 귀신을 불러들이는 부정 타는 아이로 알려져 마을 사람들의
배척을 받는다. 호락호락하지 않은 성격 탓에 그런 마을 사람들과 자주
충돌해 사고를 일으켰다. 딸을 걱정한 어머니는 금옥의 신기를 봉인해
버리기에 이른다. 총동원령으로 마을에 위안부 할당이 내려오자 희생
양이 되어 미얀마까지 끌려가게 된다.

연

유복한 집안에서 사랑받으며 자라 세상 무서운 줄 모르던 맑은 소녀.
아버지가 주재소에 끌려가 반신불수가 된 후 일본 공장에 가서 일하기
로 결심했다. 금옥과 같은 동네에 살았지만 얼굴을 마주한 적은 몇 번
없었다. 위안부로 끌려가면서부터 금옥과 친해졌다.

경자

금옥과 연보다 먼저 끌려와 있던 위안부 소녀. 간호보조사 일이라는 말
에 속아 끌려왔다. 일본군의 폭행으로 눈이 거의 멀었다. 위안부 막사
의 맏언니로서 다른 소녀들을 감시하도록 강요받는다.

사토

미얀마 최전선 일본군 중대의 지휘관. 얌전한 외모와는 달리 가학적 성격으로 위안부 소녀들과 포로들을 학대한다. 수많은 전공을 세웠지만 늘 전투에 목말라 있다. 과거의 기이한 경험 때문에 강박적으로 힘에 집착한다.

[시놉시스]

일제강점기 말, 가난한 산동네에서 무당의 딸로 태어난 금옥에게
는 타고 난 신기가 있었다. 그 신기는 온갖 잡귀를 불러들이는 불
길한 능력이었기에 마을 사람들에게는 배척과 경계의 대상이었
다. 홀어머니 또한 평판이 좋지 않았기 때문에 모녀는 마을에서
온갖 멸시를 받는다. 묵묵히 견뎌내는 어머니와는 달리 어린 금
옥은 인내심이 부족해 사고를 치기 일쑤였고, 급기야 어머니와
자신을 모질게 대했던 동네 청년을 저주해 죽게 만든다. 이 일을
계기로 어머니는 극단적인 결단을 내리고 금옥의 능력을 봉인하
기 위해 신기를 막는 부적을 딸의 살갗에 직접 새겨버린다.

　　때는 전시총동원령이 내려온 흉흉한 시절. 위안부 징집 할당
이 내려오자 마을 사람들과 반장은 금옥을 희생양 삼자고 암묵
적으로 합의한다. 금옥은 이들의 비열한 덫에 걸려 납치당하다
시피 처녀 차출에 끌려간다. 금옥의 나이 16세였다.

목적지로 가는 배에는 영문도 모른 채 끌려온 소녀들이 잔뜩 있었다. 금옥은 배에서 동갑내기 친구 연을 만난다. 금옥과 같은 동네에 살던 유지의 딸인 연은 금옥과는 정반대 처지였지만 아버지가 누명을 쓰고 순사들에게 끌려간 이후 처녀 할당의 희생양이 되었다. 고향과 어머니에게 정이 없던 금옥은 이참에 일도 구하고 외지에서 살아보겠다는 씩씩한 다짐을 한다.

소녀들이 도착한 곳은 미얀마의 일본군 주둔 기지였다. 도착하고 나서야 두 소녀는 자신들이 왜 끌려왔는지를 알게 되었다. 일본군 수백 명의 성적 노리개가 되는 것이었다. 첫날부터 금옥과 연은 탈출을 시도하던 소녀들이 처형당하는 모습을 보고 경악한다. 사토 중대장은 사람을 물자로 취급하는 광기 어린 군인이었고, 심지어 위안부 소녀들 사이의 큰언니인 경자조차 소녀들이 도망치지 못하게 감시하는 역할을 하고 있었다. 벗어날 수도 없는 위안소에서 금옥과 연은 지옥 같은 일들을 겪는다.

금옥은 끔찍한 일을 겪으며 위험한 신기가 점점 되살아나는 것을 느낀다. 원한에 사무친 위안소 혼령들이 눈앞에 나타나고 중대 전체에 귀기가 흐른다. 일본군들은 자신들의 폭력이 세상에서 가장 위험한 소녀를 깨웠다는 것을 눈치채지 못하고 있었다. 각성한 금옥은 자신과 같은 처지의 소녀들을 구하기 위해 군인들에게 차례대로 저주를 내린다. 신들린 소녀의 끔찍한 복수가 시작된다.

#1 무당집 / 밤 (15년 전)

무당 차림의 신어머니 앞에 꿇어앉은 금옥어머니. 그녀 앞에는
포대기에 싸인 아기가 울고 있지만 신어머니는 눈길조차 주지
않는다.

신어머니 어디서 근본도 모를 아이를. 부정 탈 아이야. 차라리 내
다 버리라.

금옥어머니, 고개를 저으며 말없이 흐느낀다. 신어머니가 힐끔 눈
을 돌리자 아기와 눈이 마주친다. 무서운 무당의 눈길과 마주치자
오히려 아기는 울음을 뚝 그친다. 아기의 눈이 노려보듯 신어머니
를 쳐다본다.

신어머니 그이는 귀축도의 모든 잡귀가 따라붙을 팔자다.

서서히 손을 뻗는 아기. 신어머니의 옆에 놓인 무당 방울을 잡는
다. 날카롭게 퍼지는 방울 소리.

#2 마을 어귀 서낭당 / 낮

앞 신의 방울 소리가 희미하게 이어진다. 음산한 분위기의 서낭
당. 덩그러니 있는 큰 버드나무에 색색의 줄이 매여 있고 그 맞은
편에는 돌무더기가 쌓여 있다. 돌무더기를 맨발로 밟고 올라서 있
는 10대 소녀, 금옥의 뒷모습이 보인다. 중얼중얼 무언가 혼잣말
을 하는 금옥. 금옥의 얼굴은 때가 타고 초라한 행색이지만 눈빛
만은 날카롭게 맞은편 버드나무를 쏘아보고 있다. 음산한 바람이
버드나무 가지를 흔든다. 계속해서 나무를 쏘아보는 금옥. 처녀가
흐느끼는 것 같은 소리가 희미하게 들려온다. 눈을 번뜩이는 금옥
의 맞은편 버드나무 가지 사이로 긴 머리카락이 흩날리는 것이,
나무에 거꾸로 매달린 처녀의 얼굴이 보인다. 피눈물을 흘리고 있
는 처녀. 눈가를 연신 닦아내고 있는 처녀의 손에 손톱이 하나도
없다. 금옥을 보며 간절하게 호소하듯 무어라 중얼거린다. 금옥은
무표정하게 처녀귀신을 쳐다보기만 한다.

강신

#3 금옥의 집 마당 / 낮

허름한 초가이지만 지붕에 깃발이 서 있고 울타리에 새끼줄과 천이 매달려 있는 무당집. 금옥은 눈치를 살피며 뒷마당으로 들어선다. 나무지게를 챙겨 다시 집을 나서려는데, 문득 굿하는 소리를 들은 금옥이 앞쪽 마당으로 고개를 돌려 발길을 옮긴다.
앞마당에는 굿판이 벌어져 있고 마을 사람들이 구경을 나와 있다. 금옥은 그 틈을 비집고 들어가 굿판을 본다. 금옥의 어머니가 한창백한 여자아이 앞에서 춤을 추며 의식을 하고 있다.

금옥어머니 잡병은 썩 물렀거라! 조상신이 내려와 지켜주실 것이다! 만수무강 할 지어다! (장단에 맞춰) 에라 만수 에라 대신 대활령으로 설설이 나리소서-

무가를 부르는 금옥의 어머니. 하지만 제사상에 음식도 제대로 안 올려진 허름한 굿판을 보며 사람들은 낄낄댄다. 작두 타기를 보이기 직전, 금옥어머니는 날카로운 작두날을 들고 사람들 앞에 선다. 작두날을 얼굴 가까이 대 서서히 혀로 핥는 금옥어머니. 사람들이 웃음기 사라진 긴장된 표정을 짓는다. 금옥이 침을 꿀꺽 삼킨다. 눈을 감고 작두날을 핥던 어머니는 순간 눈을 떠 금옥과 눈을 마주친다. 그때, 금옥어머니 얼굴에 튀는 핏방울. 구경꾼들 사이에 비명이 들린다. 찢긴 입술과 혀에서 나온 피가 입에서 흘러내린다.

금옥어머니 염병할 가스나! 굿판에 얼씬대지 말라 안 했나!

화들짝 놀란 금옥이 지게를 들고 굿판에서 도망쳐 나온다.

#4 산속 / 저녁

금옥이 지게를 나무에 기대어 두고 자잘한 땔감을 줍는다. 어느덧 해가 넘어가고 있고, 땔감은 지게를 가득 채웠다. 금옥은 마지막 땔감 몇 개를 대충 던져놓고 나무에 등을 기댄다. 주위를 둘러보는데 멀찌감치 여자아이들 몇 명이 모여 심각하게 얘기하고 있다. 호기심에 그쪽으로 다가가는 금옥.

여자아이1 니들 그 얘기 들어봤나? 왜놈들 공장에 일하게 해준담

서. 혼인 안 한 처니들을 납치해 간댄다.

그때 금옥을 발견한 다른 여자아이.

여자아이2 쟈 금옥이 아이가?
여자아이1 니는 여기 왜 왔노? 부정 탄다. 빨리 안 가나?

걸음을 멈춘 금옥. 여자아이들은 금옥을 경계한다.

여자아이1 구신 들린 년…….

돌을 집어 던지는 여자아이1. 돌멩이가 금옥의 얼굴에 맞는다. 아랑곳없고 무서운 눈초리로 여자아이들을 노려보는 금옥의 입술에 피가 흐른다. 슬슬 뒷걸음치는 여자아이들. 그 순간 한 아이의 비명이 들린다. 여자아이의 지게에 큰 구렁이가 타고 올라온 것. 혼비백산 흩어지는 여자아이들.

금옥 하하, 벌써 부정이 탔나, 이 가스나들아!

금옥이 침을 퉤 뱉고는 지게를 챙긴다.

연 니 괜않나?

목소리가 들리는 위쪽을 보는 금옥. 나무 뒤에 숨어서 지켜보고 있던 창백한 여자아이 연이 금옥의 앞으로 나온다.

연 입술에 피난다.

연을 경계하며 입술을 훔치는 금옥.

연 아까 니 봤다. 그 집 딸이제?

연이 낮에 벌어진 굿판의 주인공이었다는 것을 알아본 금옥.

금옥 와? 니도 내 때문에 굿판 망했다고 할라꼬?
연 아니다. 내한테 잔병이 많다고 울 아부지가 그냥 해준 기다. 나는 신경 안 쓴다.
금옥 굿 한 날은 내랑 가까이 말아라. 부정 탄다.

금옥은 뭔가 더 말하려는 연을 뒤로 하고 산을 내려간다.

#5 금옥의 집 마당, 안방 / 밤

마당 한구석에 땔감 지게를 내려놓는 금옥. 불이 켜져 있는 방 안에서 고래고래 지르는 목소리가 들린다. 금옥은 다가가던 발길을 멈춘다.

남자 굿을 하랬더니 피를 보냐 이년아! 앞으로 일 안 들어오면 어쩔낀데!

남자가 발길질로 어머니를 쓰러뜨리는 소리가 들린다. 이윽고 열리는 문. 굿 한 돈을 모두 뺏어 나온 남자는 금옥을 지나쳐 휙 가버린다.

금옥어머니 그래! 다 가져가라 잡놈의 새끼야! 굿 받은 년도 암말 없는데 와 소개해준 새끼가 지랄이고.

성질을 내며 문밖을 본 어머니는 문 앞에 서 있는 금옥을 본다. 어색해하며 시선을 피하는 어머니. 금옥은 가만히 방 한구석에 가 앉는다.

금옥 땔감을 가꼬 오면 뭐합니꺼. 끓일 보리밥도 없심더.

금옥어머니 니도 이 꼴로 살기 싫음 무당굿은 따라 하지도 말라 않카나. 밥도 못 빌어먹는 짓은 와 할라꼬.

금옥 그라모 학교도 못 보내주고 혼사자리도 없는데 먼 재주로 먹고 살까예?

금옥어머니 신기도 없는 년이 흉내만 내면 무당이가!

금옥이 입을 삐죽거린다.

금옥 신기가 없는데 와 굿할 땐 나가라카는데예?

갑자기 부채를 집어 던지는 금옥어머니.

금옥어머니 그기 잡귀인기라!

쫓겨나듯 금옥이 다시 집 밖으로 나간다.

#6 언덕길 / 밤

씩씩대며 언덕으로 나온 금옥. 문득 아래쪽을 내려다보니 남자가 보인다. 방금 전 어머니를 때리고 나간 마을 건달이 집으로 돌아가고 있다. 금옥은 흥미를 느낀 듯 남자 쪽으로 발길을 옮긴다.

#7 마을 어귀 서낭당 / 밤

앞서가는 남자를 숨죽여 뒤따라가는 금옥. 남자는 무언가 인기척을 느낀 듯 뒤를 돌아보지만 나무 뒤로 몸을 숨긴 금옥을 보지는 못한다. 의아해하며 걷는 남자. 곧이어 서낭당 앞을 지날 때 남자는 다시 발길을 멈춘다. 처녀가 흐느끼는 것 같은 소리가 들려온다. 소름이 돋은 남자는 주위를 두리번대다 서낭당 버드나무를 본다. 바람 한 점 없는데 미친 듯 흔들리는 버드나무 가지들. 뒷걸음치는 남자. 울음소리는 점점 더 커진다.

소리 살려주세요…… 살려주세요……,

남자가 뒤를 돌아보자 금옥과 눈이 마주친다. 씩 웃으며 남자를 보고 있는 금옥의 퀭한 눈. 남자가 두려움에 갑자기 도망친다.

#8 언덕길 / 밤

속이 시원한 듯 키득대며 돌아가는 금옥.

금옥 잡귀라고예? 히히.

흥이 나 팔도 휘저으며 폴짝폴짝 뛴다. 바위 위에서 다른 바위로 폴짝 뛰는 순간 발이 미끄러지는 금옥. 중심을 못 잡고 뒤로 굴러 떨어진 금옥은 언덕 밑으로 몇 바퀴 더 구른다. 나무 등걸에 얼굴을 정면으로 부딪치며 멈춘 금옥. 고개를 드니 이가 부러지고 입술이 터져 피가 철철 흐른다.

#9 마을 우물가 / 아침

우물 앞에 모여 있는 마을 사람들. 몇 사람이 밧줄로 우물에서 무언가를 끌어올리고 있고, 주위 사람들은 모두 코를 막고 있다. 잠시 후 우물 안에서 끌어올려지는 시체. 전날 금옥의 집에 들렀던 남자의 시체이다. 시체는 팔다리 관절이 기괴하게 접힌 채 우물에 구겨져 있었다. 놀란 마을 사람들이 수군댄다.

#10 연의 집 마당. 방 / 아침

큰 대감집 같은 연의 집 마당에 심각한 표정으로 모여 있는 마을 반장과 사람들. 그들한테 마을 청년 하나가 숨을 헐떡이며 달려 온다.

마을청년   하이고, 반장님. 큰일났다 아님껴? 대철이가 우물에서 뒤져 있었심더!

마을사람1   머라꼬? 갸가 무당네 일 봐주던 놈 아이가?

마을청년   누가 아니라캅니까. 무슨 구신이라도 본 것처럼 뒤졌 심더.

마을사람1   또 부정이 탄 기라. 부정이 탔어.

반장   중요한 얘기하는데 와 여까지 와쌌노? 금방 갈거니께 퍼뜩 가뿐나.

마을 청년을 서둘러 보내는 반장. 하고 있던 비밀 얘기를 마저 한다.

마을사람2   기런데예…… 그 할당 얘기는 참말임껴? 안 그래도 동 네에 처니들이 씨가 말랐는데…….

반장 (눈치를 살피며 작은 소리로) 금옥이라는 아를⋯⋯ 이 참에 보내는 게 마땅치 않겠나. 그것들 땜시 흉흉한 일만 생기고, 마을이 이 짝이 난 기다.

마을사람1 처니 둘이 있어야 한담서요. 또 하나는 어떻게 할낀데예?

반장 일단 하나라도 채워 놔야⋯⋯ 후환이 없제.

연의 방. 연이 자신의 방 창을 통해 반장과 사람들의 말을 엿듣고 있다. 걱정스러운 표정의 연. 그때 하인의 그림자가 연의 방문 앞에 다가온다.

하인 아씨. 어르신께서 부르십니다.

화들짝 놀라 창을 닫는 연.

#11 연의 집 안방 / 아침

심란한 표정으로 앉아 있는 연의 아버지. 연은 맞은편에 앉아 눈치를 살피고 있다. 연의 아버지는 하인의 그림자가 멀리 사라진 것을 확인한 뒤 입을 연다.

연아버지 연아. 니 담 달에는 혼사 올리도록 하자. 어머니 없는 집이라고…… 이런 자리도 쉬운 게 아이다.

연 아버지…… 저는…….

연아버지 니 알제? 과년한 처니들은…… 요즘 차출 대상이다. 찬밥 더운밥 가릴 때가 아이다.

연, 뭐라 답을 못하지만 내키지 않는 표정을 짓는다.

#12 금옥의 집 안방 / 낮

혼자 방에서 굿 도구들을 만지며 무당 흉내를 내는 금옥. 붉은 모자를 쓰고 한 손에는 부채, 한 손에는 방울을 들고 어머니의 춤을 따라 한다.

금옥 에라 만수 에라 대신 대활령으로 설설이 나리소서. 에라 만수야 에라 대신이야.

그때 갑자기 부서질 듯 열리는 방문. 금옥은 놀라 방울을 떨어뜨린다. 방으로 들어온 어머니가 금옥을 쏘아본다.

금옥어머니   니 어제 우물가 갔었나?

아무 대답 없는 금옥의 얼굴을 후려치는 어머니.

금옥어머니   우물가 갔었냐 말이다!
금옥   왜 그러는데예!?

한 번 더 뺨을 치는 어머니와 노려보는 금옥.

금옥어머니   이 문디 같은 년이 이젠 사람을 잡네. 어제 그 놈팡이 새끼 따라간 거 맞제? 우물가서 뒈져 있단다.
금옥   (놀라는) 지, 지가 안 그랬어예. 지는 참말로 장난만⋯⋯.

어머니는 금옥의 모자와 부채를 뺏은 뒤 마당에 서 있는 누군가에게 손짓한다. 곧이어 굿판에서 악기를 연주하던 남자 사니가 들어온다. 작은 숯불 통을 들고 들어오는 사니. 어머니는 문을 걸어 잠근다. 뒷걸음치는 금옥. 사니는 달려들어 금옥을 자빠뜨리고 팔을 붙잡는다.

금옥   엄니⋯⋯ 엄니⋯⋯ 잘못했어예!

어머니는 품속에서 긴 바늘을 꺼내 발버둥 치는 금옥에게 다가 간다.

금옥어머니   니년이 가진 건 신기가 아니라 잡귀만 끌어들이는 재 주다. 내림굿도 못 받을 년…… 싹을 잘라버려야 쓰것다.

어머니는 금옥의 배 위에 올라타 목에 있는 혈을 바늘로 찌른다. 시야가 흔들리며 의식을 잃는 금옥.

CUT TO. 얼마 후, 잠에서 깨어난 금옥. 저고리가 풀어헤쳐진 채 진땀을 잔뜩 흘리고 있다. 몸을 일으키려 하지만 쉽지 않다. 땀은 비 오듯 흐르고, 통증으로 얼굴을 찡그리고 있다. 간신히 몸을 일 으켜 저고리를 바로 입는 금옥. 흔들리는 시야로 전날 어머니의 얼굴이 다시 떠오른다.

금옥어머니   이제 구신을 못 들이는 몸이 된 기다. 또 니년이 잡귀 를 들일라카면 그것들이 몸에 갇혀서 니년도 구신이 될 기다.

금옥이 몽롱한 채로 방을 나선다.

#13 마을 어귀 서낭당 / 저녁

진땀을 흘리며 서낭당에 도착한 금옥. 돌무더기 옆에 서서 다시 버드나무를 본다. 이전과는 달리 삐- 하는 소음만이 들린다. 풀린 눈으로 버드나무를 보는 금옥. 버드나무 가지들이 조금씩 흔들린다. 전날의 귀신을 보려고 노력하는 금옥. 그때 금옥은 갑자기 가슴을 움켜쥔다. 몸을 뒤틀며 고통에 겨운 듯 비명을 지르더니, 바닥에 털썩 주저앉아 구토를 해버린다. 토사물을 입에 묻힌 채 나무를 바라보는 금옥. 까마귀처럼 보이는 검은 덩어리 하나가 버드나무 가지에 앉아 금옥을 쳐다보더니 이내 연기처럼 증발해버린다.

#14 금옥의 집 안방 / 저녁

금옥, 어머니의 굿 도구에 다시 손을 댄다. 모자와 방울에 손을 대자 다시 시야가 흔들리며 온몸에 통증이 찾아온다. 바닥에 주저앉아 구역질을 손으로 막는다. 이상을 알아챈 금옥은 저고리를 벗고 통증의 원인을 찾기 위해 몸을 더듬는다. 하지만 아파오는 가슴 부근에는 아무 흉터도 찾을 수 없다. 꺼림칙한 표정으로 고개를 돌리는데 고개를 돌린 문창호지 부분에 난 구멍에 누군가의 눈동자가 보인다. 갑자기 눈 마주친 금옥은 기겁하여 뒤로 자빠진다. 재빨리 가슴을 손으로 가리는 데 눈동자가 뒤로 빠지더니 헛기침 소리가 들린다.

반장 금옥아, 니 혹시 일하러 가볼 생각 없나?

불안한 표정으로 옷을 추스른 금옥이 문을 열려고 손을 뻗는데 반장이 먼저 문을 연다.

반장 혼자 있었네? 엄니 안 계시나?
금옥 무슨 일인데예?
반장 큰 도시 가서 돈 벌어 오면 좋지 않겠나? 촌구석에 사느니 니도 큰 데 나가야 배우는 것도 많을 것이고…….

반장이 뒤로 돌아 눈짓을 하자 누군가 문 앞으로 다가온다. 깔끔한 차림의 일본인 업자다.

일본인업자 아저씨가 좋은 자리를 아는데 말이야. 오사카 직물 공장이야. 쉬운 일이라 너 같은 여자애들도 금방 배울 거다. 남는 시간엔 학교도 보내줄 거고. 어때?

반장과 업자의 눈치를 살피느라 금옥은 아무 말도 못 한다.

반장   뭐, 좀 더 생각해봐라. 갑작시러울 테지.
일본인업자   내일까지 생각하고 반장님한테 말해줘. 이게 또 돈을 많이 줘서 사람이 금방 차거든.

반장과 일본인 업자가 떠난다. 금옥은 그들의 뒷모습을 잠시 쳐다보다 문을 닫는다.

CUT TO. 밤, 금옥과 어머니가 나란히 자리에 누워 있다. 잠들지 않고 눈을 뜬 금옥과 뒤돌아 누워 있는 어머니.

금옥   엄니…… 내한테 무슨 짓을 했어예?

어머니는 아무 반응이 없다.

금옥   지가 차라리 집 떠나불고 공장에라도 들어갈까예? 일본 공장에 자리가 있다카는데.

다시 어머니의 반응을 살피는 금옥.

어머니   시끄럽다. 꿈도 꾸지 마라.

#15 연의 방 / 밤

잠들어 있는 연. 밖에서 시끄러운 소리가 들린다. 욕설을 하고 사람을 끌어내는 소리, 무언가를 때려 부수는 소리에 잠을 깨는 연. 불안에 휩싸여 창을 열고 밖을 내다본다.
마당. 일본인 순사들이 안방의 물건들을 전부 밖으로 끄집어내고, 옷도 제대로 갖춰 입지 못한 연의 아버지가 끌려 나온다. 곧이어 연행되는 아버지. 겁을 먹은 연은 어쩔 줄 몰라 한다.

#16 연의 집 마당 / 아침

하인들이 마당에 어질러진 가구와 물건들을 방 안으로 옮기는 데 연은 옆에 넋 나간 표정으로 앉아 있다. 곧이어 연 앞에 반장이 다가온다. 반장을 따라 일어서는 연.

#17 주재소, 면회실 / 낮

주재소 구석 나무의자에 앉아 대기하는 연과 반장. 한 순사가 연에게 다가온다. 일어서서 순사를 따라가는 연.

면회실. 탁자와 의자만 놓인 좁은 방으로 들어가는 연. 맞은편에 앉아 있던 아버지가 연을 맞는다. 머리가 풀어헤쳐진 채 여기저기 다친 모습의 아버지를 보고 연은 하얗게 질린다.

연아버지　연아…… 니 잘 들으래이…….

연　아버지…… 어찌 된 겁니꺼?

연아버지　혼사 얘기…… 물거품 되면 안 된다. 반장님이 도와 주실 기다. 꼭…… 잘 해야 한데이.

연　아버지! 무슨 말임꺼? 언제 나오시는데예!

연아버지는 괴로운 표정으로 고개를 흔든다.

연　아버지…… 아버지…….

연은 너무 놀라 눈물도 나오지 않는다. 잠시 후 순사가 문을 열고 들어온다.

#18 산길 / 저녁

오르막길을 앞서 걸어가는 반장과, 힘겹게 뒤따라가는 연. 반장이
뒤를 돌아서서 연을 기다린다. 비틀거리는 연.

반장 괜않다. 좀 쉬어 가라.

털썩 주저앉는 연. 가만히 숨을 고르다 흐느끼기 시작한다.

반장 어르신은 타지 사는 조카한테 돈을 조금 대줬다가 저리 되
신 기다. 그 조카놈이 항일단체 가담한 놈이라 아마 쉽지는 않을
기다.

연의 옆에 다가오는 반장.

반장 글타고 방법이 아주 없는 건 아니다.

연이 반장을 바라본다.

#19 금옥의 집 안방 / 밤

금옥이 방에 혼자 쪼그려 앉아 어머니의 굿 도구들을 보고 있다. 손을 대지는 못하고 작은 나뭇가지로 모자와 방울을 툭 툭 쳐본다. 원망이 가득 담긴 표정이다. 그때 밖에서 누군가 달려오는 소리가 들린다.

남자아이 금옥아! 금옥아!

방 밖을 내다보는 금옥. 금옥보다 어려 보이는 남자아이가 마당에 서 있다.

남자아이 니 엄니 큰일 났다! 서낭당 가봐라! 퍼뜩!

놀란 표정의 금옥.

#20 마을 어귀 서낭당 / 밤

신발도 신지 않은 채 남자아이를 따라 달려가는 금옥. 서낭당 앞에 다다랐지만 아무것도 보이지 않는다. 따라오라고 했던 남자아이도 어디 갔는지 보이지 않는다. 그때 또다시 들리는 흐느끼는 소리. 금옥은 습관적으로 버드나무를 쳐다본다. 흐느끼는 소리가 버드나무 쪽에서 들려오자 조심스럽게 다가간다. 이전처럼 귀신을 접하려는 듯 버드나무 가지를 집중해서 본다. 소리는 점점 가까워져 오고, 금옥은 돌무더기 쪽으로 가까워져 가는데 그 순간 와락 하고 무언가 금옥을 덮쳐온다. 금옥에게 자루를 뒤집어씌운 것은 마을 반장과 일본인 업자였다. 빠져나오려 발버둥 치는 금옥을 들고 있던 몽둥이로 마구 내리치는 반장과 업자. 잠시 후 자루의 움직임이 멈춘다.

반장 후…… 독한 년.

반장과 업자는 금옥이 담긴 자루를 대기하고 있던 차에 싣는다. 그들의 뒷모습을 보며 서낭당 곳곳에 숨어 있던 마을 사람들이 하나둘씩 나온다. 할당을 모두 채워 안도했다는 표정을 짓는다. 금옥을 불러온 남자아이, 금옥에게 돌을 던졌던 여자아이들도 그들 무리에 함께 있다.

#21 차 안 / 밤

연이 옆자리에 놓인 자루를 쳐다보고 있다. 자루 밑으로 나온 두 다리를 심란한 표정으로 본다. 조수석에 올라탄 일본인 업자.

일본인업자 얌전히 있어. 안 그러면 네 엄마 진짜 어떻게 될지도 몰라.

차는 덜컹거리며 어둠 속으로 들어간다.

#22 부산항, 배 안 창고 / 아침

부산항, 낡고 거대한 선박이 정박해 있다. 험악한 업자들이 소녀들을 일렬로 세워 창고 칸으로 밀어 넣는다. 잔뜩 겁먹고 있는 연과, 체념한 듯 보이는 금옥. 두꺼운 철문이 닫히는 소리에 이어 배가 출발하는 기적 소리.

CUT TO. 배의 진동이 그대로 느껴지는 허름한 창고 칸. 소녀들은 모두 멀미에 누렇게 뜬 얼굴로 고개를 파묻고 있다. 금옥 옆에 앉아 있던 연이 못 참겠다는 듯 구석에 있는 양동이로 달려가 구역

질을 한다. 토사물로 가득 차 있다. 연이 기진맥진해 자리로 돌아
오자 금옥이 말없이 연의 손을 잡는다. 엄지와 검지 사이를 꾹 눌
러준다. 연은 어리둥절한 표정을 짓다가 점차 어지러움이 나아지
자 신기한 듯 금옥을 본다.

연 신통하네. 이런 건 어디서 배웠나?
금옥 울 엄니한테 배웠다.

피식 웃는 연.

금옥 니는 부잣집 아씨가 왜 이런데 온 긴데?
연 못 들었나 보네…… 울 아부지 잡혀가셨다.

잠시 말을 잇지 못하는 연. 눈물을 글썽인다.

연 공장 갔다가 오면…… 아버지도 풀려날 기다. 힘들어도 잘 버
텨야 않겠나. 금옥이 니는 돈 벌면 뭐 할 긴데?
금옥 내는…… 안 돌아갈 기다. 가서 돈 벌면 내 혼자 살 기다. 엄
마도 싫고 그 동네도 싫었다 내는. 이리 끌려온 게 차라리 잘됐다.
연이 금옥의 손을 잡는다. 피곤한 듯 금옥의 어깨에 기댄다.

CUT TO. 자다 깨기를 반복하는 소녀들. 바닥에는 배식으로 나온 접시가 쌓여 있다.

금옥 연이야…… 일본이 이래 머나?

며칠이 지난다.

CUT TO. 덜컹 하며 문이 열린다. 자고 있던 소녀들이 일제히 문을 바라본다. 보름 만이다.

일본인업자 빨리 나와라!

몇 명의 업자들이 들이닥쳐 닥치는 대로 소녀들을 끌어낸다.

#23 랑군(양곤)항 / 낮

배에서 내려온 소녀들은 어리둥절한 표정을 짓는다. 야자수들이 있는 이국적인 해안. 일본인업자들은 소녀들을 일렬로 세워 트럭에 태운다. 금옥과 연이 당황한 표정으로 대열을 따라간다.

금옥 여기가 어데고? 우리 델꼬 이상한 데 온 거 아니가?

일본인업자 시끄럽게 굴지 말고 타!

금옥과 연도 한 트럭의 뒤에 올라탄다.

#24 흙길 / 낮

비포장도로를 달리는 트럭. 뒷좌석에는 한국인 소녀 10여 명이 끼어서 타고 있다. 불안한 듯 밖을 보는 금옥. 연은 겁을 먹은 듯 마름 침만 삼키고 있다. 금옥이 그런 연의 손을 잡는다.

#25 직업소개소 / 낮

서양식 가옥인 직업소개소에 소녀들이 일렬로 줄을 서서 신상조사를 받고 있다. 금옥이 탁자 앞에 앉는다.

업자 (일본어) 글은 못 읽고. 그럼 학교도 다닌 적 없고?

금옥 무슨 말임꺼?

당황하는 금옥에게 뒤에서 대기하던 연이 끼어든다.

연　학교 안 다녔나 묻는다.

금옥　니 일본말도 배웠나? (업자를 보며) 아, 안 다녔심더.

업자는 일본어를 하는 연을 힐끗 본다.

연　(일본어) 근데…… 저희는 일본 공장으로 알고 왔어요.

업자　(일본어) 그쪽은 사람이 다 찼어. 여기가 일도 더 편하고 급료도 많아. 공장에서 쇳덩이 나르느니 군인들 빨래나 해주는 게 낫지 않아?

연　(금옥에게) 괜않댄다. 여가 일도 더 편하고 돈도 많이 준댄다.

안도하는 금옥과 연.

업자　(일본어) 학교는 다닌 적 없고…… 그럼 혼인은?

금옥은 연의 통역을 들으며 더듬더듬 말한다.

금옥　사내는 만난 적도 없심더.

업자　(일본어) 그럼 처녀 맞지? 확실하지?

금옥　(연에게) 왜 자꾸 물어보노? (업자를 보며) 화, 확실한데예.

업자 (일본어 / 연을 보며) 너도 그렇지?

연 (일본어) 네…….

업자는 연과 금옥의 이름 옆에 사토 중대 라고 일본어로 적고 도장을 찍는다.

업자 내일 낮에 출발할 거야. 위층으로 가.

업자가 한국어를 하자 연이 흠칫 놀란다. 일어서며 뒤를 돌아본다.

업자 (일본어) 지옥행이네…….

비웃음을 흘리는 업자를 보며 연은 불길함을 느낀다.

금옥 뭐라카드나? 저 사람 조선말도 하면서 와 일본어로 하노?
연 잘 못 들었다…….

#26 직업소개소 침실 / 밤

한국인 소녀들 여럿이 직업소개소 2층에서 붙어서 자고 있다. 금옥과 연은 잠이 오지 않는 듯 눈을 뜨고 있다. 금옥이 돌아누운 연에게 말을 건다.

금옥 니 일본어는 어디서 배웠나?

연 소학교에서…… 잘은 몬한다.

금옥 나 몇 마디만 알려줄래?

연 음…… 무슨 일을 받았을 때는 고맙다고 (일본어) 고맙습니다, 하면 된다.

금옥 (일본어) 고맙습니다.

연 그리고 실수 했을 땐 죄송하다고 (일본어) 죄송합니다. 니가 뭔가 위험하다카면 무조건 (일본어) 살려주세요.

금옥 (일본어) 살려주세요…….

그때 어디선가 들리는 작은 기척을 듣는 금옥. 불길한 표정으로 연 쪽을 보지만 연은 이미 잠들어 있다. 소리는 좀 더 또렷해진다. 고향 서낭당에서 들었던 흐느끼는 처녀의 소리다. 금옥은 주위를 둘러보다 몰래 자리에서 일어선다.

#27 복도, 계단 / 밤

소리를 따라 캄캄한 복도로 나온 금옥. 맨발로 나무 바닥을 밟을 때 삐걱- 하고 소리가 울린다. 복도 끝을 보자 까마귀처럼 보이는 검은 형체가 또 나타나 금옥을 보고 있다. 금옥이 한 발을 떼자 형체는 다시 사라진다. 금옥이 긴장하며 조심조심 발을 떼 계단으로 향한다.
아무것도 보이지 않는 계단. 벽을 손으로 짚으며 한 칸 한 칸 아래로 향한다.

#28 직업소개소 복도 / 밤

금옥이 계단을 벗어나 바깥쪽 복도로 나오지만 아무것도 보이지 않는다. 흐느끼는 소리도 어느새 사라졌다. 어리둥절해하는 금옥의 옆으로 달빛이 비춘다. 그 달빛이 계단 옆, 금옥의 바로 옆에 서 있는 한 여자의 얼굴을 드러낸다. 미친 사람처럼 산발을 한 여자가 이상한 말을 중얼댄다. 옆쪽을 보고 깜짝 놀라 비명을 지르는 금옥. 여자는 뒷걸음치는 금옥에게 서서히 다가선다. 갑자기 금옥의 머리채를 확 잡아채는 여자. 금옥도 지지 않고 여자의 머리를 잡는다.

금옥 놔라 이 잡년아! 놓으라 안 카나!

금옥이 머리를 잡고 발길질을 해대자 미친 여자가 금옥의 기세에 밀려 뒤로 쓰러진다. 여자는 제자리에 주저앉아 또 알아들을 수 없는 소리를 중얼댄다. 금옥은 귀신이 아니라 미친 여자라는 것을 알고 한숨을 내쉰다. 여자를 보며 계단 쪽으로 몸을 옮기는데 여자는 계속 바닥을 보며 중얼대다 문득 계단으로 올라가던 금옥을 쏘아본다.

여자 이 씨발년아!!

여자가 한 한국말에 화들짝 놀라 소름이 돋는 금옥.

#29 직업소개소 마당 / 아침

전날 들어온 소녀들이 각자 다른 군용 트럭에 나눠 타고 어딘가로 향한다. 금옥과 연이 탄 트럭에는 둘밖에 없다. 금옥은 직업소개소를 떠나가며 혼자 마당 벤치에 앉아 있는 전날의 미친 여자를 본다. 행려병자 같은 모습.

금옥 연아, 니 저 여자 보이나?

연 저게 누군데?

금옥 그래…… 구신이 아닌기라.

미친 여자는 금옥과 눈이 마주치자 갑자기 자리에서 일어난다. 여자가 앉아 있던 흰색 벤치에 붉은색 하혈 자국이 남아 있다.

금옥 저 사람…… 조선 사람인기라.

#30 산길, 사토 중대 앞 / 낮

트럭이 사방으로 우거진 숲 사이 깊은 산길로 들어선다. 한참을 달리자 사토 중대의 입구가 보인다. '결사로 황국을 지키겠다'는 글자가 붉게 새겨진 입구로 트럭이 들어선다.

#31 사토 중대 연병장 / 낮

트럭이 멈추고, 업자가 금옥과 연을 끌어내린다.

업자 저 뒤에 가서 앉아.

업자가 가리킨 곳에는 막사 앞 연병장에 모인 한 무리의 사람들이 보인다. 좌우로는 일본군들이 서 있고, 10여 명의 한국인 소녀들이 겁에 질린 표정으로 앉아 있다. 금옥과 연이 발을 떼자 업자는 재빨리 트럭을 몰고 사라진다. 무리 가까이 다가간 금옥과 연의 시야에 포박되어 있는 두 소녀가 보인다. 무리 앞에 서 있는 두 소녀는 머리가 풀어헤쳐진 채 넋이 나간 표정을 짓고 있다. 작은 체구에 뿔테 안경을 쓴 모범생 같은 인상의 중대장, 사토가 모두의 앞에 나선다.

사토 (뒤쪽의 군인들에게 손짓을 한 뒤 / 일본어) 몸을 바쳐 황국에 봉사할 기회를 줬음에도 두 계집은 무단이탈을 시도했다.

명령을 받은 병사들이 커다란 나무판을 가지고 와 소녀들 앞에 놓는다. 나무판에는 날카로운 대못이 듬성듬성 박혀 있다. 못판을 본 포박당한 소녀 둘이 눈물을 흘린다. 다리에 힘이 풀려 있다. 금옥과 연도 제자리에 얼어붙어 움직이지 못한다.

소녀 (흐느끼며) 엄마…… 엄마…….
사토 (일본어) 이 몹쓸 짓은 천황에 대한 반역이다.

사토가 병사들에게 손짓한다. 금옥과 연은 고개를 돌린다. 고통스러운 비명이 들려온다. 고개를 돌린 금옥의 눈 바로 앞에 검은 형체가 내려앉아 있다. 까마귀 형상의 검은 형체와 눈이 마주친 금옥. 두 소녀는 소리만으로도 창백하게 질린다. 비명 소리가 그치자 보고 있던 소녀들이 흐느끼는 소리가 대신 공기를 채운다.

사토 (일본어) 새로 들어온 두 계집은 사토 중대의 일원으로 봉사하게 된 걸 영광으로 알아라.

금옥과 연이 턱을 덜덜 떨며 앞을 바라보고 있고 못판과 바닥에서는 핏물이 흘러내리고 있다.

#32 위안소 복도, 금옥의 방 / 낮

병사 둘에 이끌려 복도로 들어서는 금옥과 연. 가건물의 복도는 대낮인데도 빛 한 점 들어오지 않아 컴컴하다. 둘은 각각 다른 방으로 끌려간다.
금옥이 방에 들어서고 방문이 닫힌다. 방을 둘러보는 금옥. 허름한 나무 침대 위에 모포 한 장, 그 옆에 물을 받아놓은 놋 대야 하나와 탁자가 있다. 금옥은 방금 목격한 처형 장면의 충격이 가시지 않은 듯 멍하니 침대에 가 앉는다. 탁자 뒤쪽 벽에 손톱으로 새긴 듯한 작은 글씨를 발견한다. '엄마 보고 싶어.' 하지만 글을 모르는 금옥은 어리둥절하게만 본다. 그때 바람 소리가 복도를 휙 지나간다. 복도에 들어선 누군가의 삐걱삐걱 하는 발소리가 들린다. 금옥의 방 쪽으로 가까워 온다.

경자 새로 들어온 애야. 꼭 삿쿠를 쓰라고 해!

갑자기 들려온 말소리가 무슨 뜻인지 몰라 대답을 못 하는 금옥.

경자 삿쿠를 꼭 써!

걸음이 가까워져 오더니 금옥의 방문이 열린다. 각반을 차고 상의를 풀어헤친 거구의 병사가 보인다. 풀린 눈으로 금옥을 바라본다. 금옥은 무서워서 눈물도 비명도 나오지 않는다. 그때 바로 옆방에서 연의 비명 소리가 들리기 시작한다. 순간 무언가가 떠오른다.

금옥 (일본어) 사, 살려주세요!

다른 소녀들의 방. 금옥과 연의 비명이 들리는 동안 다른 소녀들은 참담한 표정을 짓고 있다.

CUT TO. 군인이 떠난 금옥의 방. 금옥이 침상에 머리를 묻고 흐느끼는데 잠시 후 방문이 열린다. 위안부 소녀들의 맏언니 경자가 들어온다. 눈이 먼 경자는 벽을 더듬어 들어와 금옥에게 손을 뻗는다. 허공에 떠 있는 경자의 손을 무의식적으로 덥석 잡는 금옥. 경자가 금옥을 와락 안는다.

경자 불쌍한 것…….

금옥이 울음을 터뜨린다. 한참 금옥을 끌어안고 위로하던 경자.

경자 너희는 제발 목숨 끊을 생각 마라. 상대할 놈들이 더 많아지면 우리도 전부 죽어.

경자의 경고에 금옥은 오싹함을 느낀다.

#33 위안소 앞 / 저녁

배식을 받으러 나온 위안부 소녀들. 저녁은 주먹밥 한 덩이뿐이다. 금옥이 경자와 다른 소녀의 부축을 받으며 천천히 걸어 나온다.

경자 나는 간호보조사로 일한다는 말에 속아서 왔어. 그게 벌써 7년 전이다. 몸이 뻣뻣하다고 맞기도 참 많이 맞았지.

금옥은 감고 있는 경자의 눈을 올려본다.

경자 삿쿠를 써야 돼. 군인들이 싫어해도 꼭 써야 돼. 임신하고 성병 걸려서 몇이나 죽었는지 몰라.

그때 주위를 둘러보는 금옥. 연이 보이지 않는다.

금옥 연이…… 연이가 안 나왔어예.

금옥은 주먹밥 두 개를 챙긴다.

34 위안소 연의 방 / 저녁

금옥이 조심스럽게 문을 연다. 연은 넋이 나간 듯 뒤돌아 벽만 보고 있다. 연의 옆에 앉은 금옥. 서로 말을 잃은 두 소녀. 연이 한참 뒤에야 입을 연다.

연 나는 이런 데인 줄 몰랐다 참말로. 공장이라면서…… 이런 데인 줄 몰랐다.

금옥이 주먹밥을 내미는데 연은 받지 않는다. 가만히 두 손에 든 주먹밥을 내려다보는 금옥. 두 개의 주먹밥을 바닥에 냅다 던져버린다. 떨어진 주먹밥을 발로 짓이긴다. 갑자기 두 소녀가 울음을 터뜨린다. 금옥이 연을 껴안는다.

CUT TO. 울다가 지친 금옥과 연이 함께 침상에 쪼그려 앉아 있다. 연의 어깨를 토닥이며 금옥은 작은 목소리로 무가를 부른다.

금옥 에라 만수 에라 대신이야…… 놀고 놀아 놀아 봅세. 아니 놀지는 못하리라…….

금옥어머니가 연에게 굿을 할 때 불렀던 무가다. 금옥은 연을 안은 채 방구석을 본다. 까마귀 같은 검은 형체가 또 금옥을 쳐다보고 있다.

#35 의무대 / 아침

복도. 소녀들이 위생 검사를 받으러 일렬로 서 있다. 모두 꺼림칙한 표정이다. 금옥과 연은 무슨 일인지 모르고 불안감에 서로를 쳐다본다. 금옥의 차례가 되어 의무대로 들어선다.
의무실 안. 군인 복장을 하고 간단한 위생 도구를 착용한 장교와 의무병들이 위생 검사 준비를 하고 있다. 돌아선 장교의 얼굴을 보자 금옥은 얼어붙는다. 전날 금옥의 방에 처음 들어왔던 군인이 바로 의무장교 히로시였던 것이다.

히로시 　(웃으며) 여어. 어제 몸은 괜찮았나?

눈을 질끈 감는 금옥. 그때 시시덕대는 웃음소리가 들려온다. 눈을 떠서 맞은편 창을 보는 금옥. 바깥쪽으로 난 창에 비치는 햇볕 사이로 머리 대여섯 개가 보인다. 성병 검사를 구경하는 군인들이었다. 치욕에 몸이 떨리는 금옥은 눈물이 나고 헛구역질까지 한다.

#36 위안소 앞 / 아침

기습 작전을 나갔던 군인들이 돌아와 연병장에서 작전 완수 보고를 하고 있다. 소녀들이 이 모습을 위안소 앞에 모여 지켜보고 있다.

경자 군인들이 돌아왔어. 이제부터 지옥이야.

눈빛이 날카로운 젊은 소대장 류지가 앞에 나와 보고한다.

류지 (일본어) 포로 다섯 외에는 전멸시켰습니다.
사토가 묶여 있는 영국군 포로들을 본다.

사토 (일본어) 즉결 처형시켜라.

류지가 일본도를 뽑아 하늘 높이 든다. 그것을 보고 있는 연은 이전과는 달리 무표정한 얼굴로 고개를 돌리지 않는다.

연 차라리 부럽다.

금옥도 고개를 돌리지 않는다.

#37 위안소 금옥의 방, 연의 방 / 밤

금옥이 어두운 방에 혼자 있다. 무서워하며 몸을 덜덜 떤다. 밖에서는 승리를 자축하며 술에 취한 병사들이 왁자지껄 떠드는 소리가 들린다. 공포에 질린 연은 목숨을 끊으려는 듯 혀를 씹는다. 하지만 쉽게 되지 않는다. 밖에서 들리는 병사들의 소리는 점차 가까워져 온다. 복도의 바람 소리가 군화 신은 발소리로 바뀐다. 발소리가 연의 방으로 향한다. 방문이 벌컥 열린다.

CUT TO. 금옥은 웅크린 채 침상 구석으로 몸을 쪼그려 숨으려 한다. 금옥의 귀에서는 어느새 피가 흐르고 있다. 삐- 하던 환청이 흐느끼는 소리로 바뀌었다가 깔깔대며 웃는 소리로도 변한다. 근원을 모르는 기괴한 목소리가 숫자를 센다.

목소리 열 명! 열 명! 스무 명!

금옥은 소리를 쫓아 고개를 돌린다. 바로 옆 탁자 위에 한 여자의 머리가 올려져 있다. 금옥이 온 첫날 처형당한 여자이자 이전에

이 방을 쓰던 위안부 소녀다.

목소리 (일본어) 열 명! 열 명! 앞으로 스무 명!

말을 하는 머리와 눈이 마주친 금옥은 그대로 까무러친다.

#38 금옥의 집 마당 (꿈) / 새벽

마당에 쓰러진 시점에서 집을 보고 있는 금옥. 화려한 무당의 분장과 복장을 한 채 방 앞에 서 있는 어머니가 금옥을 무표정하게 내려다보고 있다. 시점이 점점 기울어 땅속을 파고 들어간다.

#39 위안소 금옥의 방 / 밤

기절했던 금옥이 깨어난다. 경자가 문 앞에 서 있다.

경자 나와라.

경자가 먼저 발길을 옮긴다. 금옥은 소름이 돋는 듯 양팔을 손톱으로 자국이 나도록 긁는다. 하지만 눈물은 흐르지 않는다. 이를 악문다.

금옥   엄니…… 꼭 돌아갈 겁니더.

#40 위안소 앞 / 밤

오후 내내 병사들을 받은 소녀들이 각자 벽을 짚고, 서로 부축하며 나온다. 중대장 사토와 류지가 지휘관 막사 앞에 서서 위안소를 보고 있다.

사토   (일본어) 오래 한 계집들은 알아볼 수 있어. 여자의 밑에도 굳은살이라는 게 생기거든. 류지…… 넌 왜 위안소를 이용하지 않지?

류지   (일본어) 조선 계집은 건드리기 싫습니다.

사토가 음흉하게 류지를 훑어본다.

사토   (일본어) 하긴. 저 계집들은…… 여자의 모든 걸 잃어도 아등바등 살아남지. 부끄러움도 몰라서 자결도 않고 말이야.

금옥은 두 명 몫의 주먹밥을 받아 다리를 절면서 위안소 안으로 들어간다.

#41 위안소 연의 방 / 밤

금옥이 연 몫의 주먹밥을 들고 들어다. 연은 죽은 듯 엎드려 누워 있다. 연을 흔들어 깨우는 금옥.

금옥 연이야. 인나라. 뭐라도 먹어야지. 니 이대로 있다간 고향이고 뭐고…….

금옥은 고개를 돌린 연의 얼굴을 보고 화들짝 놀란다. 혀를 깨문 연의 입에는 피가 잔뜩 고여 있다.

연 (새는 발음으로) 금옥아…… 어째하면 죽노…… 차라리 죽자…….

연의 얼굴에 묻은 피를 금옥이 맨손으로 훔친다. 힘이 빠진 연은 가만히 있는다.

금옥　연아 니…… 고향 가서 아부지 안 볼 거가? 살아가자. 난 꼭 살아서갈기다. 돌아가서 나 여기 보낸 놈들헌테 다 갚아줄 기다.

일부러 씩씩해 보이려고 연의 앞에서 주먹밥을 꾸역꾸역 입에 넣는 금옥. 그러다 갑자기 목이 막혀 헛구역질을 한다. 간신히 수습한 금옥을 연이 걱정스럽게 쳐다본다. 자기도 모르게 피식 웃음이 나온 금옥. 연도 힘없이 피식 웃는다. 하지만 웃는 얼굴에 금세 눈물이 맺힌다.

금옥　(눈물을 훔치며) 울지 마라.

조금은 긴장이 풀린 연과 금옥. 그때 복도에서 막대기로 바닥을 치는 소리가 들린다.

#42 위안소 복도 / 밤

복도 끝, 위안소 입구 앞에 경자가 의자를 놓고 앉아 있다. 긴 막대기로 바닥을 두들겨 소리를 내고 있다.

경자　금옥아. 떠들지 말고 들어가라.

금옥이 연의 방에서 나와 경자를 지나쳐 자신의 방으로 들어간다. 진짜 눈이 먼 것인지 의심하며 경자의 눈치를 슬쩍 본다.

#43 중대장 막사 / 밤

사토가 자신의 전담 일본인 위안부인 리에코와 성관계를 하고 있다. 리에코의 위에 올라타 목을 조르는 사토. 리에코도 사토의 목을 조른다. 리에코가 숨이 넘어갈 듯 괴로워할 때, 사토는 문득 동작을 멈춘다. 싸늘한 공기를 느끼며 등줄기에 소름이 돋자 사토가 뒤를 돌아본다. 막사 구석에 있는 캐비닛의 문짝이 열려 있다. 기분을 망친 듯 옷을 추슬러 입고 일어서는 사토. 캐비닛으로 다가가 열린 문을 신경질적으로 닫는다. 눈치를 보던 리에코도 다시 옷을 입고 나갈 준비를 하다, 탁자에 놓여 있던 담뱃대를 입에 문다.

리에코 (일본어) 새로 온 애들 둘 있죠? 눈빛이 독해 보이는 애가 있던데…… 내가 데리고 나가 볼게요.

사토는 여전히 캐비닛만 쳐다보고 있다.

사토 (일본어) 그래…… 희망이 있어야 오래 버티지.

#44 사토 중대 앞 / 낮

금옥과 연이 군용 트럭 뒤에 올라타고 그 맞은편에서 리에코가 여유로운 표정으로 둘을 보고 있다. 반면 금옥과 연은 리에코의 눈치를 살피고 있다. 트럭은 사토 중대를 나서 산길을 지난다.

#45 현지인 시장 / 낮

군용 트럭은 작은 현지인 시장에 들어선다. 물고기와 과일을 나르는 미얀마인들의 평화로운 풍경을 보고 눈물이 핑 도는 연. 군용 트럭이 멈추고, 리에코와 금옥, 연이 내린다.

CUT TO. 한 상점의 외부 벤치에 마주 앉은 리에코와 금옥, 연. 금옥과 연의 앞에 열대 과일이 하나씩 놓여 있다.

리에코 겁먹지 말고 먹어. 이건 내가 사는 거야.

리에코가 한국어로 말하자 당황하는 금옥. 둘은 과일을 먹기 시작한다.

리에코　너희는 어려서 더 힘들지? 근데 고향에서 모르는 남자한테 시집가도 마찬가지잖아.

리에코가 말하는 사이 금옥은 시장 사람들을 둘러본다. 금옥 일행을 경계하듯 쳐다보고 있는 현지인들. 모두 허름한 차림이고, 가판대에는 물건도 별로 없다. 낡은 탁자에 둘러앉아 아편 담뱃대 하나를 돌아가며 피우는 현지인들.

리에코　시집살이 하다 맞아 죽는 여자도 많아. 너희한텐 여기서 돈이나 벌어가는 게 더 상팔자일 수도 있어.

금옥　예…….

리에코　사토 중대장은 의리 있는 사람이야. 열심히만 버티면 고향에 보내줄 거야. 예전 애들처럼 도망칠 생각만 않으면…….

리에코는 품 안에서 배편 티켓을 꺼내 보여준다.

리에코　여기, 주둔군 도장 보여? 이게 있으면 바로 부산행 배를 탈 수 있어. 조금만 견뎌 봐.

연　아버지한테 무슨 낯으로 돌아갑니꺼……. 이 몸으로…….

리에코　괜찮아. 다들 그렇게 살아.

연과 달리 금옥은 리에코에게 의심의 눈초리를 보낸다.

금옥   그라모…… 7년 됐다는 경자 언니는 와 고향에 못 가는데예? 진짜 보내주는 거 맞심꺼?

금옥을 보는 리에코의 눈빛이 금세 싸늘해진다. 금옥도 지지 않고 리에코를 본다. 잠시 침묵이 흐르는데 군용 트럭이 다시 시장으로 들어선다.

병사   (일본어) 빨리 올라 타! 기습이다.

혼비백산해 차에 올라타는 리에코와 금옥, 연. 시장 사람들도 웅성대며 자리에서 일어선다.

#46 작전통제실 / 낮

다급히 들어와 사토에게 보고하는 류지.

류지   (일본어) 기습입니다. 보급로가 끊겼습니다. 용병들 같습니다.
사토   (일본어) 지금까지 해온 그대로 해. 정글을 다 뒤져서라도 전멸시켜. 교량과 도로 복구는 그다음이다.

류지 (일본어) 본대와 너무 떨어져서 취약한 상태입니다. 진격 잔적은 접고 충원을 요청하는 게…….

사토 (일본어) 멍청한 놈! 동양 최강 사토 중대가 기습 한 번에 꽁무니를 빼라고?

더 말을 꺼내려다 말문을 닫는 류지.

사토 (일본어) 모자란 물자는 현지인들한테 조달해. 그건 네 담당이잖아? 류지.

#47 위안소 복도 / 낮

문 앞에 앉아 있는 경자와 그 옆에 서 있는 몇 명의 소녀들.

소녀1 영국군한테 밀리고 있나 봐요. 새로 온 애들이 그랬어요. 시장에 나갔었는데…… 오늘 공격을 당했다고.

소녀2 영국군이 들어오면 우리 고향 갈 수 있는 거 아냐? 안 그래요? 경자 언니.

경자 들뜨지들 마…… 그렇게 쉬운 놈들인 줄 알아?

#48 중대장 막사 / 저녁

식사를 앞에 놓고 앉아 있는 사토. 맞은편에 리에코가 있다.

리에코 (일본어) 얼굴이 하얀 아이는 순진한 것 같은데, 눈빛이 사나운 애는 보통내기가 아니에요.
사토 (일본어) 그래서, 어떻게 될 것 같나?
리에코 (일본어) 결국 죽겠죠. 둘 다.

리에코의 말에 피식 웃는 사토. 자신 몫의 밥그릇을 리에코에게 내민다.

사토 (일본어) 배식이 줄어들 거다. 내 몫 반을 더 먹어.

리에코는 경계하는 눈치로 사토의 밥을 먼저 먹는다. 날카로운 눈빛으로 리에코를 살피는 사토.

#49 위안소 금옥의 방, 연의 방 / 밤

침상에 엎드려 있는 금옥의 옆얼굴. 시야에는 방 벽 구석에 뚫린 작은 구멍이 보인다. 가리고 있던 모포를 치우고 그 구멍으로 눈을 가까이 대는 금옥. 구멍 너머에는 이쪽을 보고 있는 다른 소녀가 보인다. 연이었다. 놀라서 서로를 보는 두 소녀. 금옥과 연 모두 얼굴이 헬쑥해지고 고통과 피로에 입술이 다 터져 있다.

금옥　연아…… 연아…… 지금 거기 아무도 없나?

연이 고개를 끄덕인다.

금옥　연아…… 니 내가 말 안 했제. 나랑 놀면 귀신이 붙어 죽는다고 소문이 있었는데 그기 사실인 기라. 그래서 니가 여 끌려왔나 보다.
연　지금 내한테도 그런 게 보이나?
금옥　(고개를 젓는다) 구신 붙는다고 엄니가 내한테 굿을 해버린 기라. 이제 아무것도 안 보인다.

가만히 금옥을 보고 있는 연.

금옥　연아…… 내도 비밀 얘기했으니까 니도 아무 말이나 해라.

힘든 듯 잠시 후 입을 여는 연.

연 금옥아…… 아버지가 내를 시집 보내려고 했는데… 그때 갈 걸 그랬다. 내는…… 눈 맞은 사람이 있었거든. 니도 알제? 그 사람이 우리 집 하인이라 말을 못 한 기다.

살짝 웃는 금옥. 그때 연의 머리카락을 가늘고 창백한 손가락이 휘감는 것이 보인다. 귀신의 손 같은 것이 연을 끌고 간다. 귀신을 다시 본 줄 알고 금옥의 눈동자가 커진다. 그러나 곧 옆방에서 일본어가 들린다. 군인의 손이었다.

#50 위안소 금옥의 방 / 아침

금옥이 온몸에 피멍이 든 채 쓰러져 있다. 경자가 슬쩍 문을 열고 들어온다. 금옥이 고개를 들자 경자가 종이에 싸인 작은 물건을 내민다.

경자 힘들지…… 여기선 맨 정신으로는 못 버텨.

경자가 종이를 열자 낡은 나무 곰방대와 갈색 가루가 보인다. 가루를 모아 작은 곰방대에 넣고 탁자 위 촛불에 대자 연기가 난다. 담뱃대를 빨아올리는 경자. 금옥은 연기를 맡는 순간 멀미를 느끼며 고개를 돌린다. 그 순간 한 기억이 스친다.

회상. 장에서 현지인들이 둘러앉아 곰방대로 무언가를 나눠 피우던 모습.

금옥 이기 뭔데예?
경자 이걸 들이켜면 아픈 게 덜해. 버티려면 해야 돼.

경자는 물건을 놓고 일어서고 금옥은 물끄러미 갈색 가루를 쳐다본다.

#51 보급 창고 / 아침

보급 창고 한쪽의 탁자 앞에 앉아 심각한 표정을 짓고 있는 류지와 심복들. 한 병사가 식량을 세고 있다. 창고 칸들은 군데군데 텅텅 비어 있다.

류지 (일본어) 보급 차량이 숲 건너편으로 돌아오려면 얼마 걸리지?

심복1　(일본어) 적어도 열흘은 걸립니다. 그마저도 기습이라도 당하면…….

류지　(일본어/고개를 젓는다) 위안부 배식을 더 줄여. 나머지는 직접 구한다. 당장 준비시켜.

심복1　(일본어) 류지 상 어제 새벽 기습작전에 투입돼서 전부…….

류지　(일본어) 그걸 가릴 상황인가! 남은 인원은 다 긁어모아!

류지에게 경례를 하고 돌아가는 심복들.

#52 현지인 시장 / 낮

시장에 들이닥치는 일본군 차량들. 상인들은 재빨리 물건들을 좌판 밑으로 숨긴다. 신경이 날카로워진 병사들이 차례로 내려 현지인들을 향해 총을 겨눈다. 일제히 멈춘 시장 사람들. 류지가 군용 차량에서 반쯤 밖으로 몸을 뺀 채 현지인들을 둘러보며 얘기한다.

류지　(일본어) 너희가 물자를 속여온 걸 알고 있다! 이제는 그냥 넘어가지 않을 것이다!

현지인들은 무슨 소리인지 몰라 어리둥절해한다. 류지가 상인들을 둘러보다 구석에 있는 과일장사 청년과 눈이 마주친다. 류지가 청년에게 오라고 손짓하자 청년이 망설인다. 현지어를 하는 병사가 청년에게 가 고함을 지르며 억지로 끌고 나온다.

류지   (일본어) 비상시기니 군량미 공출을 두 배로 늘려라. 네가 책임지고 5일마다 한 번씩 군부대로 가지고 들어와. 오늘부터다. 수량이 틀리면 네놈 가족부터 죽이겠다.

현지어로 통역을 하는 병사. 난처한 표정의 청년. 청년을 살펴보다 갑자기 일본도를 꺼내 청년의 목에 겨누는 류지. 청년 목에 걸린 금속 목걸이를 훑는 칼날. 류지는 옆의 병사에게 손짓한다. 병사는 목걸이를 낚아채 뺏는다.

#53 사토 중대 막사 뒷마당 / 낮

위안부 소녀들이 물을 받아놓고 빨래와 설거지를 하고 있다. 군인들이 안 보여 한결 밝은 표정이다. 경자 다음으로 나이가 많은 소녀 명화가 일이 서툰 금옥을 옆에서 도와준다.

명화   금옥아. 고향에선 아버지가 장사하셨니? 농사일 하던 손은 아닌데.

금옥 아니라예…… 아버지는 안 계셨심더. 어머니랑 저랑만.

명화 어머니가 고생하셨겠네.

금옥 사실…… 지 엄니는 무당이었어예.

명화 정말?

금옥 예…… 예전만 해도 이름난 무당이었다 카는데…….

명화 어머! 그럼 나 부탁 하나만 해도 될까?

어리둥절하게 쳐다보는 금옥.

명화 울 언니가…… 나랑 같이 왔어. 근데 소개해주는 곳에서 갈라
져서…… 어찌됐는지 모르거든. 금옥이 니가 알아내줄 수 있을까?

금옥 예? 지는 그런 거…….

명화 무당 딸이면 어느 정도 신기가 있을 거 아니야. 어릴 때부터
어머니한테 배웠을 거고. 꼭 해줘 금옥아.

곰곰이 생각하다 화색이 도는 금옥.

금옥 그럼 해볼게예.

CUT TO. 물을 받아놓은 녹슨 놋그릇이 바닥에 놓여 있고, 그 앞에 명화가 제사를 올리듯 눈을 감고 앉아 있다. 소녀들은 재미있는 듯 금옥과 명화를 보고 있다. 나뭇가지를 부채처럼 든 뒤 무당처럼 행동하는 금옥.

금옥 내가 누군지 알겠느냐?
명화 네? 모릅니다.
금옥 네년 증조할애비도 못 알아보느냐! 어디 보자…… 내 손주 딸내미 이름이 명화인데 여 와서 그만 어찌나 출세를 했는지 왜놈들한테 절을 받으면서 사는구나. 어허.

피식 웃는 소녀들. 연도 처음으로 웃었다.

금옥 우리 큰손주 딸내미는 저기 날 더운데 가서 군인들 빨래 해주고 있네. 몸은 고되도 맘은 편하다켔다. 근데 우리 작은 손녀는…… 그마 돼지우리 같은 데 끌려와서 군인들한테 억수로 고생하는 기라. 다리 벌리라는 쌍놈. 엎드리라는 쌍놈…… 쥐 패는 쌍놈…….

금옥의 말에 금세 서러움이 복받쳐오는 소녀들.

경자 이상한 소리 말고 그만 일이나 해. 군인들 오기 전에.

경자의 말에 소녀들이 눈치를 보며 흩어진다. 명화는 금옥의 어깨를 토닥이며 고마움을 표한다.

#54 위안소 앞 / 저녁

배식을 받아 위안소로 들어가는 소녀들. 반으로 줄어 있는 주먹밥을 들고 모두 실망한 눈치다. 금옥이 중대 입구를 보다 마차 하나가 들어오는 것을 보고 걸음을 멈춘다. 현지인 과일장사 청년이 마차를 끌고 들어와 류지에게 검사를 받은 뒤 창고로 물건을 나른다. 금옥이 기둥 뒤에 숨어 유심히 쳐다본다.

#55 위안소 연의 방 / 저녁

밖의 눈치를 보며 품속에 무언가를 숨겨 들어오는 금옥. 연의 앞에 그것을 펼쳐놓는다. 경자가 줬던 아편가루이다.

연 금옥아…… 이기 뭔데?
금옥 아편이라카는 기다. 경자 언니가 니 안 줬나?

연이 고개를 저으며 금옥을 본다.

금옥 (눈치를 보며 작은 목소리로) 연아, 내 말만 믿어라. 우리 나갈 수 있다. 이 가루를 모으는 기다.

#56 위안소 경자의 방 / 저녁

경자를 찾아온 금옥과 연.

경자 벌써 다 피웠어?
금옥 예…… 연이랑 같이 하느라…….

보이지 않는 눈으로 금옥과 연을 훑는 경자. 의심스러운 듯 킁킁대며 냄새를 맡는다. 긴장하는 금옥.

경자 (씩 웃으며) 그래 여긴 이거 없이는 못 버텨. 다른 물자 다 떨어져도 아편은 남아돈다는 게 다행이지 뭐야.

금옥과 연 몫의 아편가루를 주는 경자.

경자   일본군들이 밀림 지나오면서 싹쓸이를 해왔거든.

안도하며 작은 종이에 싸인 아편가루를 받아 드는 금옥.

#57 몽타주, 위안소 소녀들 방 / 새벽

군인들이 다녀간 뒤 심신이 지친 소녀들이 각자의 방에서 아편을 하는 모습들. 금옥과 연은 아편 연기를 피워 옷에 묻힌다. 아편 냄새가 밴 옷을 모포 밑에 넣어 보관하는 금옥과 연.

CUT TO. 경자에게 찾아가 또 아편 가루를 받는 금옥과 연. 아편 가루를 조심스럽게 한곳에 모아서 종이로 포장하고 노끈으로 묶는다. 차곡차곡 쌓이는 가루. 금옥은 그것을 옷 소매에 넣어서 보관한다.

#58 의무대 앞 / 아침

위생 검사를 받으려고 소녀들이 줄을 서 있다. 금옥은 열이 있는 듯 고개를 푹 숙이고 머리를 감싸고 있다. 연이 금옥의 안색을 살핀다.

금옥 연이야…… 얼만큼 모였나?

연 그건 걱정하지 마라. 그보다 금옥아 많이 아프나? 언제부터 그랬나?

금옥 모르겠다. 더는 못 견디겠다…….

아파하는 금옥을 보고 다가오는 경자.

경자 금옥아, 아픈 티 내지 말아라. 606호 주사라도 맞으면…… 견뎌내지 못할 거다.

의아한 표정을 짓는 금옥.

#59 의무실 / 아침

의무실 침대에 누운 금옥. 진땀을 흘리고 있다.

히로시 (일본어) 몸이 어떻게 된 거야?

금옥이 괜찮다는 듯 손을 내젓는다. 치마를 들춰 상태를 확인하는 히로시.

히로시 (일본어) 흥…… 지저분한 년.

히로시는 주사 하나를 가져와 금옥의 팔을 붙잡는다. 화들짝 놀란 금옥에게 우악스럽게 주삿바늘을 찌르는 히로시. 금옥, 고통스러워한다.

#60 위안소 금옥의 방, 연의 방 / 밤

한 병사가 금옥의 방으로 들어온다. 금옥은 진땀으로 범벅이 되어 흐느끼고 있다. 병사가 못마땅한 표정을 짓자 금옥은 바로 무릎을 꿇고 손을 내젓는다.

금옥 (흐느끼며 / 일본어) 살려주세요. 살려주세요.

애원하던 금옥이 갑자기 침상에 구토를 한다. 병사는 기분을 망친 듯 욕을 하며 나간다.

CUT TO. 끙끙 앓으며 침상에 엎드려 있는 금옥. 문 앞에서 경자와 명화가 걱정스러운 듯 보고 있다. 연은 벽의 구멍을 통해 금옥을 본다.

연 (흐느끼며) 금옥아…….

간신히 구멍 쪽으로 고개를 돌리는 금옥. 그런데 구멍 저편에는 연이 아니라 기괴한 눈 하나가 이쪽을 보고 있다. 연의 방에 살던 처형당한 소녀다. 피눈물이 흐르는 눈. 금옥의 귀에서 삐- 하는 소리가 다시 들린다. 몸을 덜덜 떨며 고개를 돌리는 금옥. 어두운 방 촛불 너머로 잘린 목이 보인다.

목소리 (일본어) 열 명! 열 명! 앞으로 스무 명!

귀를 막고 공포에 비명을 지르는 금옥. 복도로 도망쳐 나간다.

#61 위안소 복도 / 밤

컴컴한 복도에 선 금옥이 비틀거리며 입구를 향해 걸어간다. 복도 끝에 희끄무레한 형상이 보인다. 조금씩 꿈틀대는 형상이 갑자기 금옥 쪽을 향해 굴러온다. 온몸에 못 구멍이 뚫린 여자의 몸뚱이다.

목소리 (일본어) 열 명! 열 명! 앞으로 스무 명!

금옥의 사지가 굳는다. 환청이 들리고 또다시 가슴에 통증이 밀려온다. 비명을 지르며 위안소 밖으로 달려가는 금옥.

#62 막사 밖 / 밤

막사를 벗어난 금옥. 실성한 사람처럼 달려 나가다 무언가에 부딪친다. 중대 경계의 철책이다. 금옥의 희미한 시야로 움직이는 형체가 들어온다. 간신히 정신을 차리는 금옥. 철책 너머로 멀어지고 있는 것은 현지인 청년의 마차다. 잠시 숨을 고르며 절호의 기회임을 깨닫는다.

금옥 (쉰 목소리로) 아저씨…… 아저씨…….

목소리가 제대로 나오지 않는 금옥은 있는 힘을 다해 철책을 두드린다.

금옥 (쉰 목소리로) 살려주세요…… 살려주세요…….

금옥은 양 주먹으로 철책을 두드리고 머리로도 들이받는다. 그때 멀리서 마차에 탄 청년이 고개를 돌린다. 금옥을 보고 망설이다 마차에서 내린 청년이 금옥 쪽으로 다가온다.

금옥 (쉰 목소리로) 살려주세요. 아저씨 나 죽어요……

금옥의 말을 못 알아들어 어리둥절한 청년. 주위를 둘러보며 경계하다 슬슬 뒷걸음친다. 멀지 않은 곳에서 일본인 보초병이 이상한 낌새를 눈치챈다. 다가오는 병사. 다급해진 금옥은 그대로 치마를 살짝 들어 청년에게 자신의 몸을 보여준다. 허벅지에 가득한 피멍을 보고 기겁하는 청년. 흐느끼는 금옥을 보며 주저한다. 금옥은 소매 속에 숨겨뒀던 아편가루를 청년 앞에 내밀어 펼친다. 자신을 철창 밖으로 내보내달라는 손짓을 하며 마차를 가리키는 금옥. 금옥의 뜻을 모두 알아들은 청년.

병사 (일본어) 거기 누구냐!?

청년은 다섯 손가락을 펼치고 손짓을 하며 5일 후를 알려준다. 재빨리 마차로 달려가는 청년. 청년의 뒷모습을 보며 금옥은 힘이 풀린 듯 주저앉는다.

#63 금옥의 방 / 아침

실신해 있던 금옥이 깨어난다. 연이 옆에서 금옥을 보살피고 있다.

연　금옥아. 괜찮나?

금옥　(고개를 끄덕이며) 이제 조금 괜않다.

경자　내 허락 없이 들락거리지 마. 군인들한테 죽어도 할 말 없는 일이었어.

금옥은 연에게 무언가 얘기하려다 문 앞에 서 있는 경자의 목소리를 듣고 움찔한다.

금옥　잘못했어예. 다신 안 그러겠심더.

경자가 방을 나가자 금옥이 연의 손을 잡는다.

금옥　(작은 소리로) 연이야. 우리 나갈 수 있다. 5일 뒤다.

연　(작은 소리로) 정말이가?

금옥　(작은 소리로) 여기로 드나드는 아저씨가 있는데, 그 사람 마차에 숨기로 했다. 아편을 주면 된다.

#64 몽타주, 위안소 소녀들의 방 / 낮

배식을 받으러 나가는 소녀들. 금옥과 연은 그 제일 뒷줄에 서 있다가 눈치를 봐서 다른 소녀들의 방으로 들어간다. 모포와 침상 밑을 뒤지는 금옥과 연. 담뱃대를 찾아내 안에 남은 가루를 털어 손으로 모은다.

CUT TO. 연이 아픈 척 머리를 감싸며 경자의 방문 앞으로 온다. 경자를 부르다 복도에서 갑자기 쓰러지는 연. 벽을 짚으며 걸어 나오는 경자. 그사이 뒤에서는 금옥이 잽싸게 경자의 방으로 들어 간다. 경자 방을 뒤져 탁자 밑에서 아편 뭉치를 발견하는 금옥. 가운데 있던 뭉치 하나를 훔쳐 나온다.

#65 위안소 금옥의 방, 연의 방 / 낮

긴장된 표정으로 침상에 앉아 있는 금옥. 복도에 몇 명의 일본군 병사가 들이닥친 소리가 들린다.

병사 (일본어) 도둑질을 하는 계집애가 있다고 들었다! 전부 몸 까지 수색해!

소리가 자신의 방에 가까워오자 금옥은 아편 뭉치를 벽에 난 구멍을 통해 연의 방으로 보내고 침상을 밀어 구멍을 가린다. 금옥의 방에 들이닥친 병사. 금옥의 몸을 더듬으며 몸수색을 한 뒤 방을 뒤진다. 아무것도 나오지 않자 방을 나서는 병사. 금옥은 한숨을 돌린다. 반대편 연의 방에도 병사의 소리가 들린다. 재빨리 침상을 빼는 금옥. 이번에는 연이 밀어 넣은 아편 가루를 자신이 받는다.

#66 위안소 앞 / 밤

변소에 들렀다가 위안소 입구로 들어가며 창고 쪽을 유심히 바라보는 금옥. 창고까지 막사 세 개가 있었고, 각 막사에 보초병이 보인다. 반대편을 바라보니 보초병이 없는 막사 뒤쪽 길이 보인다. 하지만 그곳은 초소에서 비추는 불빛이 지나가는 자리다. 금옥이 들어가면 연이 나온다. 입구에서 감시하고 있는 경자.

경자　빨리 들어와라.

금옥은 연을 지나치면서 속삭인다.

금옥　(작은 소리로) 오늘이다. 내가 신호 할기다.

#67 위안소 복도 / 밤

방에서 복도로 고개를 빼꼼 내밀고 보는 금옥. 입구를 지키고 있는 경자는 의자에 기대어 자는 것처럼 보인다. 금옥이 신발을 벗어 들고 맨발로 살금살금 복도로 나온다. 곧이어 연도 금옥의 뒤로 따라붙는다. 발소리를 내지 않기 위해 한 몸처럼 붙어서 발을 맞춰 살금살금 걷는다. 경자와 가까워지자 걸음은 더욱 느려진다. 갑자기 나무 복도에서 삐걱- 하는 소리. 금옥과 연은 얼어붙어 제자리에 멈춘다. 하지만 경자는 아직 자는 듯 보인다. 숨을 고르고 다시 걷는다. 경자의 옆을 아슬아슬 지나쳐 간다. 그 순간, 자는 줄 알았던 경자의 손이 갑자기 금옥의 팔을 덥석 잡는다. 깜짝 놀라는 금옥과, 그 뒤에서 더 놀라는 연.

경자 금옥이지? 너 밤에 어디 가니?
금옥 벼, 변소 다녀올게예. 저, 저녁 먹고 배가 살살 아파갖고예.
경자 군인들 눈에 띄지 말고. 금방 다녀와.

금옥과 연은 한 몸처럼 붙어서 간신히 복도를 나온다.

#68 위안소 앞, 창고 / 밤

위안소 밖으로 빠져나온 금옥과 연. 연이 뒤에서 금옥의 팔을 잡는다. 울상이 되어 있다.

연 돌아가자…….

주저하는 금옥.

연 금방 들킬기다. 언니가 니 나간 거 다 알지 않나.
금옥 가자…… 괜찮을기다.
연 내는 안 갈란다. 금옥아.

뒷걸음치는 연의 손을 잡는 금옥.

금옥 니는 여 죽으러 왔나? 내일 걸려 뒈져도…… 살려고 발버둥은 쳐야 할 거 아니가? 내가 다 책임질게. 가자.

금옥의 말에 같이 나서는 연. 금옥과 연은 보초병의 시선을 피해 위안소 옆 막사 뒤로 달려간다. 초소 조명이 지나갈 타이밍을 재는 금옥. 조명이 그들 바로 앞을 지나쳐 저쪽으로 향하자 금옥은 연의 손을 잡고 무작정 뛴다. 조명이 다시 돌아오기 전에 세 개의 막사를 건너는 금옥과 연. 초소 벽에 찰싹 붙어 숨을 돌린다. 옆으로 고개를 내밀어 창고 쪽을 확인하는 금옥. 아직 청년은 도착하지 않았다. 애가 타는 금옥. 멀리 향했던 조명이 다시 돌아올 때가되었다.

금옥 일단 돌아가자!

할 수 없이 다시 온 길로 달려가는 금옥과 연. 위안소 벽에 기대 숨는다.

연 이거 계속 할기가?
금옥 기다려봐라.

귀를 기울이는 금옥. 철책이 미세하게 떨리고, 멀리서 부대 입구의 문이 열리는 소리가 들린다. 마차가 창고로 들어오는 소리. 금옥이 긴장된 듯 숨을 몰아쉰다. 그때 다시 둘의 앞으로 조명이 지나간다. 금옥이 연의 손을 잡고 뛴다. 이번에는 한 번에 막사 세 개를 건너 바로 몸을 돌린다. 때마침 류지와 심복들은 창고로 물건

을 실어 나르고 있다. 멀리서 금옥과 연의 움직임을 파악한 현지
인 청년. 식량 자루를 건네주며 슬쩍 손톱으로 흠집을 낸다. 금옥
과 연이 훤히 드러난 시야, 창고에서 나온 류지가 고개를 돌리려
한다. 긴장한 눈빛을 교환하는 금옥, 연, 청년. 그때 창고 안에서
심복의 목소리가 들린다.

심복 (일본어) 이 망할 새끼! 감히 우릴 속여!

류지는 다시 창고 쪽으로 고개를 돌린다.

심복 (일본어) 모래를 섞었잖아!
류지 (일본어) 뭐라고!

청년의 멱살을 잡고 창고로 들어가는 류지. 그때 금옥과 연에게
길이 열린다. 마차까지 일직선으로 달려가는 금옥과 연. 재빨리
마차 짐칸에 올라타 짚 더미 밑으로 숨는다. 창고에서 무릎을 꿇
고 류지에게 비는 청년.

청년 (미얀마어) 죄송합니다. 난 몰랐어요.
류지 (청년의 목에 칼을 겨누며) 한 번만 더 이런 일이 있으면 네

목부터 날아갈 거다!

칼을 거두는 류지. 청년은 몇 번이나 절한 뒤 일어나서 재빨리 마
차로 돌아온다. 자연스럽게 마차를 돌리는 청년. 마차는 천천히
방향을 돌려 중대 입구로 향한다. 꼼짝 않고 엎드려 있는 금옥과
연은 소리로만 확인한다. 마차가 굴러가는 소리가 들리고, 뒤쪽
에서 부대 입구가 닫히는 소리가 들린다. 한참을 달리는 마차. 금
옥이 조심스럽게 고개를 들어 밖을 확인한다. 사토 중대를 벗어난
숲이었다. 눈물이 맺히는 금옥. 연도 그것을 확인한다. 감격스러
운 듯 껴안는 금옥과 연.

#69 청년의 집, 뒷마당 / 밤

허름하지만 아늑한 청년의 집. 금옥과 연은 문 앞에 어색한 듯 서
있고 청년은 아기를 안고 있는 부인에게 무언가 설명한다. 금옥과
연을 번갈아 보며 안쓰럽다는 표정을 짓는 부인. 남편이 아편 뭉
치를 보여주자 부인의 표정이 한결 더 풀린다. 안쪽으로 금옥과
연을 안내하는 청년과 부인.
CUT TO. 식탁에 앉아 허겁지겁 열대과일을 먹고 있는 금옥과 연.
맞은편에서는 청년의 부인이 아기를 재우고 있다. 아기를 보며 미

소를 짓는 금옥과 연.

연 애기가 참말로 귀엽네예…….

연을 보며 미소 짓는 부인. 청년이 다가와 금옥과 연에게 무언가 말을 하며 뒤쪽을 가리킨다. 뒷문이 열려 있고, 물이 담긴 대야가 보인다.
뒷마당. 금옥과 연이 몸을 씻는다. 서로의 상처투성이인 몸을 처음으로 가까이서 보는 금옥과 연. 금옥의 몸을 돌려 등을 씻겨주는 연. 금옥의 어깨에서부터 내려오던 연의 손은 금옥의 왼쪽 갈비뼈 부근에서 멈춘다.

연 금옥아…… 이기 뭔데?
금옥 뭐가?

금옥의 등, 심장 부분에 또렷한 붉은 문신이 새겨져 있다. 행幸이라는 한자 문신이다. 연이 문신을 손끝으로 더듬는다.

연 글자가 써 있다. 행이라는 글자다.
금옥 어떻게 쓰는 긴데?

금옥의 등에 천천히 그 글자를 따라서 쓰는 연.

금옥 그기 내 등에 있는 글자가?

손을 뒤로 뻗어 문신을 만져보는 금옥.

연 이기 뭔데?
금옥 이거는…… 히히. 부적인기라.
연 부적?
금옥 구신 쫓는 부적인기라. 울 엄니가 내 몸에 이런걸 새겨버렸
네……. 왜 그래됐는지 몰랐는데…… 내는 이제야 알았다.

#70 청년의 집, 다락 / 밤

잘 준비를 마친 청년은 금옥과 연에게 손짓으로 배를 만들며 설명
한다.

금옥 배…… 배를 태워주는갑다. 가, 감사합니더.

청년은 사다리로 연결된 다락방을 가리키며 그곳에서 자라고 한

다. 금옥과 연이 연신 고개를 숙이며 고마워한다.

다락. 돌아누운 연과 그런 연을 껴안고 잠을 청하는 금옥.

연 금옥아…… 인자 우리 진짜 고향 갈 수 있는 거가? 군인들이
또 오면 어떡하나?

금옥 내 말 안 했제? 고향 있을 때 울 엄니 괴롭히는 건달을…….
구신 들려 죽게 했었다. 누가 오면…… 내가 그놈들 다 죽이 삐
고…… 니를 지켜줄 기다.

연 (살짝 웃으며) 니는 참말로 이상한 애다.

금옥 진짜다. 내 말 믿어라.

#71 작전통제실 / 아침

사토가 주먹으로 류지의 얼굴을 후려친다. 열중쉬어 자세의 류지
를 사토가 마구 두들겨 팬다. 옆에 앉아 있는 경자가 그 소리를 들
으며 온몸을 덜덜 떨고 있다.

사토 (일본어) 집 지키는 개만도 못한 놈. 보급품이 사라진 건 네
놈 책임 아냐?

결국 풀썩 쓰러져 숨을 몰아쉬는 류지. 간신히 몸을 일으켜 사토에게 경례를 하고 나간다. 사토는 경자에게 몸을 돌린다. 희미한 경자의 시야에 사토의 그림자가 거대하게 어른거린다. 움츠러드는 경자.

사토 (일본어) 이름이 경자……맞지? 꽤나 오래된 걸로 알고 있는데. 이 일을 시작한 지는 얼마나 됐지?
경자 (일본어) 치, 칠 년입니다.
사토 (일본어) 오래도 했군. 고향이 그리워질 때도 됐지?

갑자기 부드러워진 사토의 말투에 더욱 불안해하는 경자. 사토는 경자의 맞은편에 앉아 담배에 불을 붙인다.

사토 (일본어) 저번에도 네 신고 덕분에 두 계집을 잡을 수 있었지. 이번에도 협조해주면 고향에 보내주마. (얼굴을 가까이하며) 위안소는 쉽게 못 빠져나가. 생각해낼 수 있지? 그년들이 어떻게 나갔는지.

경자는 눈물을 흘리며 고개를 끄덕인다.

경자　(일본어) 죄송합니다. 제가 실수한 것 같습니다.

사토　(일본어) 그래? 그럼 전부 털어놓을 텐가?

흐느끼며 고개를 끄덕이는 경자.

#72 현지인 시장 / 낮

평화로운 현지인 시장에 일본군 차량들이 들어온다. 겁을 먹고 일손을 놓는 사람들. 가장 먼저 차에서 내린 사토가 시장을 천천히 가로지른다. 곧이어 통역병이 사토의 옆으로 따라온다.

사토　(일본어) 우린 중요한 물자를 찾고 있다.

현지어로 따라서 외치는 통역병.

사토　(일본어) 그게 뭐냐 하면……

주위를 둘러보는 사토. 현지인 상인들은 애써 무시하는 듯, 일본 군들을 쳐다보지 않고 있다. 고개를 끄덕이는 사토. 갑자기 일본 도를 뽑아 옆에 있는 젊은 여자 상인에게 휘두른다.

사토　(일본어) 계집이다!

바닥에 쓰러진 여자를 몇 번이나 칼로 찌르는 사토. 좌판에 온통 피가 튄다. 놀라는 현지인들. 사토는 아무 일 없었다는 듯 칼의 피를 닦고 칼집에 집어넣는다.

사토　(일본어) 너희가 숨겨준 두 계집을 오늘 내놓지 않으면 매일 한 명씩 처녀들을 죽이겠다.

사토는 좌판의 피 묻은 열대과일 하나를 씹어 먹으며 시장을 유유히 빠져나간다. 일본군이 빠져나가고 나서야 시장에는 비명이 울려 퍼지고 아수라장이 된다.

#73 청년의 집, 다락 / 밤

앉아 있는 아기를 둘러싸고 앉은 금옥, 연, 청년의 부인. 어느새 친근해진 모습. 아기는 유난히 연을 보며 방긋 웃는다. 아기를 안아서 일으켜 세우는 연. 아기는 연을 잡고 몇 발을 뗀다. 놀라는 청년의 부인.

금옥 봐라. 야는 연이 니만 좋아한다.

청년의 부인은 아기의 손목에 묶여 있던 염주를 풀어 연에게 준다. 염주가 축복의 상징이라는 것을 손짓으로 말하는 부인. 연은 그 염주를 자신의 손목에 끼운다.

금옥 아 거를……. 니도 나중에 애 낳으면 해줘라.

그때 밖에서 인기척이 들린다. 재빨리 일어서 창으로 밖을 살피는 부인. 금옥과 연에게 어서 올라가라고 손짓한다. 재빨리 다락으로 숨는 금옥과 연.

CUT TO. 다락에 있는 작은 틈으로 거실을 내려다보는 금옥. 거실에는 청년과 부인 이외에도 현지인 여럿이 모여 얘기를 나누고 있다.

연 (작은 소리로) 뭔 일로 저리 몰려 있는데?
금옥 (작은 소리로) 모르겠다…… 별일은 아닌갑다.

순간 청년은 다락 위에서 보고 있던 금옥과 눈이 마주친다. 금세 눈을 돌리고 태연하게 얘기를 나누는 청년.

CUT TO. 마을 사람들이 모두 돌아가고 난 뒤의 청년은 멍하니 아기를 본다. 그런 청년을 심란한 듯 보는 부인. 청년은 다락방 문을 열어 금옥과 연에게 다급하게 손짓한다. 하룻밤 자고 일어나면 바로 배를 타러 가자는 내용으로 손짓하는 청년.

#74 청년의 집 밖, 마차 안/ 새벽

동이 터오는 새벽. 청년의 집 문이 열리고 고개를 살짝 내민 청년이 주위를 살핀다. 재빨리 마차로 올라탄 청년. 그 뒤를 따라 금옥과 연이 달려 마차 안에 숨는다. 짚 더미 밑에 숨은 금옥과 연이 기대에 부푼 듯 서로를 바라본다. 마차가 흔들리며 천천히 출발한다. 잠시 후 피곤한 듯 눈을 감는 금옥.

#75 꿈, 마을 어귀 서낭당 / 밤

남자아이   니 엄니 큰일 났다! 서낭당 가봐라! 퍼뜩!

금옥이 잡혀 오던 날 밤, 신발도 신지 않은 채 남자아이를 따라 달려가는 금옥. 또다시 들리는 흐느끼는 소리. 금옥은 습관적으로 버드나무를 쳐다본다. 흐느끼는 소리는 이전처럼 버드나무 쪽에서 들리고 있다. 금옥이 조심스럽게 다가가는데 버드나무 뒤로 마을 사람들이 보인다. 업자에게 납치당한 그날 밤과는 달리, 사람들에게 가까이 가는 금옥. 무언가를 빙 둘러싼 사람들. 돌무더기 위로 올라가 그들의 어깨 너머를 보는 금옥. 놀란 금옥의 눈동자가 커진다. 사람들이 둘러싸고 있는 것은 금옥의 어머니였다. 죽창에 가슴이 찔려 고꾸라진 어머니는 흐느끼며 죽어가고 있었다. 그날 밤 나무 뒤에서 들린 흐느끼는 소리는 어머니의 것이었다. 사람들 앞에 선 마을 반장이 피 묻은 죽창을 든 채 땀을 닦고 있다. 마을 사람들은 죄책감을 느끼는 표정이지만 누구 하나 나서지는 못하고 있다.

반장 잘됐다. 귀신 들린 년들 한 번에 사라지니까 속이 다 시원하다.

금옥은 분노에 이를 갈며 부들부들 떤다.

#76 마차 안, 사토 중대 연병장 / 아침

악몽에서 깨어나 눈을 떴을 때 금옥의 눈에는 진짜 눈물이 흐르고 있었다. 의아한 듯 눈물을 닦는 금옥. 마차는 목적지에 도착한 듯 천천히 달리다 멈춘다. 금옥과 연은 몸을 천천히 일으켜 눈치를 본다. 마차 천막에 뚫린 구멍을 통해 조심스레 밖을 내다보는 금옥. 그때 금옥은 구멍 저편에서 자신을 쳐다보는 눈동자와 마주친다. 놀라서 뒤로 물러선다. 밖에서는 낄낄대고 웃는 소리와 떠드는 소리가 들린다. 그것이 일본어인 것을 알아듣고 금옥과 연에게 절망이 번진다.

사토 중대 연병장. 마차가 도착한 곳은 다시 사토 중대였다. 병사들이 마차를 둘러싸고 있고, 마차 앞자리의 청년은 죄책감에 흐느끼고 있다.

#77 창고 / 아침, 밤

군인들에게 머리채를 잡혀 창고에 내팽개쳐지는 금옥과 연. 사토가 그들 앞에 선다.

사토 (일본어) 너희가 온 날 두 계집이 어떻게 됐는지 봤지?

금옥과 연은 사토에게 울면서 빈다.

금옥   배가 고파서 그랬어예…… 먹을 거 뒤지려고 마차에 들어 갔는데…… 그냥 태우고 가버린거라예…….

사토는 말이 끝나기도 전에 금옥의 얼굴을 군홧발로 걷어차버린 다. 히로시와 의무병들은 바닥에 나뒹구는 금옥과 연의 양 손을 포박한다. 그러는 사이 벽돌이 대각선으로 붙여진 판이 그들 앞에 준비된다.

금옥   (일본어) 살려주세요…… 죄송합니다…… 살려주세요…….

금옥과 연을 날카로운 벽돌면 위에 무릎 꿇리는 병사들. 금옥과 연이 고통에 비명을 지른다. 사토는 경자를 데리고 와 멀리서 금 옥과 연의 비명을 들려준다. 충격받은 경자의 어깨에 손을 올리는 사토.

사토   (일본어) 왜? 저년들이 불쌍한가? 그만해줬으면 좋겠나?
경자   (일본어) 아닙니다.
사토   (일본어) 역시, 너는 현명하다.

경자의 손에 작은 종이를 쥐여주는 사토.

사토　(일본어) 류지에게 가면 임금을 계산해주고 배까지 데려다 줄 거다.

경자　(일본어) 고, 고맙습니다.

얼떨떨한 표정으로 경자가 몸을 돌리는데 사토가 갑자기 옆 병사의 소총을 뺏어 경자의 뒤통수에 쏜다.

사토　(일본어) 표정이 재미없군.

소총을 던지고 창고를 떠나는 사토.

CUT TO. 밤. 병사들이 떠난 창고에 단둘이 묶여 있는 금옥과 연. 팔이 꺾인 채 기둥에 묶여 있어 앉을 수도 누울 수도 없는 상황. 온몸이 만신창이가 되어 있다.

금옥　연아…… 니 살아 있나? 우리 죽일 건갑다.

말없이 흐느끼는 연. 같이 흐느끼는 금옥.

연　아프지 않게 죽고 싶다…….

금옥 무슨 소리가? 열심히 할 테니까…… 한 번만 봐달라고 하자. 빌고 또 빌면 봐줄지도 모린다.

고개를 젓는 연.

금옥 연아…… 니 여기 죽으러 왔나…… 돌아가서 아부지 봐야 할 거 아이가?
연 내 몸에 아가 있다.

할 말을 잃은 금옥.

연 얼마 전부터 달거리가 멈췄었는데…… 이제야 알았다. 아비도 모르는 애가 들어선 기다. 이 몸으론…… 울 아버지 못 본다.
금옥 연이야…….
연 금옥이 니…… 내 소원 하나 들어줄 수 있나? 고향에서…… 귀신 붙어서 죽은 남자…… 내도 안다. 나도 아프지 않게 죽여줄래?

말없이 연을 보는 금옥.

연 어차피 죽일 기다…… 이놈들은 내를 엄청 아프게 죽일 기다.

니도 알제?

잠시 침묵이 흐른다. 체념하는 금옥.

금옥 그래, 니 말 알았다. 연이야. 니 기억하나? 이거…….

금옥은 상체를 숙여 등 쪽을 보여준다. 헐벗은 등에 행≉이라는 문신이 보인다.

금옥 니가 지워줄 수 있나? 그럼 니 소원 들어줄 수 있다.

눈물을 삼키는 연.

연 그래…….

연은 금옥의 등으로 고개를 파묻고 이로 금옥의 맨살을 물어뜯는다. 고통을 꾹 참는 금옥. 등의 살점이 뜯어지며 연의 얼굴에 피가 튄다. 맺힌 피는 금옥의 갈비뼈를 타고 흘러내린다. 고통을 꾹 참던 금옥이 기묘한 비명을 지르다 곧이어 실성한 것처럼 웃는다. 온 힘을 다해 살점을 뜯어내는 연. 바닥에 피 맺힌 살점을 뱉는다.

이제 금옥의 등에는 문신이 사라졌다. 피로 물든 연의 입. 그때 음산한 바람 소리가 창고의 한쪽 창에서 반대편 창을 관통해 나간다. 검은 형체가 연기처럼 창을 타고 날아와 금옥의 등에 내려앉는다. 검은 형체가 까마귀가 먹이를 쪼는 듯 금옥의 뜯긴 상처 속으로 스며들어간다. 금옥의 눈빛이 변한다.

#78 사토 중대 연병장 / 아침

금옥과 연이 온 날처럼 연병장에 위안부 소녀들이 모여 앉아 있고 그들 주위에 병사들이 서 있다. 사토가 손짓하자 히로시가 금옥과 연을 끌고 나온다. 만신창이가 되어 포박당한 금옥과 연을 보고 겁먹은 표정을 짓는 소녀들.

사토 (일본어) 피임을 소홀히 한 건 군인을 보필하는 위안부로서 가장 큰 죄다. 쓸모없는 몸은 어떻게 되는지 보여주겠다.
히로시가 긴 쇠꼬챙이가 담긴 숯불 통을 가지고 온다. 그것을 보고 탄식하며 고개를 돌리는 소녀들. 병사들도 긴장한다. 그에 비해 금옥과 연은 이미 체념한 표정이다.

류지 (일본어) 사토 상. 차라리 단칼에 죽이시죠. 이런 걸 보였다간 오히려 사기가 떨어질 겁니다.

사토는 일본도를 뽑아 류지의 뺨에 문지른다.

사토　(일본어) 네가 조선년들을 감싸는 이유가 뭐지? 네 아비가 조선 땅에서 장사를 하기 때문이냐?

말문이 막힌 류지. 사토는 일본도를 집어넣고 히로시에게 손짓한다. 장갑을 끼고 달궈진 쇠꼬챙이를 만지는 히로시. 산발이 된 머리를 푹 숙이고 있는 연. 옆에 있는 금옥의 손을 잡는다. 숨을 몰아쉬는 금옥. 무언가에 집중한다.
회상. 금옥의 몸에 문신을 새겼던 어머니의 모습.

금옥어머니　또 니년이 잡귀를 들일라카면⋯⋯ 니년도 구신이 될 기다.

산에서 동네 여자아이들에게 돌을 맞았던 금옥. 이마에 흐르던 피. 지게를 타고 올라가던 구렁이. 귀신 소리를 듣고 도망치던 남자. 그날 밤 언덕에서 굴러 피를 흘리던 금옥. 사지가 구겨져 우물에서 발견된 남자의 시체.

금옥이 귀신을 보던 때처럼 핏발이 선 눈으로 어딘가를 응시한다. 문신이 뜯긴 등의 흉터로 손을 가져가는 금옥. 찢긴 자리에 손가락을 넣는다. 음산한 바람 소리, 웃음소리가 들린다. 순간적으로 시선을 뺏긴 소녀들과 병사들.

히로시 (일본어) 흥, 저년을 잡아.

병사들이 연의 팔다리를 잡는다. 금옥과 마지막으로 시선을 교환하는 연. 금옥은 등의 상처에 손을 더욱 깊게 집어넣어 손톱으로 긁어낸다. 등에서 피가 흘러내린다.

연 (일본어) 금수 같은 놈들. 귀신이 돼서 복수할 거다.

피눈물을 흘리는 금옥. 쇠꼬챙이를 연의 쇄골을 향해 찌르려는 히로시. 소녀들은 눈을 가린 채 비명을 지르고 사토는 미소를 짓는다. 하지만 연은 쇠꼬챙이에 찔리기도 전에 갑자기 풀썩 쓰러진다. 쓰러진 연은 죽은 듯 동공이 풀려 있지만 웬일인지 편안한 표정을 짓고 있다. 당황하는 사토. 그때 금옥이 깔깔대며 웃어대기 시작한다. 오싹함을 느낀 일본군들과 위안부 소녀들. 금옥은 그치지 않고 실성한 사람처럼 더 크게 웃어댄다.

사토 (일본어) 개 같은 년!

일본도를 뽑은 사토. 그 순간, 큰 폭음이 들리고 사토는 몸을 숙인다. 시선을 돌리는 병사들. 보급 창고 한 곳이 파괴되어 있다.

류지 (일본어) 폭격이다!

포탄이 사토 중대 여기저기에 떨어진다. 혼비백산해 흩어지는 병사들과 소녀들. 오직 금옥만이 폭격 속에서 연의 손을 꼭 붙잡고 멈춰 있다. 연의 손에서 청년의 부인이 선물해준 작은 염주가 빠져 나와 땅에 떨어진다.

#79 창고 / 밤

생포된 영국군 병사들이 고문을 당하고 있다. 그 앞에 선 류지. 양측 병사들 모두 전투 때문에 옷과 얼굴이 망가져 있다.

류지 (영어) 똑바로 말해. 잔당이 더 남았나?

고개를 흔드는 영국군 병사. 따귀를 때리는 류지.

류지 (영어) 그럼 네놈들이 정말 마지막이냐!

영국군 병사 (영어) 그래. 이 숲에선 마지막이야. 대신…… 일주일 내에 람리섬에서 연합군 함대가 들어올 거다. (피식 웃으며) 너희는 이제 끝장이야. 흥분한 류지는 허리춤에서 권총을 꺼내 영국군 병사의 머리를 쏴버린다.

#80 중대장 막사 / 밤

사토에게 보고하는 류지.

류지 (일본어) 거짓 정보는 아닌 것 같습니다. 연합군이 들어오기 전에 본대에 합류해야 합니다. 우리가 수적으로 열세입니다!

사토는 류지의 말에 흥미가 없는 듯 다른 쪽을 보고 있다.

사토 (일본어) 아까 그 금옥이라는 계집을 데려와.

류지를 무시하고 곁에 앉아 있던 리에코에게 명령을 내리는 사토. 묵묵히 막사를 나가는 리에코.

류지   (일본어) 사토 상…… 위안부 계집 따위나 찾을 때가 아닙니다. 지금 결단을 내리지 않으면 중대 전체가 위험할 수도 있습니다!

사토의 책상을 짚은 류지의 팔을 붙잡는 사토.

사토   (일본어) 팔을 내려. 내가 바보로 보이나?

사토와 눈싸움을 하다 팔을 내리는 류지.

사토   (일본어) 놈들이 상륙한다는 정보는 우리가 먼저 알았어. 저 숲을 선점하고 싸우면 반드시 이긴다. 알아들었으면 꺼져.

류지가 한숨을 쉬며 막사를 나간다. 류지가 나간 뒤 막사로 금옥을 데리고 들어오는 리에코. 사토의 맞은편에 앉은 금옥. 여전히 산발이 된 채로 고개를 푹 숙이고 있다.

사토   (일본어) 그 계집애가 미리 죽을 걸 알고 있었나?

금옥이 대답이 없자 리에코가 한국어로 되묻는다. 하지만 여전히 대답이 없다.

사토 (일본어) 네년 어미가 무당이었다지? 여기 와서 무슨 짓을 벌인 거냐?

리에코가 다시 한국어로 물어보려는데 그 순간 희미하게 중얼대는 소리가 들린다. 섬뜩함에 금옥을 보는 사토와 리에코. 하지만 금옥의 입은 굳게 다물어져 있다. 금옥이 방 한쪽 구석으로 눈동자를 돌리자 사토와 리에코도 그쪽으로 시선을 돌린다. 일전에도 한번 저절로 열렸던 캐비닛의 문이 다시 천천히 열린다. 스스로 열리는 캐비닛을 보고 움찔하는 사토.

금옥 (일본어) 이것을 좀 먹어…….

배우지도 않은 일본어를 하는 금옥. 사토는 그 말을 알아듣자마자 갑자기 벌떡 일어나 금옥의 따귀를 후려친다. 의자와 함께 바닥에 쓰러진 금옥.

사토 (일본어) 뭔가 했더니…… 그냥 실성한 년이었군. 당분간 다른 위안부들은 건드리지 말고 이 년만 상대하도록 해.

금옥을 일으켜 세워 막사 밖으로 내보내는 리에코. 리에코도 막사를 나서려는데, 사토가 불러 세운다.

사토 (일본어) 저 문짝을 닫아.

사토의 말에 캐비닛으로 향하는 리에코.

사토 (일본어) 그 안에 뭐가 있지?

리에코는 문을 닫으려다 안쪽을 본다.

리에코 (일본어) 아무것도 없는데요.

리에코는 의아한 표정으로 사토를 본다. 사토는 이상할 정도로 분노한 상태다.

#81 위안소 복도, 금옥의 방 / 밤

복도. 금옥의 방 앞에만 줄을 서 있는 병사들. 다른 위안부 소녀들은 걱정스러운 표정으로 그 행렬을 지켜본다.

금옥의 방. 금옥의 앞에 선 병사. 금옥은 묘한 표정으로 천장만 보고 있고, 옷을 벗으려던 병사가 오히려 겁을 먹은 표정이다.

목소리 (일본어) 열 명! 열 명! 앞으로 스무 명!

불길한 목소리가 다시 들린다. 탁자 위에 놓인 잘린 목이 계속해서 수를 세고 있다. 천장 위에, 침상 밑에, 긴 복도에 원혼들이 모여든다. 못 자국이 난 소녀의 몸이 병사의 뒤로 다가온다. 두려움에 진땀을 흘리던 병사는 결국 옷도 추스르지 못하고 도망치듯 방을 나간다.

복도. 도망쳐 나온 병사를 본 다른 병사들. 금옥 방으로 들어가길 망설인다. 위안부 소녀들도 귀를 막고 몸을 움츠린 채 밖에 나오지 못한다.

#82 중대장 막사 / 밤

침상에 누운 채 잠을 못 자고 떨고 있는 사토. 두려운 듯 캐비닛에서 등을 돌려 누워 있는데 뒤에서 서서히 문이 열린다. 끼이익- 하고 낡은 문이 열리는 소리가 들리자 사토는 뒤를 돌아본다. 이상한 중얼거림이 다시 들려온다. 턱을 떨던 사토는 결심한 듯 모포 밑에 놓아둔 일본도를 들고 캐비닛으로 간다. 침을 꿀꺽 삼키고 서서히 캐비닛 문을 젖히는 사토. 그 안에는 괴이한 형상을 한 늙은 여자가 몸을 구겨 넣은 채 사토를 쳐다보고 있다. 머리는 다 빠지고 배만 불룩하게 나온 요괴 같은 형상의 여자는 얼굴도 피부병으로 일그러져 있다. 사토를 향해 손을 내미는 여자. 여자의 손에는 뽑힌 머리카락이 한 움큼 쥐어 있다.

늙은여자 이것을 좀 먹어…… 이것을 좀 먹어…… 사토, 이것을 좀 먹어…….

여자를 보고 냉소적인 미소를 짓는 사토. 사토는 여자의 목을 향해 일본도를 찌른다. 진땀을 흘리며 다시 캐비닛을 본다. 텅 빈 캐비닛 벽에 일본도가 박혀 있다.

#83 위안소 금옥의 방 / 낮

병사들이 돌아가고 난 뒤 실신해 쓰러져 있는 금옥. 위안부 소녀들이 금옥을 걱정스러운 듯 쳐다본다. 간신히 눈을 뜨자 금옥의 눈앞에는 명화가 있다.

명화 정신이 좀 드니?

금옥은 간신히 몸을 일으킨다.

명화 경자 언니가 돌아간 뒤로는 내가 책임자가 됐어.
금옥 경자 언니…….
명화 말해줄 수 있어?

의아한 표정으로 명화를 보는 금옥.

명화 연이는 웃으면서 죽었어. 그리고 네가 돌아온 뒤로…… 우리린 계속 이상한 소리를 들어. 귀신을 봤다는 애도 있고. 넌 다 알고 있지?
금옥 지는 잘 몰라예…….
명화 (금옥의 손을 잡으며) 널 탓하는 게 아니야. 그 재주…… 우리한테 빌려줄 수 있어?

당황하는 금옥. 명화는 무언가 굳게 각오한 표정이다.

#84 몽타주, 의무실, 위안소 / 저녁

의무실. 위생 검사를 받는 위안부 소녀들. 이상할 정도로 조용하다.

히로시 (일본어) 오늘은 웬일로 고분고분하군. 이제야 충성심이 생긴 건가.

의무병들 몰래 한 소녀가 날카로운 메스와 주사바늘을 챙겨 상의 속으로 숨긴다.
위안소. 방에 들어온 군인을 보고도 여전히 이상할 정도로 태연한 소녀들. 한 소녀는 몰래 군인들이 벗어놓은 바지춤에서 단도를 훔친다. 또 다른 소녀는 군인이 나간 뒤 모포를 뒤져 무언가를 찾으려 한다.

#85 밀림 / 낮

병사들이 정글 칼로 가지를 베며 길을 내고 있다.

병사1 (일본어) 요즘 위안부 계집들이 이상하지 않아? 그 금옥이라는 년은 특히 소름 돋아.

병사가 풀을 헤치자 발목이 물에 잠기는 늪지대가 나온다. 음산한 분위기의 늪. 주위를 둘러보며 긴장된 표정으로 늪으로 전진하는 병사들.

병사2 (일본어) 이상한 냄새가 나…… 시체 냄새 같은…….

병사들이 늪지대에 다 들어섰을 때, 멀리서 그들을 지켜보는 누군가의 시선이 흔들린다.

#86 위안소 복도, 금옥의 방 / 낮

위안소 복도로 들어선 누군가의 발걸음. 소녀들이 의아한 표정으로 그쪽을 쳐다본다. 리에코가 복도를 가로지르고 있다. 금옥의 방으로 들어간다. 침상에 앉아 있던 금옥의 맞은편 탁자에 앉은 리에코.

리에코 처음 들어왔을 때 내가 분명히 말했지? 열심히만 하면 내보내 줄 거라고. 근데 무슨 일을 벌인 거야? 허튼 수작 부리지 않는 게 좋아…….
금옥 …….

리에코　작별인사를 하러 왔어. 너랑은 살아서 못 만나겠지. 얼마라도 잘 버텨 봐. 어차피 죽을 테지만.

음산한 분위기의 금옥이 기분 나쁘다는 듯 자리에서 일어서는 리에코. 방을 나서려 하는데 금옥이 중얼댄다.

금옥　떠나려면 오늘 떠나. 안 그러면 너도…….

금옥을 한 번 돌아보는 리에코. 바닥에 침을 뱉고 돌아선다.

#87 의무실 / 낮

두 명의 부축을 받으며 의무실로 들어온 한 병사.

히로시　(일본어) 무슨 일이냐?
병사1　(일본어) 며칠 전부터 이 자식이 피오줌을…….

대수롭지 않다는 듯 돌아서는 히로시.

히로시　(일본어) 또 성병이냐? 더럽게 놀았구만. 여기 누워.

간단한 항생제 주사를 준비하는 히로시. 하지만 누워 있는 병사에게 돌아섰을 때 기겁한다. 바지를 내린 병사의 사타구니 전체가 피멍이 든 것처럼 검게 변해 있다.

히로시 (일본어) 빌어먹을…… 완전히 썩어버렸어. 이런 병은 본 적도 없어. 누구랑 한 거냐?

병사2 (일본어) 그, 금옥이 년을 엊그제……. 그때부터…….

분노한 표정의 히로시. 옆의 의무병에게 주사기를 맡긴다.

CUT TO. 히로시 앞에 일렬로 서 있는 위안부 소녀들.

히로시 (일본어) 지난 열흘간 시체를 셋이나 치웠다. 성병을 옮긴 더러운 계집이 너희 중에 있다. 삿쿠를 안 쓴 년은 앞으로 나와라.

겁을 먹고 머뭇거리는 소녀들. 히로시는 옆에 서 있던 의무병들을 전부 내보낸다.

히로시 (일본어) 그래? 어쩔 수 없지. 더러운 자궁은 다 끝장내주겠다.

소총을 가지고 와 개머리판으로 소녀들의 하복부를 강타하는 히로시. 소녀들은 비명을 지르며 픽픽 쓰러진다. 가운데 서 있는 금옥만을 제외하고는 모두 쓰러뜨리는 히로시. 아랫배를 잡고 주저앉은 소녀들을 다시 일으켜 세워 개머리판으로 다시 찌르는 히로시. 금옥만이 난감한 표정으로 그들 사이에 서 있다.

히로시 (일본어 / 금옥을 쳐다보며) 이래도 안 나올 거냐?

바닥을 구르며 원망하듯 금옥을 보는 소녀들. 자리에서 일어서는 명화. 히로시는 명화를 때리고 주저앉히기를 반복한다. 하지만 이를 악물고 저항하듯 계속 일어서는 명화. 금옥은 분노에 부들부들 떨며 송곳니로 입술을 깨문다. 입술에서는 피가 한 줄기 흘러나온다.

명화 금옥아…… 이놈은 연이도 죽였고 우리도 전부 죽일 거야.
히로시 (일본어) 조선말은 금지다!

히로시가 명화의 머리를 개머리판으로 내리찍으려는 찰나, 금옥이 히로시의 팔을 잡는다. 팔이 뜻대로 움직이지 않는 히로시. 금옥의 흘러내린 머리카락 사이로 부릅뜬 눈이 드러난다. 금옥의 입에는 선홍빛 핏물이 가득 맺혀 있다.

CUT TO. 의무실 앞. 의무실 안에서 기이한 비명이 흘러나온다. 깜짝 놀란 의무병들이 안으로 들어간다. 의무실에 들이닥친 병사들. 눈에 독기를 품은 소녀들이 서로를 부축하며 의무실을 나오고 있고, 의무실 안쪽 침대에는 히로시가 돌아앉아 있다.

의무병 （일본어） 히로시 상…….

아무 대답이 없는 히로시.

#88 작전통제실 / 저녁

사토와 마주 앉은 류지. 몇 날 밤을 샌 듯 사토의 눈이 붉게 충혈되어 있다.

사토 （일본어） 그럼…… 식량은 충분한가?
류지 （일본어） 현지인들한테 거둬들인 게 조금 있어서 전투식량 비축에는 문제없을 겁니다.
사토 （일본어） 출전 전에 연회는 준비할 수 있겠지?

류지 (일본어) 연회 말입니까?······ 사토 상, 마음 놓고 있을 상황은 아닙니다. 해안 경비를 강화하고 좀 더 상황을 지켜봐야······.

사토 (일본어) 류지. 언제부터 내 지시에 일일이 토를 달았지? 시끄럽게 굴지 말고 연회 준비를 지시해.

당황하여 사토를 보는 류지.

#89 사토 중대 연병장 / 밤

수백 명의 중대원들이 모인 연회장. 사토는 의기양양하게 연단에 선다.

사토 (일본어) 우린 지난 세 달간 이 숲에서 영국군들을 전부 몰살시켰다. 그런데도 적군은 멋도 모르고 상륙하려 하고 있다. 총력으로 전멸시켜 천황폐하의 위세를 드높이자!

환호를 지르는 병사와 소대장들, 울려 퍼지는 군악대의 연주. 그들 사이에서 류지 혼자만 표정이 좋지 않다. 사토는 그런 류지를 유심히 지켜본다.

사토 (일본어) 류지! 이 앞에 와서 서도록.

다른 소대장들과 리에코가 보는 앞에서 류지를 불러내는 사토.

사토 (일본어) 안타깝게도 네 놈은 우리 부대에 들어와서 한 번도 위안소를 이용하지 않았더군. 그런 상태로는 전투가 힘들지.

리에코에게 일어서도록 손짓하는 사토. 리에코가 자리에서 일어서자 사토는 갑자기 리에코의 멱살을 잡고 탁자 위에 쓰러뜨린다.

사토 (일본어) 기회를 주겠다. 이 계집을 마음대로 해.

대꾸 없이 침묵하는 류지. 사토는 그런 류지에게 다가간다.

사토 (일본어) 왜? 자신이 없는 거냐?

류지의 허리띠를 풀어 바지를 내려버리는 사토. 류지의 하반신이 드러난다. 그것을 가리키며 웃는 사토.

사토 (일본어) 하하! 반응도 못 하는 물건이라니. 고상한 척한 데에는 이유가 있었군.

소대장들도 그것을 보며 박장대소한다. 리에코도 같이 웃는다.
분노에 얼굴이 붉어지는 류지.

#90 보급 창고 / 밤

심복들이 있는 막사로 돌아온 류지. 분노에 몸을 떨며 권총을 장
전한다.

류지　(일본어) 개자식…… 죽여버리겠다…… 죽여버리겠어……!
심복　(일본어) 진정하십쇼. 사토는 전공을 세우느라 미쳐서 그런
겁니다.

심복의 말에 간신히 진정하는 류지.

류지　(일본어) 천한 놈…… 놈이 왜 그렇게 됐는지 알아? 사토
는…… 구걸하던 거지년의 새끼였거든. 배가 고파서 미친 그 어미
는 남의 집 뒤주에 숨었다가 들켜서 맞아 죽었어. 더 웃긴 게 뭔지
알아? 사토가 그 집에서 양자로 자랐다는 거야.

#91 위안소 / 밤

소녀들은 각자 모포 밑에 숨겼던 날카로운 물건들을 꺼낸다. 주삿바늘, 메스, 작은 쇳조각 등을 손으로 들고 바라보는 소녀들. 돌아앉은 금옥의 나체가 보인다. 문신이 지워진 곳에 남은 흉터는 피눈물을 흘리듯 계속해서 피를 흘리고 있다. 음산한 목소리로 무가를 속삭이는 금옥.

금옥　에라 만수 에라 대신이야 성주야 성주로다 성주 근본이 어디메뇨…….

#92 중대장 막사 / 밤

침상에 옆으로 누운 사토. 퀭한 눈빛으로 잠을 설치고 있다. 뒤쪽의 캐비닛은 나무판으로 못을 박아 열리지 않게 해놓은 상태다. 여전히 기이한 소리가 들린다. 아기가 우는 것 같은 소리. 침상에서 일어나는 사토. 일본도를 뽑아 사방에 휘두르며 광분한다. 하지만 소리는 그치지 않고, 사토는 소리의 근원을 찾아 고개를 돌린다. 소리는 창밖에서 나고 있다.

#93 사토 중대 연병장 / 밤

일본도를 들고 연병장으로 뛰쳐나온 사토. 계속해서 들리는 아기 울음소리를 따라간다.

#94 의무실 / 밤

의무실 앞으로 도착한 사토. 의무실 안쪽에서 소리가 들려오자 사토는 천천히 문을 열고 어두운 복도를 지난다. 질퍽거리며 군화에 밟히는 무엇. 사토는 아래를 내려다본다. 배 속 태아 같은 모습의 작은 조각과 핏덩이들이 복도에 온통 놓여 있다. 놀라 뒷걸음치는 사토. 환각은 사라지고, 복도 끝 의무실에서 희미한 불빛이 나오는 것이 보인다. 소리는 그곳에서 나오고 있다. 의무실 문을 여는 사토. 희미한 촛불에 의지해 칸막이로 막힌 병상들을 지난다. 하지만 병상은 텅 비어 있고, 여전히 아기 울음소리가 들리는데……. 가장 끄트머리에 칸막이로 막힌 공간을 발견하고 칸막이를 치운다. 칸막이 뒤의 병상에는 히로시가 누워 있다. 태아와 같은 자세로 기이하게 쪼그라져 있는 히로시의 몸. 히로시는 눈을 동그랗게 뜬 채 계속 입으로 아기 울음소리를 내고 있다. 놀라서 숨을 몰아쉬는 사토.

사토 (일본어) 개자식······.

사토는 단칼에 히로시의 몸을 일본도로 꿰뚫어버린다. 그제야 멈추는 아기 울음소리.

#95 위안소 앞 / 아침

위안소 앞에 나와 있는 소녀들. 병사들의 눈치를 살핀다.

소녀1 이상한 일이에요. 사토가 위안소 이용을 금지시켰다면서요.
명화 이번 전투가 끝나면 여길 뜰 것 같아. 본대로 돌아갈 예정이래.
소녀2 그게 무슨 소리예요? 그럼 우리도 해산하는 거 아니에요!?

들뜬 소녀들은 소곤대며 서로 돌아갈지도 모른다는 얘기를 나눈다.

명화 쉿! 이럴 때일수록 더 입 단속해!

명화는 구석자리에 쪼그려 앉아 있는 금옥을 본다. 다른 소녀들은 들떠 있지만 퀭한 눈의 금옥은 어딘지 불안한 표정이다.

#96 연병장, 보급 창고 / 낮

보급 창고 앞을 지켜보고 있는 류지와 심복들.

류지 (일본어) 한심하군, 저 따위 짓이 무슨 도움이 된다고.
심복1 (일본어) 다음 전투에 모든 것을 걸 모양입니다.

창고로 들어가는 류지. 창고 칸들을 뒤지며 쓸모 있는 물건을 고른다.

류지 (일본어) 이 전투…… 이길 것 같나?
심복1 (일본어) 사토는 건방진 놈이지만…… 전술에서는 진 적이 없지 않습니까?
류지 (일본어) 흥……. 일단 쓸모 있는 걸 챙겨 둬.
심복1 (일본어) 무슨 말씀이죠?
류지 (일본어) 만에 하나 투항할 때를 준비하란 말이다. 연합군과 협상을 하려면…… 재물이라도 있어야지.

문득 찬장 구석에 있는 붉은 비단을 발견하는 류지. 의아한 표정으로 그것을 본다.

류지 (일본어) 이건 언제 들어왔지?

#97 위안소 / 밤

금옥의 방문 앞에 온 명화.

명화 금옥아…… 네 말이 맞았어. 사토가 이상해졌어. 우리 정말로 풀려날지도 몰라. 그 생각에 다들 들떴어.

금옥 명화 언니는 풀려나면 갈 데가 있어예?

명화 아버지 돌아가시고 언니랑 둘이만 살았어. 다시 살아서 만나면 어디든 갈 거야. 여기가 아니면 아무 데나 가도 될 것 같아.

금옥 지도 갈 데 없긴 마찬가집니더. 우리 연이는 고향에 기다리는 사람이 많았는데…….

금옥 뒤쪽을 가만히 응시하는 명화. 이전에 연이 쓰던 방에서 구멍을 통해 이쪽 방을 엿보는 듯한 누군가의 시선. 명화와 눈이 마주친다.

명화 금옥이…… 너도 보이니? 저 빈방 말이야.

명화는 방을 나간다. 뒤를 돌아 구멍을 들여다보는 금옥. 저편의
커다란 눈동자가 금옥을 지켜보다 스르륵 사라진다.

#98 중대장 막사 앞 / 밤

혼자 중대장 막사 앞을 어슬렁대는 류지. 안에 불이 꺼진 것을 본
류지는 품속에서 권총을 꺼낸다. 권총을 열어 총알을 확인하는 류
지. 막사 문 앞에서 잠시 망설인다. 그때 어디선가 들리는 소리.

금옥 (일본어) 개자식…… 죽여버리겠다…… 죽여버리겠다……!

깜짝 놀라는 류지. 소리가 들려오는 곳을 찾는다. 막사 옆 어둠 속
에서 까마귀 모양의 검은 형체를 목격하고 순간 움찔하는 류지.
어둠 속에서 걸어 나오는 것은 금옥이었다.

류지 (일본어) 방금 뭐라고 한 거냐?

금옥은 말없이 류지를 보다 품속에서 붉은 비단을 꺼낸다. 류지가
보급 창고에서 발견했던 것과 같은 비단이다.

금옥   여기서 주웠는데예…….

류지   (금옥의 멱살을 잡으며/일본어) 멋대로 돌아다니면 죽인다!

멱살을 잡힌 채로 멍하니 비단을 건네는 금옥. 금옥의 손에서 그것을 빼앗는 류지. 금옥은 말없이 위안소 방향으로 돌아간다. 비단을 보던 류지는 깜짝 놀라 비단을 떨어뜨린다. 붉은 비단 사이에서 작은 전갈이 손을 타고 기어 나온다.

#99 보급 창고 / 밤

탁자 앞에 앉아 있는 류지와 그 옆에 서 있는 심복. 램프 불빛으로 붉은 비단을 비춰 본다. 그 위에서 기어 다니고 있는 전갈.

류지   (일본어) 사토 식사에 손을 댈 수 있을까?

심복   (일본어) 류지 상, 위험한 생각 같습니다. 놈은 의심이 많아서 자기 식사도 리에코 년한테 먼저 먹입니다.

류지   (일본어) 조금씩이라면…….

류지는 전갈을 들어 꼬리를 단도로 자른다. 투명한 독 한 방울이 떨어진다.

#100 병기 창고 / 아침

병사들과 무기고를 둘러보는 사토.

사토 (일본어) 대전차지뢰가 남았나?

소대장1 (일본어) 예…… 하지만 숲에 깔기에는 무리가 있어서…….

사토 (일본어) 분해해서 대인용으로 조립해. 보병 소대가 전부 배에 두를 수 있도록.

소대장1 (일본어) 예? 예. 알겠습니다!

그때 갑자기 뒤에 서 있던 병사 하나가 비틀거리다 쓰러진다. 다가가 병사를 보는 사토와 류지.

소대장1 (일본어) 요, 요즘 열대 돌림병이 많습니다. (다른 병사들에게) 의무대로 옮겨라!

손짓으로 병사들을 막는 사토.

사토 (일본어) 못 싸우는 건 군인이 아니지.

쓰러져 경련하는 병사를 외면하고 창고를 나가는 사토와 병사들.
창고 문이 닫힌다.

#101 중대장 막사, 막사 앞 / 낮

짐을 챙겨 사토 앞에 선 리에코. 식사를 하던 사토는 앉으라고 손
짓한다. 맞은편에 앉아 같이 젓가락을 드는 리에코.

사토 (일본어) 몇 년 있었지?
리에코 (일본어) 3년 됐죠.
사토 (일본어) 갈 때도 됐군. 전쟁은 조만간 끝날 거다.

CUT TO. 식사가 끝난 빈 접시가 보인다. 리에코가 일어서서 인사
하고 막사를 나선다. 혼자 남은 사토는 무의식적으로 팔을 긁적이
다 수포가 생긴 것을 본다. 소매를 걷어 올리는 사토. 팔에 수포가
잔뜩 생겼다.

병사 (일본어) 리에코가 쓰러졌습니다!

밖에서 병사가 소리를 지르며 문을 연다. 밖을 내다본 사토. 리에

코가 문을 나서자마자 쓰러져 죽어 있다. 리에코의 입에서 전갈 한 마리가 기어 나온다.

사토 (피식 웃으며 / 일본어) 어차피 질려서 버린 년이었어. 내다 버려.

문을 닫고 돌아앉은 사토. 단도를 꺼내 수포를 쨌다. 검은 피가 흘러나온다.

#102 사토 중대 뒤편 언덕 / 낮

병사 둘이 리에코의 시체를 수레에 싣고 언덕으로 올라온다. 임시로 쌓아놓은 병사들의 시체만 해도 대여섯 구다. 한숨을 쉬며 땅을 파는 병사들.

병사1 (일본어) 벌써 몇 놈이 죽은 거야.

한 병사가 문득 시체 무더기를 돌아본다.

병사2 (일본어) 근데…… 사람이 죽을 때 저런 얼굴이 되나?

그쪽을 본 다른 병사. 시체들의 얼굴이 하나같이 기괴하게 웃고 있다. 꺼림칙한 듯 고개를 다시 돌리는 병사. 땅을 파는 병사들 뒤로 중대 전체 모습이 보인다. 시체 냄새를 맡은 까마귀들이 중대 상공을 날아다니고 있다.

#103 중대장 막사 / 밤

몇 달간의 사망자 명단을 보고 있는 사토. 최근으로 올수록 기하급수적으로 늘었고, 사인도 원인 모를 돌림병과 성병이 다수다. 창밖을 보는 사토. 귀신이 든 것 같은 위안소 막사가 보인다.

#104 위안소 앞, 소녀들의 방 / 밤

위안부 소녀들이 전부 밖으로 집합해 있고 그들 앞에 일본군들이 서 있다.

사토　(일본어) 이 최전선에서 군인들을 보필하느라 너희들도 고생했다. 마음 놓고 여기를 뜰 수 있도록 도와주겠다.

일본어를 알아들은 소녀들은 화색이 돈다. 수군대는 소녀들. 소녀들을 지나쳐 텅 빈 위안소 안으로 혼자 들어가는 사토. 복도를 지나치며 사토는 소녀들의 방을 들여다본다. 하지만 사토가 지나가는 것과 동시에 하나씩 촛불이 꺼진다. 점점 어두워지는 시야. 복도 저편에서 못 자국이 난 소녀의 몸이 둥둥 떠 있다가 사라진다. 진땀을 흘리며 방들을 뒤지는 사토. 모포를 들추고 벽지를 뜯어내는 사토. 거기에는 한글로 된 저주의 문구들이 날카로운 물건들로 새겨져 있다. '죽여버리겠다. 두 눈을 뽑겠다. 사지를 찢겠다. 껍질을 벗기겠다. 내장을 끄집어내겠다……'

뜻을 모르지만 오싹함을 느끼는 사토. 작게 흐느끼는 환청이 들리기 시작한다. 금옥의 방에 도착한 사토. 모포와 벽지를 뒤지다 침상 밑으로 손을 넣는다. 손끝에 걸리는 것을 끄집어내는 사토. 임신을 한 것처럼 배가 부른 짚 인형이다. 짚 인형의 배를 손으로 헤집는 사토. 병사 한 명 한 명의 음모가 가득 차 있다.

CUT TO. 위안소를 나와 사열해 있는 위안부 소녀들 앞에 선 사토. 미소를 짓고 있다.

사토 (일본어) 좋아. 너희의 정신 상태도 매우 훌륭하다.

더욱 들뜨는 위안부 소녀들. 사토는 뒤쪽의 병사들에게 손짓을 한다. 병사들은 커다란 자루 하나를 들고 와 소녀들의 앞에 풀어놓는다. 와르르 쏟아지는 것은 고장 난 소총들이었다. 총을 보자 분위기가 반전되며 불길한 표정이 된 소녀들.

사토 (일본어) 그러니 최전선에서 황국을 위해 죽어라! 총을 들어! 너희도 내일 새벽에 이 총을 잡고 적진으로 뛰어들 것이다!

사토의 엄포에 얼어붙은 소녀들. 가장 앞줄에 있던 명화를 발로 걷어차는 사토.

사토 (일본어) 총을 잡아!

소녀들은 공포에 몸을 떨며 허겁지겁 총을 든다. 사토는 구석에서 가만히 서 있는 금옥의 앞으로 간다.

사토 (일본어) 네년이지?

금옥의 머리채를 잡고 끌고 가는 사토.

#105 창고 / 밤

금옥의 얼굴을 주먹으로 때리는 사토.

사토 (일본어) 또 무슨 짓을 벌였어? 리에코를 그렇게 만든 것도
네 짓이냐?

주먹으로 몇 대 맞자 쓰러지는 금옥. 사토는 각목을 들어 쓰러진
금옥을 마구 내려친다. 금옥이 정신을 잃자 그제야 숨을 헐떡이며
매질을 멈춘다.

#106 작전통제실 / 밤

전신기 앞에 있는 병사에게 명령을 내리는 사토.

사토 (일본어) 오늘 밤 연합군 함대 상륙 예정. 관동군 본대는 총
력전을 준비할 것.

사토의 말 그대로 전보를 보내는 병사.

#107 몽타주, 병사 막사 / 낮

전투를 앞두고 소총을 손질하는 병사들. 소대장이 자폭용 폭탄을 차례로 나눠준다. 병사들은 비장한 표정으로 지급 받은 폭탄을 배에 두른다.

#108 위안소 앞 / 낮

복도에 모여 앉은 소녀들. 불안감에 서로의 손을 잡고 있다.

소녀1 명화 언니…… 우리 이제 어떡해요? 오늘 밤이 전투래요. 금옥이도 잡혀가고…….

소녀2 우릴 제일 앞에 세워서 총알받이로 쓸 거야. 봐. 우리한테만 고장 난 총을 줬잖아.

몇몇 소녀가 공포심에 흐느낀다.

명화 울지 마. 어차피…… 살아서 못 나갈 곳이었어 여긴. 이놈들 노리개로 몇 년을 더 사느니 차라리…….

말을 잇지 못하는 명화.

명화 아니…… 금옥이가 뭔가 해줄 거야. 난 믿어.

#109 창고 / 낮

창고 위쪽 기둥에 거꾸로 매달려 있는 금옥. 팔과 양 발목이 압박을 받아 모세혈관이 모두 터져 있다. 괴로워하던 금옥. 천천히 열리며 빛이 새어 들어오는 문을 본다. 밖에는 연이 서 있다. 새하얀 옷을 입은 연은 금옥을 보고 밝게 웃는다. 매달린 금옥의 몸을 손으로 쓰다듬는 연. 연의 손길이 멈춘 금옥의 등에는 문신 대신 흉터만 남아 있다.

금옥 연아…… 거 가니까 편하드나? 울 엄마도 봤나?
연 (나지막이 / 일본어) 감사합니다. 죄송합니다. 살려주세요…….

금옥의 눈가에 눈물이 맺힌다. 속삭이던 연의 입에서 흙이 흘러나온다.

금옥 미안하다. 내도…… 니 따라가야 하나 부다. 좀만 기다려라.

그 순간 금옥을 묶은 줄이 툭 끊어지며 금옥이 바닥에 떨어진다. 떨어진 충격으로 몸을 웅크린 금옥. 연이 들어온 막사 문을 보지만 문은 굳게 닫혀 있다.

#110 작전통제실 / 밤

사토가 소대장들을 모아놓고 작전 지시를 하고 있다. 펼쳐놓은 지도에 적의 예상 경로와 숲의 매복 포인트가 표시되어 있다.

사토 (일본어) 본대에서도 총력전을 준비하고 있다. 우리가 발목을 잡아놓으면 이 전쟁은 필승이다. 한 놈의 목숨이라도 더 끊고, 한 대의 차량이라도 더 파괴한다. 목숨을 던지는 거다!
소대장들 (일본어) 알겠습니다!

흥분해 있는 소대장들 사이에서 혼자 냉소적인 표정을 짓고 있는 류지. 사토를 곰곰이 본다. 병자처럼 눈이 붉게 충혈되고 얼굴은 뼈밖에 안 남은 행색이다.

#111 사토 중대 연병장 / 밤

사토가 수백 명의 중대원들이 사열해 있는 연병장으로 나온다.

사토　오늘 밤이 우리의 마지막 돌격이다. 이제 귀환은 없다. 대일
본제국 군인으로서 목숨을 던지는 걸 영광으로 알자!
사토의 명령과 함께 중대의 입구 철창이 활짝 열린다. 군용 트럭
에 올라탄 류지는 심복들과 눈으로 신호를 주고받는다. 자살보병
들의 가장 앞에는 겁에 질린 위안부 소녀들이 고장 난 소총을 들
고 서 있다. 입구를 통해 중대원들이 모두 사토 중대를 빠져나간
다. 진격하는 병사들의 뒷모습을 보며 창고로 향하는 사토.

#112 중대장 막사 / 밤

촛불 하나만 밝혀진 어두운 방에 가득한 고문 도구들이 보인다.
손목이 묶인 채 의자에 앉아 있는 금옥을 마주보는 사토.

사토　(일본어) 귀신 들린 년이…… 신의 군대에 저주라도 내리려
고 했냐? 네년으로 오늘 밤 제사를 지내주마.

불에 달군 인두를 금옥의 허벅지에 문지르는 사토. 비명을 지르는 금옥. 고통에 혀를 깨물어 입에서도 피가 난다. 다음으로는 펜치를 고르는 사토. 펜치로 금옥의 손톱을 집는다. 펜치를 보고 공포에 질리는 금옥과 힘을 주는 사토. 금옥의 비명이 울린다.

#113 밀림 / 밤

밀림으로 진격하는 사토 중대. 가장 앞에 총알받이로 선 위안부 소녀들은 불안한 표정으로 서로를 확인한다.

소녀1 저쪽에서 대포라도 쏘면…… 우리가 제일 먼저 죽을 거야.

뒤를 돌아보는 소녀. 뒤에는 재촉하듯 일본군들이 총을 겨누고 행군하고 있다. 다시 앞을 보는 소녀가 중심을 잃는다. 발이 물에 빠진 것이다. 주위를 둘러보는 소녀. 어느새 늪지로 들어섰다.

#114 중대장 막사 / 밤

손톱이 온통 피범벅이 된 금옥이 무릎을 꿇고 사토의 바지를 잡고 있다. 고통에 신음하는 금옥. 금옥의 뒤에는 날카로운 못판이 놓여 있다.

사토 (일본어) 벌레같이 목숨만 질긴 년들…… 추접한 연명만큼 꼴 보기 싫은 건 없어…… 약한 민족의 초상이다.

금옥의 머리를 잡고 못 판에 굴리는 사토. 못판에 쓰러진 채 고통에 울부짖는 금옥. 피투성이가 된 손으로 눈물을 훔치는 금옥의 모습. 금옥이 고향 서낭당의 버드나무에서 목격했던 귀신과 똑같은 모습이다. 막사 바닥에는 금옥이 흘린 피가 음산한 형상으로 모여든다.

금옥 사토…… 사토…… 불, 불꽃이야!

금옥의 난데없는 말에 놀라는 사토.

#115 위안소 / 밤

버려진 위안소. 아무도 없는 복도에 무가의 가락이 울린다. 버려진 짚 인형에 갑자기 불길이 솟구치며 쪼그라든다. 위안소 벽 곳곳에 새겨진 저주의 단어들에서 붉은 핏물이 흘러나온다.

#116 밀림, 늪 / 밤

늪지대에 들어선 병사들. 안개 때문에 한 치 앞도 보이지 않는다. 무가의 가락과 함께 희미하게 흐느끼는 소리가 들린다.

병사1 (일본어) 이게 무슨 소리야?

병사2 (일본어) 저 너머에 누가 있어…… 들려?

소리는 점점 더 커진다. 진격을 멈추고 겁에 질려 주위를 둘러보는 병사들. 병사들은 달빛과 차량 전조등을 통해 희미한 사람의 형체를 목격한다. 나무 뒤에서 십여 개, 수백 개로 점차 불어나는 형상. 전부 처형당한 포로와 위안부들의 모습이다. 이때 한 병사가 갑자기 늪으로 끌어당겨진다. 무릎까지 오는 늪에서 나오지 못하는 병사. 비명을 지르며 몸부림친다. 병사의 동작이 멈추고 잠시 후, 무언가가 늪에서 위로 솟구쳐 나뭇가지에 걸린다. 병사의 찢긴 팔이었다. 근처에서 피를 뒤집어쓴 병사들은 모두 놀라 뒷걸음친다.

소대장1 (일본어) 후, 후퇴다 빨리 뒤로 빠져!

우왕좌왕하는 병사들. 연이은 비명이 여기저기서 들린다. 늪 속에서 나와 다리를 붙잡고 잡아당기는 손, 나무 뒤에서 나와 목을 조르는 손. 어둠 속에서 원혼들의 공격이 시작된다.

명화 그, 금옥이가 한 거야! 도망치자!

대열의 앞에 서 있던 위안부 소녀들은 앞쪽으로 도망쳐 늪을 빠져나간다. 하지만 뒤쪽의 병사들은 늪에 발이 묶인다. 사지가 산산이 조각나 찢긴 팔과 다리가 하늘로 튀어 오르고, 나뭇가지 여기저기에 살점이 튄다. 병사들의 비명과 피로 물들어가는 검은 늪.

#117 위안소 / 밤

위안소 전체가 원인 불명의 불길에 휩싸인다. 원혼들의 곡소리가 무가 장단에 맞춰 들려온다. 검은 연기가 하늘로 솟구친다.

#118 중대장 막사 / 밤

곡소리와 무가는 중대장 막사에도 들려온다.

목소리 (나지막이) 에라 만수, 에라 대신 대활령으로 설설이 내리소서 에라 만수 에라 대신이야 놀고 놀고 놀아 봅세.

깔깔대며 웃는 금옥. 사토는 공포에 식은땀을 흘린다. 벌떡 일어서는 금옥. 맨발로 못판 위에 선다. 찢어진 몸의 상처가 사라지고 피멍도 사라진다. 등의 흉터도 사라진다. 굿판의 어머니와 똑같은 표정과 걸음으로 사토에게 다가오는 금옥. 금옥의 등에는 검은 형체가 연기처럼 내려앉아 있다. 사토가 손을 떨며 일본도를 겨눈다. 어머니가 했던 것처럼 칼날을 혀로 핥는 금옥. 금옥의 혀는 상처 하나 없이 깨끗하다. 사토의 이마에 손을 올리는 금옥. 눈이 뒤집히며 부르르 떠는 금옥.

사토 (일본어) 죽어!!

고함을 지르며 금옥의 가슴을 칼로 찌르는 사토. 일본도가 관통하자 금옥은 사토를 노려보더니 풀썩 쓰러진다. 사토의 칼에는 피가 묻어 나오지 않는다. 쓰러져 기척이 없는 금옥을 보는 사토. 막사 밖으로 나간다.

#119 작전통제실 / 새벽

텅 빈 작전통제실로 들어선 사토. 창밖에서는 동이 터오고 있다. 도착한 지 얼마 안 된 전보를 보는 사토. 피식 웃더니 갑자기 박장대소를 한다. '히로시마, 나가사키에 대폭격으로 20만 명 사상. 인도차이나의 모든 부대는 본토를 지키기 위해 후퇴한다.' 종이를 구겨버리는 사토. 중앙에 있는 중대 깃발과 욱일승천기를 떼어낸다.

#120 중대장 막사 / 새벽

금옥이 쓰러져 있는 막사 안. 사토가 깃발과 욱일승천기를 탁자에 올려놓은 뒤 그 앞에 무릎을 꿇는다. 상의를 벗은 뒤 단도를 꺼내는 사토. 사토의 얼굴이 순간 일그러졌다가 다시 피식 웃는다. 금옥을 보는 사토.

사토 (일본어) 네년은 날 저주하지 못했어. 군인으로 최전선에서 죽는 건 최고의 영광이야. 난 처음부터 이럴 운명이었어.

자신의 배에 힘껏 단도를 찌르고 잡아당기는 사토. 입에서 고통의 신음과 피가 흘러나온다. 그 순간 다시 들려오는 무가.

금옥   (소곤대며) 에라 만수 에라 대신…… 잡병은 썩 물렀거라…… 조상신이 내려와 지켜주실 것이다…….

금옥을 보는 사토. 금옥의 고개가 돌아가 사토를 보고 있다.
회상. 금옥이 깨어난 뒤 옆에서 간병을 해주고 있던 명화.

명화   그 재주…… 우리한테 빌려줄 수 있어?

곧이어 입을 여는 금옥.

금옥   내는 여기에 와서…… 제일 무서운 구신을 봤심더. 강신무를…… 할 겁니더. 준비해줄 수 있어예?

각 소녀들의 방. 벽에 저주의 글자를 새기던 소녀들, 복도에 둘러앉아 주문을 외우듯 금옥의 무가를 흥얼대는 소녀들. 짚 인형, 붉은 천, 깨진 놋그릇으로 만든 방울 등의 굿 도구들을 소녀들이 하나씩 들고 있다. 전부 강신무를 위한 과정이었다.
웃는 금옥. 배를 가른 사토는 창백해진 채 금옥을 본다.

금옥　(소곤대며) 이 굿은 저주굿이 아니다…… 신내림굿이다. 조상신이 내려…… 만수무강 할기다.

이상한 오싹함을 느끼는 사토. 뒤를 돌아본다. 나무판자로 못질을 해 막아놓은 캐비닛 문이 부서져 열려 있다. 밑을 내려다보는 사토. 흘러내린 사토의 창자가 부자연스럽게 꿈틀댄다.

#121 밀림 / 새벽

동이 터 사토 중대가 전멸한 늪에 햇살이 비춘다. 수백 명의 시체 잔해만 남은 늪에 보이는 모든 것이 핏빛이다. 언덕 위에서 이 참상을 내려다보며 달리는 한 대의 차가 있다. 류지와 심복들이 탄 차.

류지　왜 사토 그놈만 멀쩡했던 거지? 계속 전갈 독을 먹었는데…… 놈만 죽었어도 이런 멍청한 희생은 없었을 거야.

#122 중대장 막사 / 새벽

할복한 사토는 금옥의 저주를 깨닫고 하얗게 질려 있다. 캐비닛

속에서 중얼거리던 소리가 사토의 귀에 큰 소리로 들린다. 굶주리
다 맞아 죽은 어머니의 원혼이 신내림굿을 통해 캐비닛에서 빠져
나와 사토의 등 뒤에 찰싹 붙어 있다.

원혼 (일본어) 사토 착하지…… 착한 우리 아들…….

어머니의 원혼은 정신없이 사토의 창자를 주워 다시 복부로 밀어
넣고 있다. 할복을 해도 죽을 수 없다는 것을 깨달은 사토는 비명
을 지르며 일어선다. 독이 온몸에 퍼져 피부가 썩어 들어가고, 열
대병으로 수포가 온몸에 번져 깡마른 시체 같은 사토. 기괴한 신
음을 흘리며 막사 밖으로 도망쳐 나간다.

#123 산길 / 새벽

류지와 심복들의 차가 산속을 달리다 총성에 멈춘다.

심복1 (일본어) 벌써 상륙했나 봅니다.

손을 들어 움직이지 말 것을 지시하는 류지. 차에서 일어서서 크
게 외친다.

류지 (영어) 우린 탈영한 일본군입니다. 연합군에 투항하겠습니다! (심복들을 보며 / 일본어) 줄 것을 챙겨.

심복이 아편 가루와 약간의 귀금속을 자루에 챙겨 담아 위로 든다. 부스럭대는 소리가 나며 풀숲에서 한 무리의 사람이 나온다. 하지만 그것은 연합군이 아니라 낡은 총과 낫, 쇠스랑으로 무장한 현지인 반군들이었다. 류지에게 식량을 마차로 바쳐야 했던 과일장사 청년이 가장 앞에 서서 총을 들고 류지와 눈이 마주친다.

류지 (일본어) 이게 아닌데…….

숲에 총성과 비명이 울려 퍼진다.

#124 사토 중대 연병장 / 아침

사토 중대의 문이 열리며 연합군 선발대의 차량이 들어선다. 건물들만 불에 탄 채 텅 빈 중대를 보고 어리둥절해하는 연합군들.

병사1 (영어) 어떻게 된 영문인지…… 아무도 없는 것 같습니다.

차에서 내려 둘러보던 한 병사가 중대장 막사의 문을 열어본다.

병사2 (영어) 이쪽도…… 아무도 없습니다.

#125 마을 어귀 서낭당 / 낮

언덕 위 금옥의 집을 쳐다보고 있는 마을 반장과 일본인 업자.

반장 무당집이 있던 터라케도…… 싹 밀어머리면 저 일대가 경작지로는 쓸만하지 않겠나. 어때, 선생이 사시겠소?

업자 소문이 걱정이군요.

반장 소문이야 마 몇 년만 묵히면 다 잊힐 일이고…… 금옥이 금마가 다시 올 일도 없지 않겠나?

업자 (피식 웃으며) 그건 그렇죠. 온다 해도…… 제정신으로는 못 올 겁니다.

그들의 뒤쪽에서 버드나무 가지가 바람에 흔들린다. 바람 한 점 없는데 미친 듯이 흔들리는 가지. 그와 동시에 서서히 흐느끼는 소리가 들려온다. 버드나무 뒤에서 누군가 모습을 드러낸다. 깡마른 소녀가 맨발로 서 있는 뒷모습이다. 반장과 업자를 향해 서서히 다가

가는 소녀. 반장이 무언가를 느낀 것인지 뒤를 힐끔 본다. 소녀와 눈이 마주치는 반장. 얼굴이 하얗게 질리며 기겁한다.

자막

1945년, 일본군 부대가 미얀마의 늪지대에서 적군도 아군도 아닌 무언가에 의해 습격당해 전멸한 이 사건은 실제 역사에 '람리섬전투'로 기록되어 있다. 굶주린 바다악어의 공격에 의한 사고로 추정되고 있으나 그날 밤 정확히 무슨 일이 있었는지는 아무도 알 수 없다.

#126 산길 / 밤

손전등을 들고 산길을 지나던 현지인 소년 둘. 산 아래쪽을 보는 소년들. 폐허만 남은 사토 중대의 터가 보인다.

소년1 (미얀마어) 저기가 옛날에 젊은 여자들을 가둬놓던 데라며? 그래서 이 근처에 처녀귀신이 나온다는데?
소년2 (미얀마어) 아니야. 진짜 귀신은 달라. 난 직접 봤어.
소년1 (미얀마어) 어떤 귀신인데?
소년2 (미얀마어) 이는 몽땅 빠지고 머리카락도 다 빠진 도깨비야. 배에서 창자가 빠져나와서 걸을 때마다 질질 끌려.

두 소년이 얘기를 하며 지나치는 옆쪽의 풀숲. 음산한 두 개의 눈동자가 눈치를 보다 부스럭대며 자리를 피한다. 바닥에는 창자에서 흘러나온 핏자국이 남아 있다.

FADE OUT. □

어느 날 당신이
UFO를 본다면

김효민

[등장인물]

진소성(31세, 남)
UFO를 기다리며 살아가는 남자.

민시나(29세, 여)
사기꾼. 소성의 주위를 맴돈다.

장씨(59세, 남)
소성에게 유독 친절했던 동네 아저씨.

나래(7세, 여)
소성의 옆집 아이. 소성을 따른다.

[시놉시스]

일곱 살 '김민지'가 실종된다. 경찰은 같은 동네에 살고 있는 성범죄 전과자인 장씨를 체포하는데, 장씨는 잡혀가면서 민지가 UFO에 납치됐다고 주장한다. 민지에게 친남매처럼 의지하던 어린 소성은 큰 충격을 받고, 평소 아버지처럼 잘 해주던 장씨의 말을 믿게 된다. 어머니의 죽음과 아버지의 부재 속에 힘겹게 살아가는 소성은 점점 UFO에 집착하게 된다.

한편 할머니와 외롭게 살던 어린 시나는 친언니 같은 민지의 죽음을 겪게 되면서 사람을 믿지 못하고 어둡게 성장한다. '김민지 실종사건'으로 얽혀 있는 세 사람. 소성은 자신을 괴롭혀 왔던 일들의 진실에 다가가게 된다.

#1 동네 공터 / 밤

지저분한 동네 공터. 폐가구며 쓰레기들이 벙커처럼 군데군데 아무렇게나 쌓여 있다. 그 사이를 마을 주민 예닐곱 명과 순경 네다섯 명이 플래시를 들고 수색한다. 여기저기 흩어지는 플래시 불빛들. 그러다 불빛들이 공터의 가장자리 한곳으로 모인다. 불빛이 모인 곳에서 잡풀이 바스락거리자, 순경 하나가 허리춤에서 권총을 꺼내 어설프게 겨냥한다.

순경1(E) (긴장, 더듬 더듬) 이리 나와!! 야! 장씨!! 천천히 손들고 나와!! 안 나와? 안 나와? 쏜다! 쏜다!

장씨가 풀숲에서 나와 주춤주춤 모습을 드러낸다. 내복 차림의 장씨, 하의는 내려가 다리에 걸쳐져 있고, 지저분한 더벅머리에 겁먹은 표정이다. 주춤주춤 하의를 올리는 장씨의 모습을 보고 마을 주민들 사이에서 탄식이 터져 나온다. 장씨는 손으로 불빛을 가리며 움츠러든다.

남자주민1 장씨! 장씨, 이리 나와서 말 좀 해봐! 어떻게 된 거야?

여자주민1 (주변 아줌마들에게) 저런 짐승 같은 놈일 줄 어떻게 알았어……. 일곱 살 먹은 그 어린것을…….

영문을 모르는 표정의 장씨, 겁에 질려서 움직이지를 못한다. 순경 두 명이 장씨의 어깨를 우악스럽게 잡아 끌어낸다. 아직 채 추스르지 못한 바지가 다시 내려가면서 제대로 걷지 못하고 넘어진다.

장씨 어이쿠.

두리번거리기만 하는 장씨는 방황하는 눈빛이다. 순경들이 장씨를 일으켜 세우려 한다. 주민들은 장씨를 쳐다만 볼 뿐 누구 하나 도와주지 않는다. 바지가 거의 벗겨지다시피 해 질질 끌려가는 장씨. 그때,

(E) 야! 이…… 씨팔.

뒤에서 웬 남자 주민이 각목으로 장씨의 머리를 가격한다.

장씨 억!

주민들이 "아이고" "아이고" 소리를 연발하는 사이,

각목주민 너 이 씨팔 변태 새끼.

장씨가 비틀거리는 바람에 다행히 빗맞고, 각목 든 주민은 자기 힘에 나가떨어진다. 아수라장이 되는 현장. 순경 두 명이 장씨를 빠르게 경찰차 쪽으로 끌고 간다. 공터 입구 경찰차 앞에는 더 많은 동네 주민들이 몰려 있다. 그 소란 속에 어린 진소성(7세)과 민시나(5세)가 끼어 있다. 소성이 주민들에 휩쓸리며 울먹이고 있다.

소성 (어른들을 잡아끌며) 민지 어디 갔어여? 민지 찾았어여?

사람들의 고함과 웅성거림에 소성의 말소리가 묻힌다. 민지 고모의 대성통곡이 들린다.

민지고모　아이고! 우리 민지! 민지 어딨어!! 이 죽일 놈아!! 이 찢어 죽일 놈아!

민지 고모가 바닥에 주저앉아 통곡하고, 아줌마들이 민지 고모를 부축한다. 소성은 겨우 어른들 틈을 빠져나와 순경에 잡힌 장씨 앞에 선다.

소성　아저씨! 민지 어딨어여? 민지 죽였어여? 아저씨가 죽였어여?

장씨, 당황하며 멈춰 서서 소성의 눈에 그렁그렁한 눈물을 본다.

장씨　내가 안 죽였어……. UFO가 왔었는데…… 민지가 그거 타고 갔어…….

끌고 가던 순경들, 장씨의 말을 듣고 코웃음 친다. 그러나 어린 소성의 표정은 진지하다. 눈물을 뚝 그치고, 장씨를 주목한다.

장씨 (갑자기 큰 소리로 다 들으라는 듯) 내가 안 죽었어!! UFO 가 와서 잡아갔어! 내가 다 봤다! UFO가 와서 잡아갔어!

주민들, "뭔 소리여……", "미쳤나 봐……" 하며 웅성거린다. 어디선가 앞서 각목을 휘두른 주민이 우다다다 달려와서 다시 장 씨의 머리를 가격하는데, 이번엔 꽤 제대로 맞는다. 장씨가 무릎 꺾으며 쓰러진다.

장씨 억!! (혼잣말) UFO…….

장씨가 순경들에게 질질 끌려 경찰차에 태워지고 경찰차는 서둘 러 출발한다.

소성 (경찰차 뒷모습을 보며) 유. 에. 포…….

주민들, 경찰차 가는 쪽으로 우– 몰려가고 소성은 주민들과 반대 로 공터로 달려간다. 바닥에 떨어진 플래시를 집는 소성, 여기저 기 비춰 본다. 휑한 공터에는 아무도, 아무것도 없다. 여기저기 플 래시로 비춰 보며 빙글빙글 돈다. 하늘을 비춰 본다. 플래시 빛은 사라지고 별 많은 하늘만 보인다. 그때 작은 유성이 꼬리를 만들

며 떨어진다. 소성이 놀라며 주위를 둘러본다. 흙먼지가 휙 돌아
원을 만든다, 흩어지는 흙먼지를 신기한 얼굴로 유심히 보는 소
성. 소성의 시선에 흙먼지가 천천히 마법 가루처럼 흩날린다. 흙
먼지가 사라지자, 소성을 따라온 시나가 보인다. 시나가 눈물 자
국이 남아 있는 얼굴로 훌쩍이면서 소성의 모습을 엿보고 있다.

소성 (혼잣말) 유. 에. 포.
시나 (혼잣말, 작게) 유. 에. 포.

하늘을 보며 또로록, 눈물을 흘리는 소성. 그때 뒤에서 바스락거리
는 소리가 난다. 돌아보면, 바람에 날려 온 검은 비닐봉지가 보인
다. 검은 비닐봉지가 바스락거리며 바람에 날려 이리저리 굴러다
닌다. 소성의 시선으로, 아주 천천히 굴러가는 검은 비닐봉지.

TITLE IN.

어느 날 당신이 UFO를 본다면

#2 유스호스텔 전경 / 오후

서울 근교의 유스호스텔 전경. 강당 앞에 붙여진 현수막에 '당신과 나, 코스모스의 비밀'이라고 쓰여 있다. 안에서 신비로운 전자음악 소리가 흘러나온다.

(E)   이 세계에서 여러분의 삶은 바뀌지 않습니다.

#3 유스호스텔 강당 안 / 오후

은은한 전자음악이 깔린 가운데, 커다란 강단 위, 우주 모양의 무늬가 새겨진 하얀 옷을 입은 연사가 탑 조명을 받으며 강연 중이다.

중년연사   그들이 있는 다른 세계로 가야 합니다. 그것을 우리는 원해야 합니다.

강단 아래를 꽉 채운 몇백 명의 사람이 손가락을 올려서 동의를 표하며 열광적으로 호응한다. 광적인 분위기의 UFO 관련 사이비 종교단체 모임이다. 프로젝터가 켜지며 연사의 뒤로 우주 영상의 자료화면이 플레이된다. 단체 유니폼을 입은 멤버들이 바구니를 들고 헌금을 걷으러 다닌다. 이 군중들 속에 섞여서 소성은 과거의 기억에 빠져든다.

#4 중환자실 / 밤 (과거 회상)

산소호흡기를 한 채 침대에 누워 있는 소성의 엄마(45세)가 죽음을 눈앞에 두고 있다. 환자 모니터의 심전도 곡선은 점점 완만하게 흘러가고 침대 옆을 지키고 있는 소성(21세)은 처연한 엄마의 모습을 보고 있다가 문득 창밖을 본다. 별이 많은 겨울밤, 멀리서 작은 빛이 점점 다가오는데 점점 커져가는 빛은 UFO의 형상이 되어 소성이 있는 병실의 창 쪽으로 다가온다. 소성 엄마의 전신에 강렬한 빛이 내려온다. 경고음이 울리며 모니터의 심전도 곡선은 일직선이 되고, 소성 엄마가 눈을 감는다. 엄마의 온기는 순식간에 빠져나간다. 창밖을 보면 UFO가 멀리 떠나가고 있고 소성이 그 모습을 망연히 보고 있다.

#5 장례식장 / 밤

소성 엄마의 영정사진 앞으로 향이 피어오른다. 사람이 거의 없는 썰렁한 장례식장. 영정사진 앞에 혼자 자리를 지키고 있는 소성은 눈물도 말라버린 듯 무덤덤하다. 한기가 느껴져 몸을 웅크리고 있는데, 누군가 장례식장으로 들어오는 소리가 들린다. 고개를 들어서 보면 소성의 형, 오성(23세)이다. 검은색 야구모자를 쓰고 있는 오성은 폐인 같이 초췌한 몰골이다. 뜻밖이라 놀란 소성이 벌떡 일어난다.

소성   형…….
오성   (모자를 벗으며 다가온다.) 미안하다. 이제야 나타나서…….

오성, 영정사진을 보더니 무릎을 꿇고 앉아 눈물을 흘리기 시작한다. 한참이나 오열하는 오성. 소성도 눈물이 흐른다. (시간 경과) 깜빡 잠이 든 소성. 부스럭거리는 소리가 나서 깨어나는데, 보면 오성이 부의금 봉투를 챙겨서 가방에 넣고 있다. 오성이 부의금을 챙겨서 떠나려고 하자 소성이 급하게 오성을 말린다.

소성   형! 돈 필요하면 아버지한테 말해! 이렇게 살지 말고!

오성 (살기 어린) 언제부터 그 사람이 아버지야?! 이제 와서 기껏 병원비 좀 대주고 너 대학 보내줬다고 그 사람이 아버지야? 그 사람 우릴 버렸어!

소성 형도 똑같아! 몇 년 동안 소식도 없고, 엄마 죽어갈 때 형, 어디 있었어?

오성 이 자식이! (소성을 한 대 친다.)

소성이 맞고 마룻바닥에 나뒹군다. 오성은 부의금 봉투를 가방에 다시 챙겨 넣고 일어나서 가버린다. 소성, 장례식장을 나가는 오성의 뒷모습을 원망스럽게 쳐다보다 다시 텅 빈 장례식장에 혼자 남는다

#6 화장터 / 낮

불 속으로 들어가는 관. 소성은 눈물을 흘리며 점점 멀어지는 관에서 손을 떼고 엄마를 보내준다. 대기실로 나오자 덤덤하게 뒷짐을 지고 소성의 아버지 진만기(51세)가 서 있다. 그의 옆에 꼭 붙어 서 있는 여자는 아버지보다 20살은 어려 보인다. 소성이 아버지를 보고는 멈칫하고 옆의 여자를 싸늘한 시선으로 쏘아본다. 소성과 눈이 마주치자 여자는 만기의 팔짱을 꼭 끼고는 눈길을 피한

다. 만기, 그제야 소성을 보고는 여자의 팔짱을 풀고 다가온다. 소성도 아버지에게 다가간다. 만기는 소성의 어깨를 다정하게 안아준다.

만기 니가 어렸을 때부터 아픈 느이 엄마랑 힘들게 산 거 안다. 그래도 이젠, 아버지가 성공해서 돌아왔잖니. 다 잊고, 같이 살자.

만기 뒤에 있던 여자를 보고 눈짓을 하면 여자가 주춤하며 소성에게 다가온다. 만기가 여자를 소개한다.

만기 이제 이분이 니 엄마다.

소성이 분노로 주먹을 꽉 쥔다. 만기와 옆의 여자를 살기 어리게 쏘아본다. 만기는 뭔가 말하려다가 눈길을 피한다. 소성은 아무 말도 하지 않고 자리를 떠나버린다. 만기에게서 점점 멀어진다.

#7 소성의 동네 공터 / 밤

소성이 터덜터덜 동네 공터로 걸어오고 있다. 하늘을 올려다보면 별이 반짝인다. 아무것도 없는 공터가 소성을 기다리고 있다. 그때 바람이 원을 그리듯 휙 불어온다.

(환상으로) 열 살 소성이 나타난다. 이를 신기하게 보는 스물한 살의 소성. 소년 소성은 긴 막대기로 공터 흙바닥에 아주 큰 원을 그린다. 마치 UFO의 크기를 가늠해보는 듯 천천히 정성 들여 원이 그려지고 원 중앙에 들어가 하늘을 바라본다. 여전히 하늘에는 작은 별들이 반짝거린다. 스물한 살 소성의 귀에 UFO가 착륙하는 효과음이 환청으로 들린다. 주머니에서 농약을 꺼내 드는 소성, 결심한 듯 마신다. 켁켁 거리며 쓰러지는 사이 눈앞에 있던 열 살의 소성은 사라지고 없다. 시선이 점점 희미해진다.

#8 소성의 집 / 아침

눈부신 아침 햇살이 쏟아지며 화면이 밝아진다. 소성이 눈을 뜨며 침대에서 일어난다. 서른 살이 된 소성의 방에는 낡고 단출한 가구들과 우주와 UFO 관련 포스터들이 벽에 붙어 있다. 소성이 방을 나오면, 거실과 부엌은 모두 아직 돌아가신 엄마의 손길이 닿아 있는 그대로다. 꽃무늬 천으로 씌운 낡은 소파, 좋은 글귀들로 만든 액자 등. 익숙한 듯 세수를 하고, 혼자 간단하게 밥을 차려서 먹는다.

CUT TO. 옷을 갈아입고, 가방을 챙기는 소성, 마지막으로 군청색 점퍼를 입는다. 점퍼에는 '미쓰무라 정밀기계 주임 진소성'이라고 새겨 있다.

#9 정밀기계 공장 / 낮

규칙적이고 정밀하게 돌아가고 있는 '정밀기계'. 기계 소리가 리듬감 있게 들린다. 소성이 기계를 유심히 보며 집중해 있다. 이마에 땀이 송글송글 맺혔다. 열심히 일하는 소성을 지켜보다 소장이 다가온다.

소장 진소성 씨, 쉬엄쉬엄 해! 하하하! (흐뭇해한다.)

소성은 소장에게 어색하게 인사를 하고 곧 기계에 집중한다. 기계를 보고 있는 소성의 모습은 진지하지만 편안해 보인다.

#10 집 가는 길 / 저녁

한쪽에 축대가 이어져 있는 허름하고 조용한 동네, 길목. 반찬거리가 든 검은 비닐봉지를 들고 집으로 돌아가는 소성의 뒷모습.

봉지 위로 살짝 삐져나온 비엔나소시지가 보인다.

#11 소성의 집 전경 / 저녁

좁은 골목의 끝. 작고 허름한 다세대주택으로 들어가는 소성. 초록색 대문의 칠이 군데군데 벗겨졌고, 건물 밖으로 계단이 나 있는 옛날 건물이다.

#12 소성의 집 / 저녁

익숙한 듯 혼자 저녁밥을 먹는 소성. 식탁 위로 켜져 있는 백열등이 쓸쓸해 보인다. 밥상에 비엔나소시지 반찬이 놓여 있다.

#13 동네 공터 / 저녁 (어린 시절 회상)

민지(7세)와 소성(7세)이 비엔나소시지를 나눠 먹고 있다. 돌멩이를 가지고 소꿉놀이를 하는 소성과 민지. 어둠이 내리고 있는 저녁 두 아이가 희미한, 깜박거리는 플래시 불빛에 의지해서 놀고 있다.

소성 여보, 밥 줘! 밥에다가 계란프라이 올려서 줘요.

민지 네, 여보 제가 지금 계란프라이 하고 있어요.

민지, 중간 크기 돌멩이를 계란인 듯 바닥에 탁탁 쳐서 깨뜨리는 시늉을 한다. 소성이 민지의 볼에다 뽀뽀를 한다.

소성 (부끄럽고, 어색) 히히히…… (얼굴을 원숭이처럼 긁는다.)

#14 유스호스텔 강당 (다시 현재)

중년연사 종합해보겠습니다! 우주의 운행 원리는 다음과 같습니다.

강연 듣는 군중 속에 소성이 섞여 있다. 연사의 목소리에 고개를 든다. 수백 명의 사람들이 강당에 모여 강의를 경청한다. 연단에서는 하얀 옷의 중년연사가 파워포인트와 삼차원 영상 자료로 뭔가를 설명하고 있다. 삼차원 영상이 우주 속에 빠져드는 듯한 효과를 보여준다.

중년연사(E) 코스모스의 어원인 그리스어 코스모스는 '질서'를 뜻하는 말로…… 혼돈을 뜻하는 카오스와 반대되는 말입니다.

'한국미쓰무라 정밀기계' 회사 점퍼를 입은 소성이 영상을 뚫어져라 보고 있다.

중년연사(E) 그렇습니다. 우주는 '질서'입니다.

소성, 감동받은 듯 고개를 끄덕거린다.

CUT IN. 정밀기계 돌아가는 모습, 숨 가쁘게 돌아간다. 소성에게만 들리는 기계 돌아가는 소리(E). 소성이 숨을 몰아쉰다. 긴장한 듯 보인다.

중년연사 지금의 세계는 혼돈 그 자체입니다. 우리에게 코스모스를 가져다줄 그들은 누구입니까?

사람들 흥분하여 환호하고, 곳곳에서 박수를 친다. 앞쪽의 영상은 더욱 현란하게 바뀌다가 마지막에 UFO의 형상이 떠오른다. 소성, 화면에 UFO가 나오자 더욱 집중, 심하게 긴장한다.

중년연사 여러분! 그들이 당신에게 사인을 보내고 있습니다!

소성, 숨을 몰아쉬며 땀을 흘린다.

CUT IN. 어린 시절의 한 장면. 민지가 누군가의 손을 잡고 가다가 뒤돌아서 어린 소성을 본다.

중년연사 바로 당신에게 찾아올 겁니다.

군중들이 모두 일어서서 박수를 치며 환호한다. 소성 옆으로 몇백 명의 사람이 갑자기 일어난 상황. 혼자만 앉아 있다.

CUT IN. 누군가의 손을 잡고 어둠 속으로 사라지는 민지. UFO가 착륙하는 소리(E)가 민지의 뒷모습과 오버랩된다.
앞쪽 영상에 UFO가 착륙하는 모습과 엄청난 착륙음이 나온다. UFO 착륙음을 듣는 소성의 동공이 커진다. 점점 더 커지는 UFO 사운드와 소성의 시선에 점점 더 현란해지는 화면. 소성이 숨을 몰아쉬며 정신을 잃는다.

#15 집회장 입구 / 밤

남자 둘이 소성을 부축해서 집회장을 나오고 있다. 정신이 있긴 하지만 축 늘어져서 거의 끌려 나오는 듯하다. 스태프로 보이는 남녀가 소성을 보고 다급하게 달려온다.

남스태프 아이구~ 이분 완전 카오스네! 카오스야!
여스태프 괜찮으세요? (소성의 이마를 짚어본다.)

여스태프, 소성의 얼굴을 보는데 왜인지 놀란 기색이다. 남스태프, 남자 둘에게서 소성을 받아 옆에 있는 의자에 앉힌다.
소성, 정신을 차리려고 고개를 흔드는데 여스태프가 물을 떠다 준다. 물을 받으려고 손을 올리며 여스태프의 얼굴 보는 소성, 여자의 얼굴이 희미하게 보인다. 그러다가 희미한 그 얼굴이 민지의 얼굴처럼 보인다. 소성이 여스태프의 얼굴을 자세히 들여다보자, 여스태프가 놀라서 물컵을 떨어뜨린다. 소성의 바지가 젖는다.

여스태프 어머! 죄송합니다.

주머니에서 손수건을 꺼내 닦아주는 여스태프. 정말 당황한 듯 보인다. 정신 차리는 소성, 여자의 얼굴을 자세히 쳐다보다 여자의 명찰로 시선을 옮긴다. '이선영'이라고 쓰여 있는 명찰. 여스태프 역시 고개를 숙이며 소성 점퍼에 달린 명찰을 유심히 본다. 둘의 모습을 이상하게 쳐다보는 남스태프, 고개를 갸웃한다.

여스태프 (눈치채고) 저, 아까 방송실에서 부르셔서 먼저 가볼게요.

먼저 자리를 피하는 여스태프, 종종걸음으로 도망치듯 사라진다.

그녀의 뒷모습을 유심히 보는 소성.

#16 집회장 간이사무실 / 밤

집회를 위해 임시로 차려놓은 사무실. 정돈되지 않은 책상 위에
노트북과 서류들이 어지럽게 놓여 있다. 사무실로 들어오는 여
스태프, 소성에게 물을 흘린 그 여자다. 명찰에 있는 이름과 달리
그녀의 본명은 민시나다. 까만 단발머리에 작은 얼굴, 하얀색 종
교단체 유니폼을 입고 있는 시나가 구석에 있는 사물함에서 종
교단체 로고가 그려진 큰 가방을 꺼낸다. 노트북 두 대를 우선 가
방에 챙겨 넣는다. 돌아다니며 서류들을 이것저것 훑어보던 시
나, 개인신상과 계좌정보 등이 담긴 파일을 복사한 후 역시 가방
에 챙겨 넣는다. 그때, 좀 전까지 함께 있던 남스태프가 사무실로
들어온다.

남스태프 어! 선영 씨 마침 여기 있네! 선영 씨가 어디 가지 말고
여기 있어 줘요. 집회 끝나서 밖에 어수선하니까.

시나 (태연하게 가방 정리하며, 밝은 미소) 네! 제가 있으려고 온

거예요!

남스태프 근데, 여기 내 자리에 있던 노트북 못 봤어?

시나 아까, 간사님이 강당으로 가져가시던데, 내일 강연 때문에
시연해보실 게 있다던데요?

남스태프 아……. (후다닥 나간다.)

남자가 간 것을 확인한 후, 책상 서랍들을 뒤지는 시나, 돈뭉치와
통장을 찾아낸 후 옆쪽 사물함에 가서 자신의 가방을 꺼내 매고
떠날 채비를 한다. 어디론가 전화를 거는 시나, 신호 대기음을 들
으며 다른 사물함에 있는 가방들도 뒤진다.

시나 간사님! 방금 정국 씨가, 오늘 유스호스텔에 먼저 선금을 줘
야 한다는데요! (사이) 네! 아니요. 우선 카드 가지고 ATM으로
가서 이체하려구요. 정국 씨가 바쁘다고 해서요. 비밀번호가……
(사이) 아! 그날이요? (애교) 당연히 알져- 제가 왜 모르겠어요.
간사님 생일이시잖아요.

시나, 태연하고 자연스럽게 전화를 하며 사무실을 나간다.

#17 길가 / 밤

통화하며 걸어가던 시나, 곧 전화를 끊는다. 전화기의 유심 카드를 제거하고 쓰레기통에 버린다. 경쾌하게, 뛰듯이 걷는 뒷모습. ATM 기계 소리 선행되며,

#18 ATM 앞 / 밤

ATM에서 100만 원씩 나오고 있다.

시나(E) (혼잣말) 아이고! 코스모스님, 이번 주에 600 버셨어요? 꼴랑? 이래 가지고, 어? 님들 오시겠어?

시나가 돈을 자기 가방에 챙겨 넣고 있다.

시나 이런 푼돈 내면서, 뭘 바라? 그러니까 니들 인생이 카오스지.

'카오스'란 말에 뭔가 생각난 듯 시나는 잠시 ATM기계 옆에 있는 거울에 얼굴을 비춰본다.

시나　(혼잣말) 들킨 건가⋯⋯.

#19 편의점 / 밤

바나나우유와 햄듬뿍샌드위치가 테이블에 놓여 있다. 검은 단발머리를 벗는 시나, 가발이었다. 머리를 흔들자 연갈색 파마머리가 어깨까지 내려온다. 샌드위치를 뜯어 우걱우걱 먹다가 가방에서 가지고 온 서류들을 꺼내 UFO 단체에 가입한 사람들의 신상정보를 하나씩 살펴본다. 빠르게 넘기다가 '진소성'이 나오자 자세히 더 들여다보는데, 나이, 주소, 전화번호, 직장 정보 등. 비고란에 '기부약속금액 1,000만 원'이 쓰여 있다.

시나　(혼잣말) 진소성⋯⋯ 한국미쓰무라 정밀기계 주임⋯⋯ 괜찮은데?

시나가 바나나우유를 쪽쪽 빨아 먹는다.

#20 소성의 동네 골목길 / 밤

소성, 집으로 걸어 올라가다가 어지러운 듯, 축대를 짚고 비틀비틀 가로등 밑에 멈춰 선다. 핸드폰을 꺼내 보는데, 아무 메시지도 없는 것을 보고는 '휴……' 하고 한숨을 쉰다.

#21 소성의 집 계단 / 밤

계단을 올라가는 소성, 핸드폰 진동을 느낀다. 핸드폰을 꺼내 보고는 황급히 뛰어 집으로 들어가는 소성.

#22 소성의 집

집으로 들어서는 소성. 가방을 거실에 아무렇게나 집어던지고 황급히 전화를 한다. 상대방이 받지 않자 계속 다시 전화를 하지만 끝내 받지 않는다. 핸드폰을 집어 던지는 소성. 그때, 핸드폰이 울린다. 황급히 보면, '발신번호제한'.

소성 여보세요?
누군가(F) …….
소성 장미야?! 장미야, 말해! 괜찮아.
누군가(F) 나 오성이다.
소성 …….

오성(F) 소성아, 나 600만 원만 해서 보내줘라.

소성 …….

오성(F) 진짜 이번이 마지막이야.

소성 …….

소성, 허탈한 듯, 맥이 탁 풀린다. 갑자기 슬픔이 몰려온다.

소성 형, 형은 나한테 뭐야?

오성(F) 넌 내 하나밖에 없는 동생이잖아.

소성 거짓말하지 마! 거짓말하지 말라고! 나한테 거짓말하지 마! 다들!

전화를 끊는 소성. 씩씩거리며 어디론가 다시 전화를 건다. 받지 않는다. 계속 전화를 건다. 미친 사람처럼. 그러다 전화를 내던지고는 싱크대 서랍에서 뭔가 찾는다. 검은 비닐봉지를 꺼내 밖으로 뛰쳐나간다.

#23 소성의 집 계단

소성이 흥분한 상태로 계단을 급하게 뛰어 내려가는데 웬일인지 경찰 둘이 소성의 집으로 올라오고 있다. 경찰들을 지나쳐 계단을 마구 내려가는데 올라가던 경찰들 "어…… 어……" 하면서 소성을 막아서려 하고 이를 보지 못한 소성이 저지하는 경찰들과 부딪혀 계단을 구른다.

#24 경찰서 유치장 / 밤

싸늘한 유치장 안. 노숙자 서너 명 무리를 지어 자고 있다. 얼굴에 약간의 찰과상이 난 채로 소성이 구석에 쪼그리고 앉아 있다. 집에서 가지고 나온 검은 비닐봉지를 만지작거리며 골똘히 보고 있다.

형사(E) 진소성씨! 나와 봐요!

#25 경찰서 조사계 / 밤

가죽점퍼를 입은 형사가 컴퓨터 앞에 앉아 있다. 피곤한 모습. 맞은편에 소성이 고개를 숙이고 앉아 있다.

형사 김장미 만나러 가려고 한 거죠? 어? 김장미 어디 있는지 알지?

소성 죽이러 가려고 했어요.

형사 그래서? 어딨는지 안다는 거잖아.

소성 (들릴 듯 말듯) 죽여버리려고······.

형사 하, 참. 소성 씨가 김장미 씨랑 좀······ 깊은 관계였다면서요.

소성 다 거짓말이었어요.

형사 뭐가 또 거짓말이야- (한숨) 김장미가 회삿돈 가지고 날랐잖아!

소성 ······.

형사 미치겠네······ 이보세요, 진소성 씨! 어차피 김장미랑 줄 그으면 당신이 일빠야! 김장미 어딨어? 김장미랑 사귀고, 계속 뭔가 모의하고 그랬다며. 회사 사람들 진술이 다 있어!

소성 ······.

형사 (자판 마구 두드리며) 미치겠구먼······ 이거······.

안경 쓴 형사가 서류를 들고 와서 가죽점퍼 입은 형사에게 슬쩍 말한다.

안경형사 선배님, 김장미가 사칭할 때 진소성 이름으로 서류 꾸미고, 경리니까 공장 비밀번호도 다 알고 있었던 거네요? (진소성을 턱으로 가리킨다.)

고개 숙이고 있던 진소성, 놀라서 안경형사를 쳐다본다.

형사 뭘- 놀라고 그래. 다 알면서. 김장미랑 어디까지 합의했어? 처음엔 합의했는데 나중에 배신당한거야? 그래서 죽이겠다고 그런 거지?

장미의 더 큰 거짓말을 알게 된 소성, 충격과 혼란에 표정이 굳는다. 그때, 소성의 시선이 어딘가에 고정된다. 소성의 아버지 진만기가 조사계로 들어오고 있다. 소성을 보고는 와서 형사들에게 꾸벅 인사를 하는 만기. 형사 둘과 차례로 악수하는 모습이 넉살좋다.

진만기 아이고! 고생이 많으십니다.

진만기, 들고 온 고급 건강음료를 책상에 슬그머니 올려놓고, 명함을 내민다. 받은 명함을 형사들이 슬쩍 내려다본다. '라이온스 클럽 강동지부 회장 진만기.'

진만기 (그제야 소성 보며) 얘가 일밖에 모르고 사회성이 좀 없어 놔서⋯⋯. 회사에 들러서 사정 이야기를 들어보니까, 꽃뱀을 만났나 보네요.

소성, 아버지 쪽을 쳐다보지 않고 고개를 숙인다.

진만기(E) 뭐 이놈이 도망치고 그럴 이유도 없고, 그럴 위인도
아닙니다. 하하! 내일 변호사 오면, 그때 다시…….
형사 (말 자르며) 아니, 지금 김장미 행방을 빨리 찾아야 하는데,
진소성 씨가 전혀 진술을 안 하시니까, 저희 쪽에서는 의심이 될
수밖에 없죠.
진만기 아이고, 그럼요- 맞는 말씀이시지요. 그렇지만 제가 애빈
데, 아들놈이 유치장에 있으니 맘이 편하지 않아서요. 윗분들께는
잘 말씀드려 놨으니까 형사님들도 밤엔 들어가시고, 좀 쉬셔야죠.

형사들, 어쩔 수 없다는 듯, 조사를 일단락하고 진만기는 넋 놓고
있는 소성을 데리고 조사계를 빠져나간다.

#26 경찰서 앞 / 밤

검은 세단과 운전사가 경찰서 주차장에 대기하고 있다.

소성 혼자 갈게요.

진만기 (소성을 본다.)

소성은 인사도 안 하고 혼자 정문 쪽으로 걸어간다. 진만기, 담배
를 한 대 꺼내 피운다.

진만기 (소성의 뒷모습 보며) 불쌍한 놈.

소성이 드넓은 경찰서 주차장을 가로질러 정문을 향하는데, 눈물
이 흐른다. 옆으로 만기의 세단이 지나간다. 줄줄 흐르는 눈물을
옷소매로 급하게 닦아보지만 주체할 수 없다. 주머니에 손을 넣더
니 뭔가 걸려서 꺼내 본다. 아까 들고 나왔던 검은 비닐봉지.

#27 학교 기계실습교실 / 낮 (회상)

세원기계공고, 기계실습교실. 친구들과 잡담 중인 불량학생 김창
수. 열여덟 살의 진소성, 살기 어린 표정으로 창수의 뒤로 접근한
다. 순식간에 손에 쥐고 있던 검은 비닐봉지를 창수의 얼굴에 씌우
고 세게 조인다. 창수, 순간적으로 질식되어 소리지른다.

창수 (버둥거리며) 뭐야, 씨발. 으아악!

꼭 잡고 절대 창수를 놓지 않는 소성. 이 모습을 보고 달려온 창수의 패거리들. 소성에게 달려들어 떼어놓으려 때리고, 잡아 뜯지만 맷집 좋게 버티는 소성. 창수는 숨이 막혀 몸이 축 늘어져버렸다. 패거리 학생 하나가 공구로 소성의 머리를 내려치려고 하는 순간, 학생주임이 교실에 들어온다. 독기 어린 소성, 학생주임을 보고도 창수를 꽉 잡고 있다.

학생주임 (창수 보며, 태연하게) 야! 어떻게 하냐? 얘 죽었다.

그제야 창수를 풀어주는 소성. 살아 있는 창수.

창수 (머리에서 봉지 빼며) 후아— 미친 새끼!!

돌아서, 소성에게 달려드는 창수. 학생주임, 창수에게 발을 건다. 그대로 소성 앞으로 쿵! 엎어지는 창수. 그 순간 학생주임이 소성의 귀싸대기를 날린다.

#28 학교 교무실 / 낮

통화 중인 학생주임. 그 옆에 맞은 얼굴이 부어오른 소성이 무릎 꿇고 앉아 있다.

학생주임 (통화 중) 네네. 어머니. 아파서 누워 계신다는데, 어쩔 수 없는 거죠. 그 대신 집에서 이야기 좀 따끔하게 해주십시오. 몸 조리 잘하시고, 네, 들어가세요.

전화를 끊자마자 소성의 머리를 출석부로 때린다.

학생주임 니네 형은 가출해서 사라져버리고, 너는 학교 와서 사람 죽이고, 니가 킬러냐? 너 돈은 받고 하는 거냐?

소성 …….

학생주임 너 또라이라매? 유명하더라. 물리 선생님만 너 감싸고 돌더만?

소성 …….

학생주임 UFO가 뭔가, 거기서 죽이라고 시켰냐?

소성 …….

학생주임 아휴, 애가 말이 없어……. 너 아버지는 없냐?

소성 있어요!

학생주임 어딨어?

소성 (안 들리게) 일본에…….

학생주임 너네 어머니도 참, 안되셨다.

#29 학교 담벼락 / 낮

외진 곳에서 소성이 창수 패거리들에게 둘러싸여 엄청나게 맞고 있다. 창수는 멀찍이 서서 담배를 피우고 있다.

패거리1 미친 새끼가 죽을라고 어디서 지랄이야!!

다른 패거리도 거친 욕을 하면서 소성을 마구 밟는데, 이를 보던 창수가 담배를 끄고 다가온다.

창수 야, 야. 그만해라.

피투성이가 되어 쓰러져 있는 소성을 창수가 들여다본다.

창수 외계인인 줄 알았는데, 피는 빨간 사람 새끼네. (간다.)

소성이 마지막 남은 힘을 모아 창수의 발목을 잡는다.

소성 야! 이 씨발 놈아! 아버지…… 나…… 아버지…… 있어. 일본에…….

창수가 소성을 보며 한참을 그대로 서 있다가 다리를 털어 소성을 떼어낸다. 소성은 정신을 잃는다.

창수 야! 애 업어!

패거리들, 창수의 말에 당황하여 우왕좌왕하다가 소성을 엎고 간다.

#30 기계공장 / 아침 (현재)

회사 점퍼를 입은 소성이 기계를 고치고 있는데 후배직원이 와서 부른다.

후배직원 선배님.

소성은 듣지 못하고 기계 고치는 것에 열중하고 있다.

후배직원 (좀 더 크게) 선배님!

소성이 그제야 후배를 본다.

소성 (차갑게) 내가 기계 후드 열었을 때는 부르지 말라고 했지.
후배직원 지금, 소장님한테 가보셔야 될 것 같은데요…….
소성 이미 열었으니까 지금은 안 된다고 말씀드려. (다시 기계를 본다.)
후배직원 (강경하게) 선배님, 지금 가셔야 돼요.
소성 언제부터 니가 나한테 명령했냐.
후배직원 (시큰둥) 김장미 때문에 부르시는 거예요. 지금 안 가시면 경비 불러서 끌어내라고 하시더라구요. (휙 가버린다.)

소성은 당황과 분노가 섞인 표정이다. 부르르 떨리는 손으로 후드를 닫는다.

#31 기계공장 소장실 / 낮

소장이 누군가와 심각한 이야기를 주고받으며 통화 중이다. 소성이 문을 열고 소장실로 들어온다. 벽이 유리로 되어 있어 밖의 공장이 한눈에 보인다. 대충 목례하고 소파에 앉는 소성을 소장이 곱지 않게 쳐다보더니, 전화를 끊고 맞은편에 앉으며 담배를 꺼내 문다.

소장 내가 그제부터 담배 다시 피워.
소성 ……. (고개 숙인 채 장갑만 만지작거린다.)
소장 심장이 자꾸 떨려서…….

소장이 얼마 피우지도 않은 담배를 신경질적으로 눌러서 끈다.

소장 어떻게 할 거야? 소성 씨.

소성이 그제야 소장의 얼굴 본다.

소장 회사에서 정식으로 소성 씨 고소할 수도 있어!

소성이 시선을 공장으로 돌린다. 공장 사람들이 바쁘게 돌아다닌다.

소장(E) (격한 말투) 김장미 찾아오든가! 소성 씨가 보안 사항 누설죄로 징역 가든가! 김장미가 가지고 나른 돈! 그 돈! 내놓든가!

소성의 시선으로 보이는 공장의 모습, 1년 전으로 서서히 변한다.

#32 기계공장 / 낮 (1년 전)

김장미가 소성에게 다가온다. 정밀기계의 후드를 열고 점검 중인 소성은 인기척을 느끼지 못한다.

장미 (얼쩡거리며) 항상 공장에만 계시네요. 다른 사람들은 사무실에 들어와 있기도 하는데…….

소성 (장미를 본다.) 아, 네. (다시 기계에 열중한다.)

장미 (민망하지만 다시) 지난번엔 감사했어요.

소성 ……. (여전히 기계에만 열중한다.)

장미 지난번에 일본 본사에서 전화 왔을 때, 도와주셔서 감사해요.

소성 ……. (못 들은 것처럼)

장미 제가 JPT 공부도 했는데 실제 대화할 때 어려운 말은 잘 못

해요.

소성 …….

장미 그때 제 이름도 안 물어보시구 그냥 가시더라구요. 김장미
예요.

소성 (그제야 고개 들고) 저, 후드 열면 말 안 합니다.

장미 (민망) 아…… 네, 그럼 저 갈게요. (간다.)

장미가 가면서 소성을 본다. 공장의 다른 직원에 비해 전체적으로
깔끔한 소성이 멋있어 보이기도 한다. 그러나 점퍼 안에 입는 티
셔츠가 삐져나와 있는데 끝에 기름때가 묻어 있다.

장미 소성 씨!

소성 (돌아본다) …….

장미 티셔츠가 더러워졌어요. (손가락으로 가리킨다.)

티셔츠를 보는 소성, 정말 깨끗한 티셔츠에 흉하게 기름때가 묻어
있다.

장미 빨아 드릴까요? 세제로 지금 빨리 문지르면 되는데…….

소성이 티셔츠와 장미를 번갈아 보며 고민한다.

#33 기계공장 소장실 / 낮 (다시 현재)

멍하니 공장을 보고 있는, 아니 장미를 생각하고 있는 소성.

소장 (버럭) 야! 나가! 나가!

소성 (소장 보며) 제가 책임지고 그만두겠습니다.

소장 니가 어떻게 책임을 질 건데? 어? 원래 넌 자르려고 했어!
어떻게 책임질 건데? 어?

소성이 일어나서 나간다.

소장 미친놈이, 기계 보는 재주 좀 있다고 오냐오냐 해줬더니.

#34 소성의 집 계단 / 저녁

회사에서 정리해온 개인 짐 상자를 안고 계단을 올라가던 소성이
문득 돌아서 올라온 계단을 내려다본다. 소성의 눈에 장미의 환상
이 보인다.
CUT IN. 계단에서 구르는 장미. 장미 뒤에서 내려오던 소성, 놀라
서 뛰어 내려간다.

소성　괜찮아요?

치마 밑으로 드러난 장미의 다리가 긁혀, 피가 배어난다. CUT
OUT.

소성이 나머지 계단을 힘없이 올라, 집으로 들어간다.

#35 소성의 집

집에 들어와 짐을 내려놓는 소성. 거실을 보면, 과거의 장미와 소
성이 앉아 있다. 소성의 환상이 계속된다.
CUT IN. 장미가 피가 밴 다리를 소성에게 내밀고 있고, 소성은 장
미의 다리에 약을 발라주고 있다. 긴장한 듯 장미의 하얗고 얇은
다리에 조심스럽게 약을 바른다. 약을 바르다가 가까워지는 소성
과 장미의 얼굴 장미가 소성에게 키스를 한다. 천천히 조심스럽게
시작하다가 서로를 끌어안으며 점점 격렬해진다. CUT OUT.
(시간 경과) 불 꺼진 소성의 방 안 곳곳에 붙어 있는 UFO 사진들.
소성이 침대에 누워 천장을 보고 있다. 대형 우주 사진이 뒤덮고
있는 천장은 보고 있으면 진짜 우주에 와 있는 것 같다.

장미(E) 예쁘다. 멀리서 보면, 다 멋져 보이는 것 같아.

장미와의 추억으로 빠져든다.

#36 소성의 집 / 밤 (장미와의 과거)

소성과 장미가 천장을 보며 함께 누워 있다.

소성 우주에 있는 꿈을 꿔. 그런데 혼자 있어. 혼자 뭔가 찾아다
녀. 그런 꿈 있잖아. 넌 자기 전에 무슨 생각해?

장미 글쎄……. 딴에는 굉장히 용기를 내서 했던 말이었는데 남
들은 알아주지 않았던 말들…….

소성 그런 건 잊어버려!

장미 어떻게?

소성 쿠따미나 코파파 혼혼…… 후로두두 혼혼…… 쿠파파 미미
노마…….

장미 크크크크큭.

너무 웃겨서 몸을 비틀던 장미가 소성에게 안긴다.

장미 그게 뭔데?

소성 (장난스럽게) 외계 언어!

장미 치, 말도 안 돼 (몸을 돌린다.)

소성 진짜야. 계속 사인을 보내면 지구에 돌아다니던 UFO가 착륙해.

장미 여기에?

소성 (끄덕끄덕)

장미 왜 오는데?

소성 돌려줄 게 있어서.

장미 그게 뭔데?

소성 갑자기 없어져버린 것들? (농담 반 진담 반) 잘 생각해봐. 그게 다 어디로 갔을지.

장미 (잠시 생각한다.) 뭔지 알 것 같아…….

소성이 장미의 머리와 얼굴을 쓰다듬으며 한참을 본다. 키스한다.

#37 소성의 집 / 아침 (현재)

아침 햇살이 들어오는 가운데 소성이 침대에 엎드린 채로 눈을 뜬다. 소성이 햇살에 눈이 부셔 찡그리다 다시 눈을 감는다. 그때, 문 두드리는 소리가 들린다. 소성이 현관문을 열자 문 앞에 여자아이가 서 있다. 김나래, 일곱 살쯤 돼 보인다. 도발적인 눈빛으로 소성을 쳐다보고 있는 나래. 한두 번 찾아온 게 아닌 듯, 소성이 한숨을 쉰다.

나래 토요일인데 공터에 안 나와요?
소성 집에 가라.
나래 아저씨가 안 나오니까 나 혼자 놀잖아요.
소성 난 노는 거 아니야.

소성이 주방에서 비엔나소시지 몇 개 가져다 나래에게 쥐어 준다.

소성 이제 집에 가, 알았지? (문을 닫는다.)

가지 않고, 문 앞에 서서 얼쩡대는 나래.

#38 길가 / 낮

한국미쓰무라 공장 건너편 길가. 신호등이 있는 작은 도로를 뒤로 공장 건물이 보인다. 신호등 바로 앞에 있는 식당 안에서 밥을 먹고 있는 민시나. 밥은 먹는 둥 마는 둥, 공장 쪽을 주시하고 있다.

#39 기계공장 근처 식당 / 오전

시나가 공장 쪽을 주시하며 한 숟가락씩 천천히 김치찌개를 떠먹고 있다. 옆에는 커다란 캐리어와 쇼핑백 등 너저분한 짐들이 놓여 있다. 그와는 대조적으로 시나는 여성스러운 꽃무늬 원피스를 입고 있다. 주인아줌마가 지나가며 눈치를 준다.

주인 (혼잣말, 궁시렁) 제일 싼 김치찌개 시켜놓고, 하루 죙일 있네. 하루 죙일 있어. 점심시간 닥치는데 왜 안 일어나? 혼자서 저 테이블을 다 쓰네. 쯧쯧.

시나는 아랑곳없이 시계를 보며, 건너편 공장을 주시한다.

INSERT. 공장에서 사람들이 쏟아져 나오고 곧, 한두 사람씩 식당으로 들어온다. 바빠지는 식당 안, 뭔가 찾는 시나의 눈도 점점 **빨**라진다.

주인 아가씨!! 짐 좀 바닥에 내려놔요. 손님들 앉을 자리가 없네.

시나, 짜증 나지만 어쩔 수 없다는 듯, 짐을 옆으로 치운다.

공장 사람들 더 들어온다.

주인 (시나의 테이블에 손님 둘 앉히며) 여기 앉으세요! (시나에게) 여기 테이블 좀 같이 씁시다!

시나, 불쾌한 표정으로 주인을 쳐다보다가 앞에 앉은 사람들의 점퍼를 보고 표정이 바뀐다. 두 사람 점퍼에 '한국미쓰무라 정밀기계'라고 쓰여 있다. 그중 한 명은 공장에서 본 소성의 후배다.

다른후배 그래서, 찾았어?

후배 찾긴, 그런 거 찾기 쉽나.

다른후배 그럼 소성 선배가 뒤집어쓰는 거야?

시나, 김치찌개 떠먹다 '소성'이라는 말에 주의를 집중한다.

후배 뒤집어쓰긴 자업자득이지. 걔 원래 재수 없었어.

다른후배 그럼 잘린 거야? 자기가 나갔다며, 실력은 좋았는데.

후배 야! 그게 지 발로 나간 거면 어? (흥분) 여기 김치찌개 내 돈 주고 사 먹는 거라고 말하는 거랑 뭐가 달라? 엉? 식권 때문에 오는 거 다 아는데!!

다른 테이블 닦으며, 살짝 째려보는 주인아줌마.

다른후배 그럼 돈은? 소성 선배가 감옥 가는 거야?

시나, 표정이 일그러져 간다.

후배 야! 경찰서를 가기는, 너 그 돈 어떻게 했는지 몰라?
다른후배 그럼 소성 선배가 다 갚았어?
후배 참나! 그 재수 없는 놈이 왜 그렇게 재수 없는 놈인가 봤더
니 아주 대대로 재수가 없더만. 아버지란 사람이 와서는 김장미
찾아서 혐의 벗을 때까지 그 돈을 보증금으로 맡겨놓겠다면서, 현
금 박치기 하고 갔어!
다른후배 와! 한 번에 6억? 아무리 보증금이어도…….

시나의 얼굴에 갑자기 화색이 돌며 김치찌개를 마구 퍼먹는다.

시나 그러니까, 진소성 씨가 이제 거기 안 다니신다는 거죠?

화들짝 놀라는 후배 둘.

후배　아니, 그쪽이 진소성 씨 어떻게 알아요?

시나　아…… 사실, 저 진소성 씨 만나러 여기 왔는데, 폰이 꺼져 있어서.

시나는 아까와 다르게 남은 밥을 푹푹 퍼서 빠르게 먹고는 빠르게 짐 챙겨서 나간다.

다른후배　오늘 소성 선배 찾아오는 사람 많네.

후배　누구 또 있었어?

다른후배　응.

후배　하여튼 꼭 재수 없는 것들이 여자가 꼬여요.

다른후배　여자 아니야!

#40 길가

식당에서 나온 시나, 신호등을 건너려다 건너편 공장 앞을 서성이고 있는 늙은 노숙자를 본다. 순간, 손에 든 쇼핑백을 떨어뜨린다. 노숙자는 장씨다. #1의 모습이 아닌 백발에 노숙자 차림이 되었지만, 얼굴은 하나도 변하지 않았다. 시나가 떨리는 손으로 쇼핑 백을 주워 들다가 또 다른 짐을 떨어뜨린다. 급하게 짐을 챙기는 시나의 얼굴에 두려움이 가득하다.

#41 소성의 동네 공터 / 낮

잡풀이 군데군데 있는 허름한 동네 공터, 소성이 긴 나무막대기로 흙바닥에 크게 원(미스터리 서클)을 그리고 있다. 덥수룩한 수염 이 초췌해 보인다. 바닥에 그려진 원을 보더니, 다시 더 크게 다시 보고, 더 크게 그리고, 지우고, 다시 그리고 지우고 한다. 이런 소 성을 나래가 멀찍이서 지켜보고 있다.

#42 모텔 방 안 / 낮

시나가 좁고 허름한 모텔 방으로 들어선다. 캐리어며 쇼핑백 등 들고 있는 짐들을 바닥에 우르르 내려놓고는 침대에 털썩 앉는데, 충격을 받은 모습이다. 침대로 쓰러지는 시나, 생각에 잠긴다.

#43 장씨의 집 / 낮 (시나의 어린 시절 회상)

서른다섯 살의 장씨가 밥상을 들고 방으로 들어온다. 방 안에서 민지(7세)와 시나(5세), 두 여자아이가 놀고 있다. 꼬질꼬질한 민지와 시나, 밥상 위에 비엔나소시지를 보고 좋아한다. 비엔나소시지, 계란, 어묵 같은 아이들이 좋아할 반찬으로 차려진 밥상. 장씨가 아이들의 반응에 자기도 아이처럼 좋아한다.

장씨 비엔나소시지 좋아하는구나?

시나 네! 네! 저 줄줄이 소시지 제- 일 좋아해요!

장씨 많이 먹어! 아직도 많이 남았으니까 먹고 싶으면 언제든지 오면 돼…….

민지와 시나, 게걸스럽게 밥을 먹기 시작한다. 둘의 먹는 모습을 보며 좋아하는 장씨, 시나의 머리를 쓰다듬는데……. 시나를 쓰다듬는 장씨의 손길을 본 민지의 표정이 안 좋아지고 곧, 장씨의 손길은 민지에게 옮겨와 민지의 머리를 쓰다듬는다. 몸을 움츠리는 민지. 장씨의 손길이 민지의 귀와 목을 타고 밑으로 점점 내려간다. 민지, 밥을 먹으면서도 계속 표정이 일그러지고……. 장씨의 손, 민지의 목을 타고 내려가다 윗옷 속으로 손을 집어넣는다. 당황해서, 민지가 뒤로 물러나고 시나는 옷 속에 들어가 있는 장씨의 손으로 눈길이 간다. 장씨, 슬그머니 손을 뺀다.

장씨 얘들아, 너네 소시지 더 줄까?
시나 네! 네! 더 주세요!

장씨, 방을 나가 부엌으로 간다. 시나는 여전히 밥을 맛있게 먹고 있다.

민지 시나야! 집에 가야 돼!
시나 왜- 에, 싫어 다 먹고 갈거야.
민지 안 돼! 아저씨가 또 이상해졌단 말야!
시나 몰라, 싫어 더 먹을 거야!

민지, 주변에 있는 휴지로 남은 비엔나소시지를 싸서 주머니에 넣는다.

민지 됐지? 이거 나가서 먹자!

시나의 손을 잡고 조심조심 방을 나가는 민지.

#44 장씨의 집 앞

조심조심 방문을 닫고 마당으로 나가는 민지와 시나. 그때, 부엌에서 나오던 장씨가 둘을 본다.

장씨   어디 가니?

화들짝 놀라 장씨를 보는 민지와 시나.

장씨   밥 다 먹은 거야? 밥 남기면 아저씨가 싫어하는 거 알지? 그럼 다음에는 밥 먹으러 오라고 안 할 거야.

시나가 시무룩해진다.

시나   밥 다 안 먹었는데, 민지 언니가 가자고 했어요…….

장씨의 얼굴이 화가 나서 시뻘겋게 변한다. 민지가 시나의 손을 끌고 빨리 가려고 하는데, 주머니에서 비엔나소시지가 툭 떨어진다.

장씨   그건 뭐니?

민지가 당황한다.

시나　언니가 밖에 나가서 먹자고 했어요.

장씨　민지야! 너 그거 도둑질이야!

민지에게 다가가 주머니에서 비엔나를 싼 휴지 덩어리를 꺼내는 장씨, 화가 나서 손길이 거칠다.

장씨　너! 아저씨가 잘해줬더니, 아저씨네 집에서 도둑질을 해?

민지　(울먹) 아니에요. 아저씨, 그냥 시나랑 먹으려구요. 할머니가 빨리 오라고 했어요.

장씨　다른 거 더 훔친 거 없는지 봐야겠다.

민지　(운다) 아저씨 잘못했어요…….

시나, 민지가 울자 따라서 울기 시작한다.

장씨　시나는 집에 가! 민지 너 안 되겠다. 아저씨한테 혼나야지!

장씨가 민지의 손을 거칠게 끌어 방으로 데리고 들어가고 시나는 계속 운다.

시나 아저씨 잘못했어요! 아저씨, 제가 소시지 가지고 가자고 한 거예요. 민지 언니가 그런 거 아니에요.

장씨 그럼! 시나도 들어가서 같이 혼날래? 뚝 안 그쳐!

시나가 두려움에 울음을 뚝 그치자 민지가 시나에게 어서 가라고 손짓을 한다.

장씨 너네 안 되겠다. 경찰서로 가야겠다!

민지 시나야! 빨리 가! 그냥 가!

잠시 망설이던 시나가 울면서 대문 밖으로 뛰어나온다.

#45 모텔방 / 밤 (다시 현재)

시나가 옷 입은 채로 침대 위에 웅크려 자고 있다. 악몽을 꾸고 있는지 몸을 계속 더 웅크리며 괴로워한다. 눈물을 흘리고 있다.

#46 소성의 동네, 공터 / 밤

자신이 그린 원 안에 서 있는 소성, 손에 들고 있는 농약을 보며 망설이고 있는데…… 바람에 날리고 있는 검은 비닐봉지가 보인다. 그 비닐봉지를 한참이나 쳐다보던 소성이 농약을 집어넣고, 집으로 돌아간다.

#47 휴대전화 대리점 / 낮

검은 생머리 가발을 쓴 시나, 핸드폰 계약서를 쓰고 있다. 짧은 미니스커트, 눈에 띄게 가슴이 확 파진 옷을 입고 계약서에 정서연이라고 쓰고 있다. 당당히 사인을 한다. 숙인 시나의 가슴으로 눈길을 주고 있는 대리점 남자 직원, 뺀질뺀질하고 불량해 보이는 인상이다.

직원 신분증 좀 주시겠어요?

시나가 지갑에서 신분증을 꺼낸다. '정서연'의 주민등록증. 직원이 신분증을 보고, 시나를 다시 본다.

시나 왜요? 실물이 낫죠? 제가 살을 좀 많이 뺐어요. 계속 보시면 정말 민망하다. 저 이것 땜에 망신당하는 거 한두 번 아닌데…….
(미소)

직원이 웃으면서 신분증을 들고 잠시 안에 들어갔다 다시 돌아와 돌려준다.

직원 문제 생기면 꼭 연락 주시구요. 아! 다음 주에 제가 케이스 하나 공짜로 드릴 테니까 들러주세요. 꼭 들러주세요! 그리고 폰 써보시고 맘에 드시면 저 밥 사 주셔야 돼요! 그거 정말 공짜로 드리는 거니까. (음흉한 미소)
시나 (웃으며) 네! 그럴게요.

시나가 밝은 미소로 고개 숙여 인사하고 직원은 여전히 시나의 가슴에서 눈을 떼지 못한다.

#48 길가

대리점에서 나온 시나가 어디론가 전화를 건다. 받지 않는다. 방금 건 전화번호를 저장한다. '진소성.'

#49 소성의 동네, 공터 / 낮

소성이 하릴없이 동네 공터에서 미스터리 서클 무늬를 그리고 있고, 그런 소성을 나래가 졸졸 따라다닌다.

나래 (무늬 보며) 아저씨! 이게 뭐예요?

소성 ……. 집에 가라.

나래는 무시당해 화가 났는지 씩씩거리다가 집으로 가려고 한다. 소성은 가는 나래를 그냥 둔다. 나래가 가던 길을 돌아 다시 소성에게 온다. 언제 그랬냐는 듯 화가 싹 풀렸다.

나래 아저씨! 근데 아저씨 왜 회사 안 나가요?

소성 …….

나래 아저씨 왜 그 점퍼도 안 입고 다녀요? 옛날엔 이름 써진 파란 점퍼만 입고 다녔었잖아요.

소성 아저씨, 회사 이제 안 다니니까 점퍼도 안 입어.

나래 왜 이제 회사 안 나가요?

소성 회사에서 나오지 말래.

나래 ……왜요?

소성이 바닥의 쓰레기들 중에 검은 비닐봉지 가리키며,

소성 저거 보이니?

나래 네, 봉지…….

소성 저 봉지는 쓸모가 많지만, 아무것도 안 할 때는 그냥 쓰레기인 거야. 사람은 다 그래. 뭔가 쓸모 있는 일을 하지 않으면 저 비닐봉지처럼 그냥 쓰레기 같은 거야.

나래 …….

나래가 시무룩해져 집으로 간다. 소성은 바닥에 그린 미스터리 서클 무늬를 본다. 바닥에 앉아 옆에 있는 검은 비닐봉지를 쳐다본다.

#50 공원 화장실 전경 / 낮

푸른 나무들이 가득한 공원 한가운데, 화장실. 이 평화로운 풍경 가운데 누군가의 처절한 구토 소리가 들려온다.

#51 공원 화장실 안 / 낮

아무도 없는 화장실 안, 처절한 구토 소리가 이어지다가 곧 그친다. 소리가 나던 칸에서 노숙자 장씨가 나온다. 세면대에서 얼굴을 씻고, 품에서 약을 꺼내는데, 약통이 묵직하다. 약을 한 움큼 꺼내 입에 털어 넣는 장씨, 여전히 고통이 계속되는지 얼굴이 일그러진다.

#52 공원 / 낮

장씨가 화장실에서 나와 벤치에 앉는다. 조금 떨어진 잔디밭에서 놀고 있는 아이들을 보는데 얼굴이 밝지 않다. 희미한 미소를 지으며 고개를 숙인다. 갑자기 통증이 이는지 배를 움켜쥐며 힘없이 드러눕는다. 눕자, 장씨의 시선으로 하늘이 보인다. 푸르고 평화로운 하늘.

장씨 (혼잣말) 잘살고 있니?

장씨가 식은땀을 흘리며 정신을 잃는다.

#53 공원, 관리사무실 / 저녁

소성이 공익요원의 안내를 받아 사무실로 들어온다. 장씨가 사무실 긴 의자에 누워 있다. 땀을 뻘뻘 흘리고 있다. 소성이 장씨를 보고 놀란다.

소성　아저씨…….

책상에 앉아 있는 사무실 직원, 소성을 보고 반가워한다.

사무실 직원　아시는 분 맞으시죠?

장씨가 그제야 천천히 고개를 돌려 소성을 본다. 두 사람 눈이 마주친다. 둘 다 외면하지 않는다. 이 눈치를 채고는 사무실 직원은 안도의 한숨 내쉰다.

사무실 직원　아무리 얘기를 해도, 병원에 안 가신다고…….

소성이 장씨에게 다가간다.

소성　장씨 아저씨……? 아저씨…… 정말 맞아요?

장씨가 소성에게 손을 내민다. 사실 허공에 휘저은 것일 수도 있는데, 소성은 장씨의 손을 잡는다. 옆에 있던 공익요원,

공익요원　여기 이 아저씨 아세요?

소성 (고개 끄덕)……

공익요원 공원에 쓰러져 계시는데, 연락을 해달라고 해서요. 그럼 데리고 가세요.

장씨, 스르르 일어난다. 24년 전과 다르게 눈빛이 단호하고 당당해 보이는 장씨의 모습, 얼굴은 예전과 똑같지만 다른 사람 같은 분위기를 낸다. 소성, 그런 장씨를 보며 고민한다.

#54 어린 소성의 동네 공터 / 해 질 녘 (회상)

아무도 없는 공터에 쭈그리고 앉아서 혼자 놀고 있는 일곱 살의 진소성, 꼬질꼬질하다. 나뭇가지로 의미 없이 바닥을 파고 있다. 심심하다는 듯. 그때 누군가 뛰어오는 소리 들려 돌아보면 민지다. 소성의 표정이 확 밝아진다.

민지 (숨을 헐떡거리며) 소성아, 이거 먹어 (손을 내민다.)

민지 손엔 비엔나소시지 세 개가 있다. (시간 경과) 민지와 소성이 종이 박스로 공터 구석에 만들어 놓은 집에서 소꿉놀이를 하는데 민지가 신문지로 만든 접시에 비엔나소시지 올려놓는다.

민지 여보, 밥 드세요.

소성이 소시지를 집어 조금씩 아껴먹는다.

소성 여보도 먹어요. (민지에게 하나 집어준다.)
민지 난 많이 먹었어. 장씨 아저씨가 계속 줬어.
소성 진짜 좋겠다. (소시지 조금씩 뜯어먹는다.)

그때, 민지를 부르는 할머니 목소리가 들린다. 민지가 벌떡 일어
서서 할머니에게 손짓한다.

민지 할머니 (멀리서) 밥 먹으러 가자! 민지야! 어여 와–
민지 소성아 안녕!

소성 볼에 뽀뽀를 하고 가는 민지. 헤벌레 웃는 소성.
(시간 경과) 민지가 준 소시지를 조금씩, 아껴서 뜯어먹고 있는
소성, 문득 돌아보니 주위가 어둑어둑해졌고 아무도 없다. 소시지
를 다 먹은 소성, 배에서 꼬르륵 소리가 난다. 누군가 소성을 내려
다보고 있다. 소성 올려다보면, 장씨다.

장씨 배고프지? 아저씨네 집으로 밥 먹으러 갈래?

소성이 고개를 끄덕인다.

#55 장씨의 집 안 / 저녁

비엔나소시지와 계란 등 아이들 좋아하는 반찬으로 차려진 밥상.
소성이 허겁지겁 먹고 있다. 맞은편에 앉은 장씨, 물을 따라 소성
옆에 놔준다.

장씨 천천히 먹어, 체하겠다.

너무 급하게 먹었는지 컥컥거리던 소성, 장씨가 따라준 물을 마
신다.

소성 아저씨는 부자인가 봐요.
장씨 아니야.
소성 아저씨네 집에 비엔나소시지 많잖아요.
장씨 응 아주 많아, 먹으러 와.
소성 고맙습니다.

장씨가 소성의 고맙다는 말에 활짝 웃는다. 맘씨 좋아 보이는 웃음이다.

소성 아저씨가 우리 아빠였으면 좋겠어요.

장씨 너희 아빠는 어떻게 하고?

소성 우리 아빠는 죽어버렸으면 좋겠어요.

장씨 그렇게 말하는 거 아니야……. 소성이 비엔나소시지 사주시려고 멀리 나가서 돈 벌고 계신 거야. 아! 맞다. 너희 아빠가 너주라고 비엔나소시지 많이 사주고 가셨어. 그래서 아저씨 집에 소시지 많은 거야.

소성 거짓말.

장씨 진짜야, 그러니까 소시지 먹으러 매일 와도 돼.

소성 진짜……요?

장씨 응, 소성이 잘 지내나 아저씨보고 보라고 했어.

소성 진짜, 우리 아빠가 그랬어요?

장씨가 미소로 답한다. 소성이 다시 밥을 맛있게 먹는데, 한결 밝아진 표정이다.

#56 공원 / 밤 (다시 현재)

장씨와 소성이 조금 떨어진 채로 나란히 걷고 있다. 어색하지만 정겨운 분위기다. 여름밤의 정취와 울창한 공원의 나무들이 비밀스러운 분위기를 만들어준다.

소성 정말 이상하죠 아저씨. 저도 예전에 길바닥에 쓰러졌거든요. 그때 누가 절 데리고 병원에 가줬어요. 근데, 그때 제 꿈에 아저씨가 나오신 거예요. 아저씨가 절 데려다주셨어요.

장씨 (희미하게 웃는다.)

소성 병원에선 아니래요. 젊은 남자 두 명이 데려다줬다고 하더라구요. 저 그때 죽을 뻔했는데…… 그 사람들이 은인인지 원수인지. 훗, 아직은 모르겠네요.

소성은 들뜬 아이처럼 발걸음이 경쾌하고, 기분도 좋아 보인다.

장씨 나, 너한테 해줄 이야기가 있다.

멈춰서는 소성. 장씨도 선다.

소성 너무 오랜만이잖아요. 듣고 싶은 이야기가 많아요. 다 해주실 수 있으세요?

망설이는 장씨.

장씨 그러마.

다시 걷는 두 사람. 매미 우는 소리가 요란해지기 시작한다.

#57 소성의 집 안 / 저녁

배낭 하나를 덜렁 맨 만년 노숙자 차림새의 장씨가 소성과 함께 들어온다. 장씨가 깨끗한 집 안에 신발 벗고 들어가기가 갑자기 어색해하자 소성이 먼저 신발 벗고 들어간다.

소성 식사는 하셨어요?

(시간 경과) 작은 식탁엔 비엔나소시지와 계란 등으로 밥상이 차려져 있다. 옛날처럼, 소성과 장씨가 함께 밥을 먹는다. 얼굴이 부숭부숭하고 창백한 장씨, 건강이 많이 안 좋아 보인다.

소성   아저씨…….

장씨   음?

소성   …….

장씨가 갑자기 속이 안 좋은지 기침을 하다 구역질을 한다. 소성
이 장씨를 데리고 화장실로 간다.

소성   아저씨? 괜찮으세요? 병원으로 가셔야겠어요.

장씨   병원은 안 돼.

화장실 변기에 구토를 하던 장씨가 쓰러진다.

장씨   (죽어가는 목소리) 병원은 안 돼.

소성   (부축하며) 알았어요.

#58 술집 / 밤

시나와 휴드폰 대리점 직원(기준, 30세)이 술을 마시고 있다. 둘
다 많이 취해서 서로를 바라보고 있는 묘한 분위기다.

시나 저 그만 마셔야 돼요. 기준 씨도 그만 드세요.

기준 (시나 술잔에 술 따르며) 에이- 한 잔만 더해요.

시나 제가 내일 중요한 일을 하러 가야 하거든요.

기준 뭔지 알 것 같은데요?

시나 뭔데요?

기준 맞추면 뭐 해주실 거예요? (음흉한 미소)

시나 원하는 건 다……. (미소)

기준 내일, 남자 만나러 가죠?

#59 러브모텔 안 / 밤

시나와 기준이 알몸으로 자고 있다. 열린 창으로 들어오는 네온 불빛이 둘의 몸을 비추고 있다. 스르르 일어나는 시나, 속옷과 윗옷을 주워 입은 후, 팬티 바람으로 창가에 앉아 담배를 피운다. 창밖으로 연기를 내뿜는 쓸쓸한 표정의 시나, 고개를 돌려 자는 기준을 힐끗 보다, 장난스럽게 기준 쪽으로 연기를 후- 내뿜는다. 담배 연기가 훅 끼치는데도 기준은 곤하게 자고 있다. 시나가 더 가까이 가서 기준에게 담배 연기를 내뿜는다. 여전히 곤히 자고 있다. 이번에는 담뱃재를 기준의 팔에 톡톡 털어본다. 반응이 없다. 깊은 잠에 빠진 듯하다. 시나가 치마를 챙겨 입고, 소지품을 챙긴

후, 기준의 윗옷을 뒤진다. 지갑이 나오고, 운전면허증을 보는데 본명이 '기준'이 아니라 '기봉'이다.

시나 (웃으며 혼잣말) 어-쭈-! (하다가 뭔가 불안한 표정)

잠시 자는 기봉을 쳐다보던 시나가 고개를 가로젓는다.

시나 (혼잣말) 그냥 딱 기봉이네……. 후훗.

시나, 현금이 두둑한 기봉의 지갑을 들고 유유히 방을 나간다. 문 소리와 도어락 소리에도 깨지 않는 기준, 아니 기봉.

#60 소성의 동네 길가 / 낮

단정한 차림의 시나가 소성의 집을 찾으려 두리번거리는데 멀리 보이는 공터에 서 있는 소성을 본다.

#61 공터

시나가 공터에 들어선다. 긴 막대로 바닥에 미스터리 서클 무늬를 그리고 있는 소성과 그 옆에 쪼그리고 앉아 있는 나래도 보인다. 시나가 천천히 소성 쪽으로 걸어가며 소성과 점점 가까워져 간다. 자신만만하던 시나의 표정이 소성과 가까워질수록 긴장한다. 잠시 멈춰 서는 시나. 소성을 보고는 우두커니 서서 생각에 빠진다.

#62 시나의 집 전경 / 오후 (시나의 회상)

달동네, 다 쓰러져가는 시나의 집 전경. 그곳으로 들어가는 창수와 패거리들, 그중에 한 명은 열여덟 살의 소성이다.

#63 시나의 집 안 / 오후

교복을 입고 있는 열여섯 살의 시나가 무서운 눈으로 노려보고 서 있다. 손바닥만 한 마당에서 시나와 창수, 패거리들과 소성이 대치 중이다. 창수가 한 걸음 시나에게 다가가자, 시나가 한 걸음 뒤로 물러난다. 불량스러운 자세로 서 있는 패거리 세 명 뒤로 소성이 쭈뼛거리고 있다. 패거리들이 휘파람을 분다. 시나가 열린 방문 틈 안을 보면, 할머니가 누워 있다. 많이 아프신 듯 옆에는 약봉지가 가득 쌓여 있다.

시나 조용히 해!

패거리1 아! 우리도 조용히 일만 치르고 갈 거야-

시나 (낮게) 꺼져! 이 개새끼들아…….

창수는 아랑곳없이 시나에게 성큼성큼 다가간다. 시나가 비명을 지르며 바로 옆방으로 도망간다. 문틈 사이로 보이는 할머니, 시나의 비명에도 깨어나지 못한다. 방에 들어가 시나가 문을 잠그려고 하지만 창수가 힘으로 문을 열어젖히고 들어간다. 패거리들이 방으로 따라 들어가고 소성은 들어가지 않고 마당에 서 있다. 방 안에서 시나의 비명이 들리고 우당탕탕 하는 소리가 난다. 시나 계속해서 비명을 지른다. 소성, 결심한 듯 방으로 뛰어 들어간다.

방 안. 패거리가 시나를 잡고 있고 창수가 시나의 옷을 벗기고 있다.

소성 그만해!

창수 싫으면 넌 끼지 마!

소성 그만하라고!

창수는 아랑곳없다. 갑자기 부엌으로 뛰어가는 소성, 칼을 들고 다시 온다.

소성 (칼로 위협하며) 야! 이 씨발놈들아! 그만해! 그만하라고-오.

패거리들 소성의 살기에 물러나고, 창수도 주춤하는데 소성이 창수에게 달려들자 창수가 겨우 피한다. 놀라서 패거리가 방 밖으로 도망가고 시나는 방구석으로 피한다.

소성 (창수에게 다가가며) 씨발놈……. 내가 오늘 너 죽인다!

창수는 소성의 살기에 얼어붙어 있다. 시나가 소성의 다리를 잡는다.

시나 안 돼! 안 돼! 죽이면 안 돼요!

창수 (소성에게) 미친놈, 살려줬더니……. 넌 진짜 끝이야! 학교 편하게 다닐 생각 하지 마! 이 미친놈아!

어쩔 수 없다는 듯 방을 나가는 창수. 칼 들고 따라 나가는 소성을 따라 시나도 맨발로 마당으로 뛰어나간다.

소성 다시 한번 이 집에 들어오면 내가 너 꼭 죽인다.

다시는 안 온다는 듯 마당에 침을 퉤! 뱉는 창수. 패거리들과 대문

밖으로 나간다. 숨을 몰아쉬며 진정하는 소성 옆에서 시나는 긴장
이 풀려서 주저앉아 운다.

할머니(E) (희미한) 시나야, 무슨 일이냐.
시나 (눈물 황급히 닦으며) 아니에요! 할머니!

시나가 할머니 방으로 들어간다. 소성은 칼을 놓고, 터덜터덜 대
문 밖으로 나간다. 할머니 방의 시나, 나가는 소성의 뒷모습 보며
다시 눈물을 흘린다.

#64 동네 공터 / 오후

아무도 없는 공터. 열여덟 살의 소성이 혼자 바닥에 원을 그리고
있다. 바닥에 그려지는 미스터리 서클 무늬를 그리고, 지우고, 또
그리고 하며 혼자 놀고 있다. 그 모습을 멀리서 지켜보고 있던 열
여섯 살의 시나가 소성에게 다가가려다 머뭇거리고는 더 가까이
다가가지 못한다.

#65 소성의 동네 공터 / 오후 (다시 현재)

시나가 소성에게 다가간다. 소성과 가까운 거리까지 왔는데 소성
은 인기척을 느끼지 못하고 바닥에 그림만 그리고 있다. 소성과
점점 가까워질수록 시나의 표정이 복잡해진다.

시나 소성 오빠…….

소성이 고개를 들어 시나를 본다.

시나 오빠 아직도 혼자 놀아요? (미소)

소성, 순간적으로 누군지 알아보지 못한다.

시나 오빠…… 저 시나예요.
소성 민- 시나?
시나 저, 기억하세요? 그날…… 저 알아보신 거죠?
소성 그날?

(플래시백)

— #15. UFO집회장에서 소성이 쓰러졌을 때 소성에게 달려온 남
녀스태프 두 사람.

— 소성이 여자 스태프를 유심히 보던 모습.

시나 (웃는다) 오빠 하나도 안 변했어요.

소성, 시나의 말에 바닥을 쳐다본다. 미스테리 서클 무늬. 나래가
시나와 소성을 유심히 관찰한다.

나래 (소성의 옷을 잡아끌며) 이 언니 누구예요?

소성 집에 들어가!

나래 싫어요. 나 여기 있을 거예요.

시나 할 말이 있어서 찾아왔어요. 시간 좀 내줄 수 있어요?

소성이 고개를 끄덕하고 시나와 함께 공터를 나간다. 나래는 심통
이 나서 그 자리에 그냥 서 있다.

소성 (가며 나래에게 소리친다.) 여기 혼자 있으면 위험해! 빨리
집에 들어가! 어서!

나래가 화가 나서 발만 쾅쾅 구른다.

#66 병원 전경 / 오후

중형 병원 전경. 병원으로 소성과 시나가 들어간다.

#67 동, 중환자 병동.

시나와 소성이 병실로 들어선다. 시나가 안쪽으로 들어가다가 한 침대의 커튼을 젖히고 들어간다. 침대에는 의식불명 상태의 한 남자가 산소호흡기를 한 채 누워 있다. 시나와 소성이 남자 앞에 가 선다.

시나 1년 전에 우리 단체에 찾아오신 분이에요. 우연히 같이 이야기를 하다 민지 언니 얘기를 들었어요.

소성은 시나를 빤히 쳐다본다.

시나 맞아요. 그때 없어진 민지 언니요. 그때 잡혀간 장씨라는 사람도 결국 무혐의로 풀려났었죠. 시신을 못 찾았던 게 결정적이었다고 하더라구요.

소성 나도, 그 사건, 따로 알아본 적이 있어.

시나 (소성을 잠시 본다) 그랬었구나…….

소성 난, 민지가 살아 있다는 걸 확인하고 싶었어.

시나 이분이 민지 언니를 본 적이 있다고 하세요. 그런데, 지금은 의식불명이에요. 병원비가 없어서 수술도 못 하고 병원에서도 쫓겨날 판인데, 어떤 데서도 도와주려고 하질 않아요.

소성이 남자에게 더 가까이 다가가서 자세히 들여다본다.

#68 병원 휴게실

자판기와 긴 의자들이 놓여 있는 휴게실. 시나와 소성이 커피를 마신다.

소성 거긴 왜 나온 거야?

시나 거긴 정말 믿을 곳이 못 돼요. 이렇게 중요한 사람들은 도와주지도 않으면서, 지도자란 사람은 헌금만 받아내려고 하고, 오빠도 다신 거기 가지 마세요.

소성 저분이 깨어나면 민지의 행방에 대해 알 수 있을까…….

시나 확실하진 않지만, 아마 그럴 가능성이 크겠죠. 오빠가 궁금해하거나 찾고 있는 거에 대해 알려줄 수 있을 것 같아요. 그렇지만, 부담되는 일이면 안 하셔도 돼요.

시나가 소성의 눈치를 살핀다.

소성 수술비랑 밀린 입원비까지 하면 총 얼마쯤 된다고 했지?
시나 한…… 천오백만 원쯤. 제가 입원비로 오백만 원 정도는 지불해 놨어요.

고민하는 표정의 소성, 마시던 커피잔을 뚫어지게 쳐다본다.

소성 그거 알아?
시나 ?
소성 그때가 참 좋았어. 너랑 민지랑 장씨 아저씨랑 같은 동네 살던 어릴 때. (헛웃음)

시나의 표정이 어두워진다.

#69 병실

의식불명 상태의 남자가 누워 있는 모습. 시나가 커튼을 젖히고 들어온다.

소성(E) 그럼 내가 최대한 빨리 마련해볼게.

남자를 보는 시나, 복잡한 표정. 그때, 누군가 커튼을 젖히고 들어
온다. 웬 뚱뚱한 아줌마.

아줌마 앞집 아가씨! 정말 고마워!!

시나 뭘요…….

아줌마 내가 요즘 일이 생겨서, 잠깐 비우는 건데도 날마다 그러
니까 불안했는데, 이렇게 가끔 들여다봐주고 고마워.

시나 아니에요. 전 어차피 할 일 없잖아요.

시나가 맞은편에 있는 커튼을 젖히고 들어간다. 그곳에는 시나 할
머니가 산소호흡기를 한 채 누워 있다. 식물인간 상태.

아줌마 (시나 보며) 에이 휴. 젊은 아가씨가 저거를…… 이제 가
망도 없으니까 일이 없긴 없지만, 혼자서 저 병원비며 다 어쩔고.
에이그, 저렇게 가망도 없는 양반을…… 젊은 처녀가 효녀야.

시나, 아줌마에게 웃어 보이고는 커튼을 닫는다. 할머니 곁에 앉는 시나, 할머니의 손이며 얼굴이며 머리카락을 찬찬히 쓰다듬고, 마지막으로 손을 꼭 잡으며……

시나   할머니…… 가면 안 돼. 사람들이 아무리 말도 안 된다고, 소용없는 일이라고 해도…… 할머니 가면 나 진짜 혼자잖아…… 나 진짜 아무도 없어…….

시나가 할머니 얼굴에 자신의 얼굴이 가져다 댄다.

#70 소성의 집 안 / 밤

소성이 집으로 들어온다. 건너편 방 안에서 장씨의 자지러지는 기침 소리가 들린다. 소성이 바닥에 떨어진 장씨의 약통을 집어 들어 보는데, 얼굴이 굳는다. 소성이 방문을 열고 장씨를 들여다본다.

장씨   (나가라고 손짓하며) 괜찮아…….

소성이 방 안으로 들어가 누워 있는 장씨의 옆에 앉는다. 장씨는 씻고, 옷도 갈아입어 깨끗하지만 그래서 얼굴에는 병색이 더 완연하다. 복수 찬 배와 황달이 낀 눈.

소성 아저씨, 제가 오늘 누굴 만나고 왔는지 아세요?

장씨 …… (두려워하는 눈빛)

소성 민지를 본 적이 있는 사람이래요.

장씨 뭐?

소성 이상하죠? 이상한 일은 다 한꺼번에 생기네요.

장씨 (힘을 낸다.) 누구…….

소성 지난번에 갔었던 UFO 집회에서 알게 된 사람이에요.

장씨 UFO? 집회?

소성 아저씨가 처음 알려주신 거잖아요. 전 아저씨를 믿은 걸까요 UFO를 믿은 걸까요. 아저씨를 다시 만나면 꼭 물어보고 싶었어요.

장씨 (탄식하는 표정)

소성 민지 이야기, 이제 해주세요. 자세히만 알면 민지가 죽었는지 살았는지, 어쩌면 찾을 수도 있잖아요.

장씨 소성아…….

소성 네, 이제 해주세요. 아저씨. 저…… 민지에 대해서 한 번도 잊어본 적 없어요.

장씨 소성아, 그런 사람이 있다는 거 정말이야? 난 아닌 것 같아.

니가 이용당하고 있는 거 같아. 넌 어렸을 때부터 착했어.

소성 아저씨도…… 제가 본 분 중에 저한테 제일 잘해주셨어요.
민지 다음으로요…….

장씨 ……. (복잡한 얼굴)

소성 편하실 때 다시 이야기해주세요.

소성이 방을 나가려고 한다.

장씨 소성아…… 아빠는 다시 오셨니?

나가다 멈칫하는 소성, 그러나 돌아보지 않는다.

소성 아니요, 안 돌아오셨어요. (방문 닫고 나간다)

장씨가 소성의 뒷모습을 측은하게 바라본다.

#71 소성의 방 안 / 밤

소성이 컴퓨터 앞에 앉아 있다. 화면에는 UFO 관련 커뮤니티와
자료들이 어지럽게 떠 있고 지난번에 갔던 UFO 관련 단체에서

메일이 와 있다. 다시 열리는 집회에 참가하라는 내용이다. 시나의 말이 생각나서인지, 메일을 휴지통에 넣는다.

#72 소성의 집 계단 / 낮

소성의 집을 향해 계단을 올라오고 있는 나래, 거의 집 앞에 다 왔는데, 뒤에서 누군가 부른다.

(E) 꼬마야, 거기 너희 집이니?

나래 돌아본다. 시나와 만난 휴대전화 대리점 직원 기봉이다.

나래 아니요!
기봉 아, 그럼 거기 누구 사는지 아니?
나래 아저씨 살아요.
기봉 혹시 이름이 진소성?
나래 네! 맞아요. 이쪽으로 올라오세요.

핸드폰 대리점에서 보였던 가식적인 미소를 짓는 기봉이 나래 따라 올라간다.

#73 소성의 집 현관

문 두드리는 소리가 난다. 소성이 문을 열어보니, 나래와 기봉이 서 있다.

기봉 진소성 씨?

소성 ……네, 제가 진소성입니다.

방에 있던 장씨, 기봉의 목소리에 문을 열고 내다본다. 장씨의 시선으로 나래와 기봉이 보인다. 나래가 기봉과 소성을 번갈아 보며 어리둥절해하고 있다. 장씨가 나래를 자세히 본다.

기봉 잠깐 이야기 좀 하실까요? 중요한 일인데. 제가 좀 들어가도 될까요?

기봉이 집 안으로 들어오려고 하자 소성이 막아서며 자신이 밖으로 나간 후, 문을 쾅 닫아버린다.

#74 소성의 집 안 / 저녁

외출하려는지 잘 차려입은 소성이 서랍에서 통장을 꺼낸다. 방금 인출한 듯 통장 사이에 끼워져 있는 1,000만 원짜리 수표가 보인다.

#75 UFO 집회장 / 저녁

사람들로 복도가 북적거리는 가운데 간간이 하얀 옷을 입은 스태프들이 돌아다니고 있다. 소성이 집회 참가 등록을 위해 줄을 선다.

기봉(E) 지금 저한테 고마워하셔야 돼요. 그 여자, 사기꾼이라니까!

생각에 잠겨 있던 소성이 지나가는 남자 스태프를 본다. 민시나와 함께 있던 그 남자다. 줄을 벗어나, 황급하게 뒤따라가 스태프를 잡는다.

남스태프 무슨일이시죠?
소성 혹시, 지난번에 옆에 같이 있던 여자 아시죠?
남스태프 누구시죠?
소성 지난번에 제가 기절해서 앉아 있었는데, 그때 저한테 물 쏟은…….

남스태프 아! 혹시 그 여자 다시 만난 적 있으세요?

소성 (잠시 망설인다.) ……아니, 그 여자, 제가 아는 사람인 것 같아서요. 다시 볼 수 있나 해서.

남스태프 죄송합니다만, 그분 이제 여기 안 계십니다. 그리고 혹시 그 여자가 찾아오거나 연락 오면 저희한테 꼭 알려주세요. (명함 내민다.)

소성 무슨 문제죠?

남스태프 죄송합니다. 자세한 말씀은 못 드리겠지만, 저한테 꼭 연락 주세요! 저희도 찾고 있습니다. 꼭 연락 주세요.

남스태프 간다. 소성이 명함을 받고, 멍하다.

#76 병실 / 저녁

시나, 할머니를 간호하고 있다. 커튼이 걷히고 앞 침대의 뚱뚱한 아줌마가 들어온다.

아줌마 앞집 아가씨! 밥은 먹었어?

시나 네, 아주머니는요?

아줌마 나야 뭐 대충 때웠지. 아이구 지겨워. 아 참! 우린 내일모레 퇴원해야 될 거 같아.

시나 내일모레요?

아줌마 응. 병원에서 더 할 수 있는 것도 없고, 집에서 내가 돌보면 되니까.

시나가 생각에 잠기는 듯하더니 갑자기 가방을 챙겨서 나가려고 한다.

아줌마 어디 가게? 갑자기.

시나 급한 일이 있어서요.

시나, 병실을 나간다.

#77 병원 전경 / 밤

시나 할머니가 있는 중형 병원 전경. 소성이 병원으로 들어간다.

#78 소성의 동네 길가 / 밤

시나, 주소를 보면서 소성의 집을 찾고 있다.

#79 소성의 집 앞

소성의 집 앞에서 시나가 주소를 대조해보고 있는데,

나래(E)　아줌마! 아저씨 집에 없어요.

옆집 대문 앞에 나래가 서 있다.

시나　그래? 어디 가셨니?

나래　네! 차려입고 어디 가셨어요.

시나　언제 가셨는데?

나래　아까 저녁밥 먹을 때요.

시나　그래 고맙다. (미소)

나래, 시나의 미소에 왠지 기분이 좋아져서 집으로 뛰어 들어간다. 시나가 뭔가 생각하다가 그대로 대문 안으로 들어간다.

#80 소성의 집 계단

계단을 올라 소성네 집 현관문 앞에 선 시나, 가방을 뒤져 만능키

를 꺼낸다. 조심스럽게 문을 따면, 찰칵 문이 열린다. 천천히 문을
연다. 캄캄한 집 안으로 조심스럽게 들어간다.

#81 소성의 집 안

시나가 아주 천천히 안으로 들어가 주위를 둘러본 후, 문이 열려
있는 소성의 방으로 들어간다.
소성의 방 안. 가로등 불빛이 새어 들어와 아주 어둡지는 않다. 붙
어 있는 UFO 사진과 관련 기사들이 보이고 시나가 여기저기 서
랍들을 살펴보는데 별다른 것이 나오지 않는다. 책장이며 벽을 살
펴보다가 천장에 붙여진 우주 사진을 발견하고 한참 쳐다본다. 거
실로 나와 다른 방으로 다가가 천천히 방문을 연다.

#82 병실 / 밤

불이 꺼져 있다. 소성이 조심스럽게 안쪽으로 들어가 시나와 왔었
던 그 침대 앞에서 커튼을 걷는다. 여전히 의식이 없는 남자 환자
가 누워 있다. 옆에 보호자 침대에 누워 있던 뚱뚱한 아줌마, 스르
르 일어난다.

아줌마 누구세요?

소성 전…… (망설이다) 혹시 민시나라고 아시는지…….

아줌마 아! 앞집 처녀! 시나 네는 여기가 아니라 저 앞쪽.

소성 네? 누구세요?

아줌마 아! 당연히 내가 부인이지 (어이없어 웃는다.)

소성 그럼, 수술은…….

아줌마 수술은 잘됐어요. 시나가 이야기했나 본데 신경써줘서 고맙수! 아이구, 어쩌다 없는 살림에 교통사고를 당해 가지고. 자다 일어나니까 정신이 없네!

소성의 멍한 반응. 아줌마는 그런 소성이 미심쩍고 못마땅하다.

아줌마 나 좀 더 자야 되니까. 그럼. (병실 커튼을 닫는다.)

한 발짝 물러난 소성, 멍해져 있다가 아줌마가 이야기해준 반대편 침대의 커튼을 열어 보는데, 누워 있는 시나의 할머니가 보인다. 할머니를 알아보고 놀라는 소성.

#83 소성의 집 안 / 밤

시나가 천천히 방문을 여는데…… 방 안에, 누군가 죽은 듯이 자고 있다. 발견하고는 흠칫 놀라서 소리 지를 뻔한 자신의 입을 막는다. 곧 정신을 차리고 방 안으로 살금살금 들어간다. 천천히 다가가 얼굴을 본다. 가로등 빛을 받은 얼굴이 서서히 드러난다. 장씨다. 시나의 몸이 순간 얼어붙는다.

CUT IN. 장씨의 집 방 안, 죽은 듯이 누워 있는 민지. 시나가 천천히 민지에게 다가가서 얼굴을 보면, 민지 눈을 뜬 채 죽어 있다. CUT OUT.

시나, 너무 놀라서 벽에 몸을 기대는데, 숨소리가 거칠어져 입을 막는다. 손을 벌벌 떠는 시나, 천천히 뒷걸음질해 겨우 방을 빠져나간다.

#84 중환자실 / 밤

시나 할머니 곁에 앉는 소성이 할머니를 뚫어져라 본다.

#85 병원 로비 데스크

간호사실 데스크 앞에 있는 소성.

소성 민시나 씨 할머니 병원비를 지불할 수 있을까요?

간호사1 안 될 거예요. 낮에 와서 수납하셔야 될 것 같아요.

소성 전, 다시 여기 올 수 없어서요.

간호사1 그런데 1000만 원이나 지불하신다구요?

소성 네.

간호사1, 안쪽으로 들어가서 나이 든 간호사와 의논한다. 나이 든 간호사, 소성에게 온다.

나이든간호사 원래는 안 되는 건데, 지금밖에 안 된다고 하시니까…… 수납처에 가시면 당직자 분이 나와 계실 거예요. 이 환자가 이번 주 안으로 돈을 안 내면 나가셔야 해서요.

소성, 품 안에서 1,000만 원짜리 수표를 꺼내 보고 돌아선다.

나이든간호사 혹시, 민시나 씨랑 어떻게 되시죠?

소성 …….

나이든간호사 깨어날 가능성이 거의 없으세요. 선택의 문제이긴 하지만…… 그만 산소호흡기 떼셔도 법적으로는 문제없어요. 저희는 많이 권해드렸는데, 알고 계신가요?

소성 어차피 전 다시 안 올 겁니다.

#86 소성의 집 계단 / 밤

계단을 빠르게 뛰어 내려오는 시나, 두려움에 떨고 있는 모습이 미친 사람처럼 보인다. 정신없이 계단을 내려오다가 계단에서 구른다. 바닥에 내동댕이쳐진 채 있다가, 겨우 몸을 일으키는데, 누군가 앞에 서 있다. 겨우 일어나 올려다보는데 시나 앞에 핸드폰 대리점 직원 기봉이 서 있다.

기봉이 시나의 머리채를 잡는다.

기봉 어쭈? 내가 너 못 찾을 줄 알았냐?

시나의 머리채를 잡고 끌고 나간다.

#87 소성의 집 앞

기봉에게 질질 끌려가는 시나. 옆집 대문 앞에 있던 나래가 이 모습을 본다. 무서워서 자신의 집 대문 안으로 쏙 들어간다. 기봉이 반항하는 시나를 퍽퍽 몇 대 때리고는 다시 끌고 간다. 맞고도 비명 한번 지르지 못한다. 나래가 다시 나와서 둘의 뒷모습을 본다.

#88 소성의 동네 길가

여전히 시나의 머리채를 잡고 가고 있는 기봉. 시나가 고통스러워한다.

시나　잠깐만, 잠깐만 놔줘.

기봉　이 씨발년이, 또 어디서 수작을 부려.

시나　내가 다 설명할게.

기봉　그런데, 이년이 왜 이렇게 말이 많아. (한 대 치려고 하는데)

순간, 시나가 기봉의 급소를 발로 찬다. 기봉, 비명 지르며 나가떨어지고 시나는 도망친다. 시나를 쫓는 기봉, 하체를 제대로 움직이지 못해서 엉금엉금 간다. 거친 숨을 몰아쉬며 뛰는 얼굴에는 불안과 혼란. 두려움이 가득하다.

CUT IN. 다섯 살의 시나 밥을 먹고 있고, 장씨가 시나의 목과 어깨 등을 어루만진다.

뛰고 있는 시나의 다리에 힘이 점점 풀린다.

CUT IN. 장씨의 집, 울면서 먼저 가라고 손짓하는 민지. 시나, 도망친다.

눈물을 흘리며 뛰고 있는 시나의 다리는 점점 풀어져 가고, 아아- 아- 고통스러운 비명을 지르며 큰 소리로 울부짖는다.

CUT IN. 장씨의 집, 눈 뜬 채 죽어 있는 민지. 민지의 손을 잡는 시나. 차가운 손에 놀라서 손을 떨어뜨리는 시나, 도망간다. CUT OUT.

뒤에서 따라오는 기봉, 속도가 빠르다. 시나가 정신을 차리고 다시 죽을힘을 다해 뛴다. 그러나 시나의 뒤로 무섭게 따라붙는 기봉이 뒤에서 덮친다. 시나와 기봉이 함께 쓰러진다.

#89 소성의 동네 공터 / 밤

기봉에게 다시 머리채를 잡힌 채 질질 끌려오는 시나. 기봉이 시나를 세워놓고 주먹으로 얼굴을 친다. 시나, 바닥에 쓰러지며 입술에 피를 흘린다. 쓰러진 시나를 발로 마구 차는 기봉, 배며 허리며 사정없이 차다가 마지막에 얼굴을 찬다. 코피가 터져 얼굴이 피범벅 된 시나가 고통으로 몸을 움츠린다.

기봉 이 개 같은 년을 보게…… 내가 너 같은 년 한둘 본 줄 알아? (말할 때마다 시나의 따귀 한 대씩 때리며) 야! 야! 씨발년아, 너 내가 호군 줄 알았지?

시나 돈…… 훔친 돈…… 갚을게요.

기봉 훔친 돈? 어? 꼴랑 얼마나 된다고?

시나 두 배로 갚을게요.

기봉 너! 핸드폰 없애면, 너 못 찾을 줄 알았나? 니 전화번호 추적하면 너 어디다 전화 걸고 받았는지 다 나와! 몇 년 놀았더니 감이 죽었지? 나 말고도 너 찾는 사람 많더라? 너 데려다주면 몇천은 땡기겠던데!

시나 (갑자기 살기) 나 돈 다 갚고 나왔어!

기봉 갚긴, 다 갚았어? 그러면 왜 도망치셨어요? 응? 너 내가 그냥 폰팔이 양아치 같냐? 나도 너랑 같은 바닥 뜬 지 얼마 안 됐어.

시나 내가 가진 돈 다 줄게. 생각보다 많아. 그거 받고 입 닦아. 그놈들, 니 생각대로 그렇게 너한테 돈 주고 그런 호락호락한 놈들 아니야.

기봉 그러세요? 너 잘나가는 배우였다며! 연기 잘한다. 섬으로 팔려가봐야 정신 차리겠어?

시나, 헛웃음 치며 잠시 기봉을 본다.

시나 하…… 기봉아, 너 그냥 양아치야.

기봉, 열 받아서 다시 인정사정없이 시나를 발로 차는데…… 뒤에서 누군가가 기봉의 얼굴에 비닐봉지를 씌워서 조른다. 숨이 막혀서 켁켁대는 기봉, 발버둥질한다. 소성, 발버둥질하는 기봉을 더 세게 조인다. 시나가 소성을 보고 일어나려고 하는데 쉽지 않다. 다시 쓰러진다. 기봉이 발버둥 치다 힘이 빠져서 정신을 잃는다. 소성이 그제야 봉지를 풀어준다. 기봉의 목에 작은 면도칼을 들이대면, 기봉이 숨을 겨우 쉬며 살짝 정신을 차리다 면도칼 보고 화들짝 놀란다.

시나 오빠, 안 돼요. 죽이면 안 돼요.

소성이 기봉을 끌고 공터 밖으로 나간다. 시나가 일어서려고 하지만 일어나지지 않는다.

#90 병원 응급실 / 밤

동네 병원, 응급실. 소성이 시나를 부축해서 들어온다. 간호사와 소성이 시나를 부축해 데리고 들어간다.
CUT TO. 피범벅 된 시나, 간이침대에 앉아서 머리를 꿰맨다.

CUT TO. 처치를 받고 나오는 시나, 데스크에서 계산하고 있는 소성을 본다. 왠지 뭉클해져 눈물이 살짝 나오자 황급히 닦는다. 소성이 시나 쪽으로 돌아본다. 시나가 눈물을 닦고 있는 모습을 본다.

#91 병원 앞 식당 / 새벽

설렁탕을 먹는 시나, 잘 먹는다. 소성은 거의 먹지 않고 시나를 본다.

시나 먹어요! 내가 사는 거예요. 살려줬으니까⋯⋯.

소성은 그래도 밥을 뜨는 둥 마는 둥 한다.

소성 자세히 보니까 하나도 안 변했다.
시나 난⋯⋯ 많이 변했어요.

시나, 뭔가 찔리는지 밥 먹는 속도가 늦어진다.

#92 동, 앞

식당 앞에서 담배를 피우는 시나가 유리 너머로 계산하고 있는 소성을 본다. 소성이 가게 밖으로 나온다. 담배 피우는 시나를 물끄러미 본다.

시나 나 많이 변했죠? 그죠?
소성은 말이 없다. 쭈그려 앉는 시나, 담배를 바닥에 비벼 끈다.

시나 오빠는 항상 날 구해줬는데, 난⋯⋯ 항상 오빠를 어렵게 만드네요.

소성이 시나 옆에 쭈그려 앉는다.

#93 동네 공터 / 낮 (소성과 시나의 학창 시절 과거)

창수와 패거리들에게 맞고 있는 열아홉 살의 소성. 숨어서 시나가 지켜보고 있다.

패거리1 이 새끼가 아주, 공부 좀 한다고 깝죽대네!
창수 (맞는 소성 보며) 그래서? 너 대학 가냐? 큭큭.

소성은 맞으면서도 눈빛이 강하다. 숨어서 소성을 보는 시나, '대학을 간다'는 말에 멈칫한다.

#94 동네 길가 / 저녁

피를 흘리는 소성이 절뚝거리며 집으로 가고 있다. 소성을 뒤따라 오던 시나가 소성 옆으로 붙어서 걷는다.

시나 잠깐, 서봐요.
소성 됐어.

시나가 억지로 소성을 길가에 앉힌다. 손수건으로 소성의 피를 닦고 가방에서 빨간약을 꺼내 발라준다. 시나의 손과 팔이 소성의 얼굴과 팔을 스친다. 약을 발라주는 시나와 소성의 몸이 밀착된다. 소성의 눈이 시나의 가슴으로 간다. 시나의 몸이 소성에게 더 밀착된다. 시나를 밀쳐내는 소성.

소성　이제 됐어. 그리고 나 따라오지 마!

뛰어가는 소성.

#95 동네 길가 / 낮

이삿짐을 실은 소형트럭이 동네 길가를 지난다. 조수석에 소성과 소성의 엄마가 보인다. 길가에 나와 있던 시나가 조수석의 소성을 본다. 트럭은 멀리 큰길로 간다. 트럭의 뒷모습을 보고 서 있는 시나, 앞서 중학교 교복이 아닌 고등학교 교복을 입고 있다.

#96 길거리 / 새벽 (다시 현재)

한산한 새벽 거리, 소성과 시나가 조금 떨어져서 나란히 걷고 있다.

시나 지난번에 말했던 돈은 필요 없어졌어요.

소성 (모르는 척) 왜?

시나 ……그 사람, 그냥 아무것도 아니에요.

소성 …….

시나 거짓말이었어요. 돈이 필요해서.

소성 …….

시나 내가 그 단체에 들어갔던 건, 왠지 거기 있으면 오빠를 다시 만날 수 있을 거 같았어요. 오빠는 진짜 UFO를 믿었으니까. 이 말도 거짓말 같겠죠? 안 믿어도 상관없어요.

소성 난 어쩌면, 그냥 믿고 싶은 건지도 모르겠어. 만약 정말 그게 아무것도 아니라고 하면 난 믿을 수 있는 게 없어.

잠시, 시나가 길가 벤치에 앉자, 소성이 따라서 앉는다.

시나 민지 언니는 죽었어요.

소성 …….

시나 어디도 간 적 없다구요.

소성의 얼굴이 충격으로 일그러진다.

소성　그건 나도 알아본 거야. 죽었다는 증거는 없어. 장씨 아저씨
도 무혐의로 풀려났고, 증거는 없어!

시나　…….

소성　아니야. 민지 어딘가 살아 있어.

시나　내가 봤어요…….

소성　?

시나　죽은 민지 언니를 내가 봤다구요.

일어서는 소성, 충격으로 비틀거린다.

시나　들어봐요.

소성　무슨 말 하는지 모르겠다.

시나　(울먹) 이제 들어요. 그리고 이제 그만해요. 죽었다구요…….

소성　이제 갈게.

소성, 빠르게 걸어간다. 시나 소성의 뒷모습을 보며 서 있다.

#96 소성의 집 안 / 새벽

소성, 집 안으로 들어온다. 장씨의 방으로 들어간다. 장씨, 불을 켜

지 않은 채 일어나 앉아 있다. 가로등 빛을 받은 장씨의 얼굴, 더욱 수척해 보인다.

장씨　왔냐?

소성　네, 주무시지 않고 왜 일어나 계세요.

장씨　무서운 꿈을 꿨어.

소성　민지 꿈이었어요?

장씨　(놀란다) 아니…….

소성　그럼 무슨 꿈이었는지 말해봐요. 뭐가 무서운지.

장씨　누가 날 죽이러 왔었어. 내가 누군지 알고 있는 사람이겠지? 날 죽이려는 거 보면…… 그런데, 마음이 편안하더라. 이제 끝이구나…….

소성　아저씨…….

장씨　응?

소성　아저씨가 어렸을 때 저한테 참 잘해주셨어요. 전 아저씨가 제 아버지였으면 하고 항상 생각했어요. 아저씨 말이라면 뭐든 믿고 싶었어요.

장씨　응…….

소성　지금도 마찬가지예요.

장씨　(고통으로 얼굴이 일그러진다.)

소성   이제 그만 주무세요.

방을 나가는 소성. 장씨, 자리에 눕지만 잠을 이루지 못한다.

#97 소성의 동네 전경 / 아침

소성의 동네, 전경. 날씨가 맑은 아침.

#98 소성의 집, 안

거실로 나오는 소성, 옆방 문이 열려 있어서 슬쩍 보는데 장씨가
없다. 방으로 들어가 보니, 자리가 정리되어 있고 장씨의 가방도
없다.

#99 소성의 동네 공터 / 낮

나래 혼자 흙을 파고 놀고 있다. 나래에게 다가오는 누군가의 발이
보이고, 나래가 올려다보니 장씨가 서 있다. 나래, 누구세요? 하는
눈빛으로 올려다본다. 장씨, 손에 있는 비엔나소시지를 내민다.

장씨 이거 먹을래?

나래 (망설이다)…… 고맙습니다. (소시지를 받아든다.)

나래가 소시지를 먹으며 다시 흙을 파고 논다. 장씨가 나래를 본다. 고개를 들어 주변을 둘러보다가 검은 비닐봉지를 발견하고 가서 집어 든다. 나래에게 다가간다.

#100 병원 로비 / 낮

간호사실 데스크. 시나가 간호사와 이야기 하고 있다.

나이든간호사 당분간 이야기하지 말라고 하더라고. 무조건 받으라고 하는데, (시나의 망가진 얼굴을 보며) 무슨 일이 있긴 있었던 거구나.

시나, 1,000만 원의 병원비 영수증을 보며 생각에 잠긴다.

#101 소성의 집 안 / 낮

소성의 방. 천장의 우주 사진을 정면으로 보며 누워 있는 소성의 귀에 UFO 착륙 소리가 환청으로 들린다. 그때 들리는 문 두드리는 소리.

CUT TO. 소성, 현관문을 열자 경관 한 명이 서 있다.

경관 옆집 사는 아인데, 이나래라고 아시죠?

소성, 고개 끄덕인다.

경관 지금 이나래 어린이가 3일째 실종 상태인데, 진소성 씨랑 같이 있는 걸 봤다는 사람들이 있어서요. (소성을 훑어보더니) 잠깐 같이 경찰서로 가시죠.

#102 경찰서 안 / 낮

안경 쓴 형사 앞에 앉아 있는 소성.

안경형사 그러니까 그날, 그냥 집에 있으셨다는 거죠? 3일 동안 내내 집에 있으셨구요. 집에 있었던 걸 아는 다른 사람이 있나요? 전화를 걸어서 확인을 했다거나⋯⋯.

소성 없습니다.

안경형사 지금 실직 상태시구요. 혼자 사시고. (자판을 치며 소성을 힐끗 보며) 가족들은 연락을 하시나요?

소성 아니요.

안경형사 (더욱 의심스러운 눈초리로 소성을 보며) 혹시 누구 다른 사람이 최근에 동네에 돌아다니거나 그런 이상한 사람 없었나요?

소성 …….

안경 형사 있었어요? 생각나는 사람 있어요?

소성 아니요.

안경 형사 저, 앞으로 계속 조사받게 되실 거니까, 어디 가시지 마세요. 그럼 용의자로 지목받게 되시니까, 이왕 쉬시는 거, 집에 잘 계십쇼.

소성은 장씨를 생각한다.

#103 경찰서 앞 / 밤

소성이 경찰서 건물에서 나오는데 소성의 아버지 진만기가 소성을 기다리고 서 있다. 소성이 보자 진만기가 소성에게 다가온다.

만기 넌 처신이 왜 그러냐? 애가!

소성 (가며) 어떻게 아셨어요?

만기 (소성 따라가며) 돈 좋다는 게 뭐냐? 이 정도는 수도 아니지…….

소성 아버지는, 나쁜 일이 있어야 보네요.

만기 넌 애비한테 오성이 얘기는 왜 안 했냐?

소성 무슨 일인데요.

만기 실종 신고가 돼 있더라.

소성 전에도 여러 번 그랬어요.

만기 그놈의 자식은 왜 그 모양이냐? (가는 소성 보며) 차 타고 가라.

멈춰 서는 소성이 잠시 만기를 보고 서 있다. 만기, 좀 당황스럽다.

소성 아버지, 아버지 왜, 그때 그 여자랑 같이 오셨어요?

만기 …….

소성 어머니 장례식 때요.

만기 (화난 듯) 넌 왜 지금…….

소성 안 그러셨어도 되셨잖아요. 그랬으면 아무것도 몰랐을 텐데.

만기 …….

소성, 간다. 만기는 소성을 잡지 못한다.

#104 소성의 집 앞 / 밤

소성이 집으로 걸어가다 집 앞에서 서성거리고 있는 시나를 본다.

시나 병원에 언제 왔었던 거예요?

소성 ……..

시나 말해 봐요! 언제 왔던 거예요?!!

소성 넌 그래도 할머니라도 있어서 좋겠다.

시나 (울먹) 다 알고 있었던 거예요? 다 알고 그날 나 구해준 거냐구요. 왜 그랬어요?

소성, 그냥 집으로 들어가려고 한다. 그때, 대문 안에서 나오는 장씨. 장씨를 본 소성과 시나 모두 당황한다. 가방도 없이 맨몸인 장씨, 역시 소성을 보며 당황하는데 눈을 돌려 시나를 본 장씨가 부르르 몸을 떤다. 시나 역시 완전히 얼어붙어 있다. 사색이 되어 뒷걸음질한다. 장씨, 얼굴이 붉어지며 화난 사람처럼 씩씩댄다. 소성, 시나와 장씨를 번갈아서 본다.

소성   아저씨! 어디 갔었어요?

장씨   …….

소성   아저씨…… (장씨 팔을 강하게 잡으며) 아저씨가 그런 거
아니죠…….

장씨가 팔을 강하게 뿌리치고 도망간다.

소성   (정신차린다) 나래…… 나래…….

소성이 장씨를 뒤쫓아서 뛴다. 시나도 소성을 따라 뛴다.

거리. 땀범벅인 얼굴로 장씨가 계속 뛰고 소성이 뒤쫓는다.

CUT IN. 저녁, 소꿉놀이를 하는 어린 소성과 민지 앞에 장씨가 나
타나 민지를 데리고 간다. 민지, 자꾸 소성을 돌아본다. 이제 생각
하니 공포에 질려 있는 얼굴이다. CUT OUT.

소성, 더욱 힘을 내서 쫓는다.

큰길. 뛰다가 차도에 가로막힌 장씨가 잠시 섰다가 안 되겠는지
무작정 건넌다. 장씨에게 바짝 따라붙었던 소성이 씽씽 차가 달리

는 차도로 뛰어들지 못하고 잠시 멈춰 선다. 정신없이 길을 건너 던 장씨가 소성 쪽을 돌아본다. 둘의 눈이 마주친다. 그 순간, 트럭 에 치이는 장씨, 붕 떠서 멀리 나가떨어진다. 놀란 소성이 도로로 뛰어들고 도로의 모든 차들이 멈춰 선다. 모든 것이 멈추고, 사람 들이 몰려든다. 소성, 장씨에게 뛰어간다. 뒤따라 오던 시나, 웅성 거리는 사람들을 보고 도로 쪽으로 뛰어가다가 건너편에 있는 소 성을 본다. 소성 앞에 장씨가 죽어 있는 것을 본다. 교통사고의 주 인공이 장씨인 것을 알고 놀라서 얼어붙는다.

CUT TO. 무릎을 꿇고 앉아 장씨의 피를 손으로 닦는 소성, 피를 흘리며 숨을 헐떡거리는 장씨. 장씨를 안아 올리는 소성도 피범벅 이 된다.

장씨 소성아…… 민지는…… UFO…… 아니…… 내가, 내가…… 죽였어.

놀라움에 소성은 몸을 떤다.

장씨 내 잘못이야…… 내 잘못이야…… 정말이야. 너한테는…… 너한테만은 난, 좋은 사람…….

장씨를 안고 있는 소성의 손이 부르르 떨린다. 구급차 오는 소리
(E). 소성이 장씨를 놓지도 못하고 안지도 못하고 충격에 어쩔 줄
을 모르고 있다. 피 흘리는 장씨에게 다가오는 구급요원들.

장씨 소성아, 민지…… 묻어줘…….
장씨, 고개를 떨군다.

소성 아저씨…….

구급요원 둘이 장씨를 수습한다.

구급요원1 저기요! 보호자세요?

소성, 넋이 빠져서 일어난다. 장씨, 구급차로 옮겨진다.

구급요원1 아는 분이세요? 아는 분이시면 병원에 같이 가셔야 해요!
소성 (싸늘한 눈빛으로 장씨를 보며) 아니요. 모르는 사람입니다.

소성, 뒤돌아서 간다. 구급요원 소성을 이상하게 쳐다본다. 시나
는 그 자리에 얼어붙어 있다. 소성이 시나에게 온다.

소성　죽었어.

시나　…….

소성　민지가 죽었어.

소성, 간다.

#105 소성의 집, 안 / 저녁

시나가 소성을 부축해서 집 안으로 들어온다. 어두운 집안. 시나
와 소성이 모두 거실에 쓰러진다. 쓰러진 채 일어나지 못하는 시
나와 소성. 정면으로 누워 거칠게 숨을 쉬는 시나의 눈에 눈물이
흐른다. 엎드려 누운 소성, 흐느끼며 울기 시작한다. 시나가 몸을
일으켜 소성에게 가 안아준다. 소성의 울음소리가 점점 잦아든다.
그때 시나가 거실에 있는 장씨의 배낭을 발견하는데, 그 옆에 하
얀 종이가 가로등 불을 받고 반짝이고 있다. 시나가 몸을 일으켜
종이를 집어본다. 종이를 집고 있는 시나의 손이 벌벌 떨린다.

시나　(떨리는 목소리) 소성 오빠, 빨리…….

소성이 몸을 일으켜 시나가 든 종이를 본다. 다급하게 옆에 있는

장씨의 가방을 열어보는 소성. 사람의 뼈가 들어 있다. 벌벌 떠는 시나. 뼈들을 꺼내는 소성. 어둠 속에 하얗게 빛나는 뼈. 소성이 가방을 뒤져서 다른 것도 꺼낸다. 낡디낡은 어린 여자아이의 원피스, 민지가 마지막 날 입고 있던 그것이다. 시나가 민지의 원피스를 들어 올린다. 눈물을 흘리는 시나. 오열하기 시작한다.

#106 소성의 동네 / 낮

경찰차 들어오는 소리가 들린다. 길가 쪽으로 난 창문을 여는 소성. 경찰차가 대문 앞에 서고, 차 안에서 나래가 내린다. 소성의 시선으로 나래를 안고 울고불고하는 할머니가 보이고 주변으로 사람들이 모여든다. 동네의 전경이 보이다 과거의 어린 소성의 동네로 바뀐다. 크게 다르지 않은 풍경이다.

#107 어린 소성의 동네 공터 / 낮 (회상)

바뀐 풍경은 공터로 옮겨간다. 아무도 없는 공터. 주문을 외우며, 원을 돌며, 뚫어져라 하늘을 보는 열두 살 소성. 지나가는 아이들이 어린 소성을 보며 수근거린다.
"또라이", "UFO", "외계인". 화면 위로 장씨의 편지가 흐른다.

장씨(O.L) 한 번도 그날을 잊은 적이 없었어. 난 너에게 믿음을 주려고 했다. 그러나 거짓이었다.

#108 (다시 현재) 소성의 집 / 밤

소성이 장씨의 편지를 읽고 있다. 구겨진 종이에 찍어 누르듯 글씨가 또박또박 적혀 있다. '난 24년 전에 열 살 김민지를 죽였다. 이게 진실이다. 모두에게 사죄한다. 용서를 빈다.' 소성, 화가 나서 주체하지 못한다. 장씨의 편지를 찢으며 오열한다. 감정이 격해지며 벽을 치고 울부짖는 소성. 손의 아픔이 느껴지지 않는다.

#109 몽타주 (민지를 떠나보냄)

— 경찰서. 소성과 시나가 민지의 유골을 가지고 미결사건반으로 간다.
— 경찰에 의해 민지의 원피스가 전시되고 기자들이 몰려들어 사진을 찍는다. 플래시들이 터진다.
— '김민지 실종사건'에 대한 기사가 실린다. 진범과 사건의 진실들.
— 화장터. 민지의 유골을 화장하는 소성과 시나. 열 살 민지의 영정사진이 놓여 있다.

#110 산 언덕, 꽃밭 / 낮

검은 옷을 입은 소성과 시나. 들꽃이 가득한 벌판에 서 있다. 나무로 된 민지의 유골함을 들고 있는 소성, 유골을 뿌린다.

시나 민지 언니, 맨날 나한테 왕관 만들어주겠다고 이런 들꽃을 한 웅큼씩 가져다가 손이 새까매질 때까지 만들고 그랬다. 그 손에서 나던 풀냄새…… 그래봐야 아무 데나 핀 들꽃인데 뭐가 그렇게 귀하다고……. 나는 또 그 왕관을 말라비틀어질 때까지 끌어안고 다니고……. (눈물이 흐른다)

소성, 얼마 남지 않은 유골함을 시나에게 내민다. 시나, 유골의 마지막 한 줌 집어서 벌판에 뿌린다. 들판으로 흩어지는 하얀 가루가 마법처럼 한순간에 바람에 휩쓸려 간다. 소성, 무릎을 굽히고 앉아 들꽃을 바라본다. 꽃을 하나 정성스럽게 꺾어서 시나에게 내민다. 시나, 잠시 머뭇거리다가 꽃을 받는다. 눈물을 닦는다. 미소가 떠오르는 시나의 얼굴. 그 미소를 소성이 오래도록 바라본다.

#111 소성의 동네, 공터 / 낮

아무도 없는 공터에서 나래가 혼자 바닥에 뭔가 그리며 놀고 있
다. 소성이 다가온다. 바닥에 그린 그림을 보니, 소성이 그리던 미
스터리 서클 무늬다.

소성 어디 갔었어? 놀랐잖아.

나래 나 기다렸어요?

소성 ……응.

나래 (좋아한다) 아빠 찾으러 갔는데, (시무룩) 못 만났어요.

잔뜩 시무룩한 나래. 무릎 굽혀 앉아 나래와 시선 맞춘다.

소성 아빠가 널 사랑하지 않는 건 아니야. 멀리 떨어져 있어도 사
랑할 수 있어.

나래 어떻게요?

소성 너희 아빠니까, 넌 딸이고.

#112 소성의 방 / 밤

소성이 누워서 천장의 우주 포스터를 보고 있다. 소성의 상상.
INSERT. 우주를 떠다니고 있는 검은 비닐봉지들.

#113 병원, 중환자실 / 밤

시나 할머니의 산소호흡기가 제거된다. 시나는 눈물도 흘리지 못
하고 망연자실해 있다. 시나의 할머니, 흰 천으로 덮인다.

시나 (혼잣말) 할머니, 나 이제 진짜 혼자네. 이제 어디로 가요?
나…….

#114 장례식장 / 낮

진오성의 장례식장. 문상객이 없는 쓸쓸한 풍경. 오성의 영정사진
이 걸려 있다. 그 앞에 소성이 망연히 앉아 있다. 진만기가 한 여자
와 함께 장례식장에 나타난다. 소성 엄마의 장례식장에 나타났던
그 여자다. 여자는 장례식장으로 들어가지 않고, 만기만 들어간
다. 소성, 안으로 들어오는 아버지 진만기를 본다.

만기　왜 말 안 했냐? 빚이 있다고!

다시 오성의 영정사진을 뚫어져라 보는 소성.

소성　아버진 돈이면 다 해결되는 줄 알죠?
만기　그래도…… 어떻게 그럴 수가 있냐!

소성, 만기를 본다.

만기　난…… 아버진데…….
소성　형은 아버지가 없었어요.
만기　…….

말없이 앉아 있는 두 사람. (시간 경과) 늦은 밤. 잠들어 있던 소성이 누군가의 울음소리에 스르르 눈을 뜬다. 진만기가 흐느껴 울고 있다. 소성이 아버지에게 다가간다.

만기　(울며) 소성아, 미안하다. ……미안해, 미안하다.

오열하며 쓰러지는 만기의 손을 소성이 잡는다.

#115 소성의 동네, 공터 / 낮

햇살 좋은 여름날, 매미 우는 소리가 요란하다. (E) 소성이 공터
그늘에 앉아 하늘을 보고 있다. 푸르른 하늘. 머리에 하얀 리본핀
을 꽂은 시나가 검은 옷을 입고 공터로 걸어 들어온다. 소성에게
다가온다.

시나 뭐 기다려요? UFO도 없는데 여긴 또 왜 왔어요?

소성 난 이제 돈도 없는데 넌 여기 왜 왔어?

시나 (소성 옆에 앉으며) 오빠 항상 뭔가를 기다렸죠? 난 항상 뭔
가를 찾아다녔던 거 같아요.

소성 그래서 지금은?

시나 그래서 이렇게 잘 찾잖아요. 오빠가 어디 있는지.

소성 널 찾은 건 나야.

시나 찾아냈더니 어때요?

소성 쓸모없어.

시나 왜요!!

소성 거짓말을 너무 잘해.

시나 다신 오빠한테 거짓말 안 하면 되는 거죠?

소성 응.

시나 그럼, 저 밥 좀 사주세요.

소성 (웃는다.)

시나 배고파요.

#116 소성의 동네, 공터 / 낮

나래와 나래 친구 둘이 공터에서 놀고 있다. 나래가 문득 하늘을 본다. UFO가 날아가고 있다.

나래 (친구들에게) 하늘 좀 봐봐!! UFO야!!

친구들, 하늘을 본다. 아무것도 보이지 않는다. 나래를 무시하고 다시 노는 친구들. 나래의 시선으로 UFO가 멀리 사라진다. 나래가 하늘을 보며 미소 짓는다. □

강해순 트위스트

이아연

[등장인물]

강해순 (18세, 중학교 3학년 3년차)
중학교를 두 번이나 제적한 해순이 잘하는 세 가지. '협박, 반말, 발차기'. 여기에 두 가지가 더 필요해졌다. 바로 춤과 노래! 가요제 접수하고 뭍으로 간다!

강강철 (44세, 양아치 생활 44년차)
세상만사 되는 대로 살아온 강철을 벌벌 떨게 하는 세 단어, '큰딸, 맏이, 해순'. 그도 이제 나름 잘살아보고자 한다. 함 봐라, 내가 우리 식구 책임지볼게!!

똘땅딸롱 (28세, 대한민국 주부 3년차)
필리핀에서 시집온 똘땅딸롱이 아는 한국인 세 사람, '강강철, 강해순, 강해미'. 어눌한 한국어로 더듬더듬 설명한다. 내 이름은 똘땅똘망 아니고 똘땅딸롱.

강해미 (15세, 강해순 욕받이 10년차)
스마일 해미가 못하는 세 가지, '제대로 걷기, 제대로 말하기, 제대로 울기'. 가족의 짐이지만 스스로 선택한 것은 아니다. 나 새끼 아닌데, 나 해민데.

그 외

가연/지연(쌍둥이 자매), 신선생(보건의), 심심이, 담임, 강씨 등.

[시놉시스]

바람에 흔들리는 잎새에도 눈물을 글썽인다는 나이. 일곱 살짜리 뺑이나 뜯는 해순은 그런 감성 따위 눈깔사탕과 바꿔먹은 지 오래다. 통영항에서 배로 2시간 30분이면 들어가는 섬, 민자도에 사는 해순의 시선은 늘 뭍으로 향해 있다. 하지만 심각한 뱃멀미 때문에 꿈만 꾸는 상황. 그래도 양아치 아빠 강철, 외국인 새엄마 똘땅딸롱, 장애가 있는 동생 해미를 보고 있자면 그 꿈을 놓을 수가 없다.

그러던 어느 날, 해순은 위급환자가 있으면 헬기가 뜬다는 사실을 알게 된다. 기뻐하던 것도 잠시, 헬기는 아무나 부를 수 있는 것이 아니었다! 사설 헬기를 대절하려면 200만 원이 필요하단다.

좌절하던 해순은 강철과 똘땅딸롱이 합동결혼식을 올린다는 사실을 알고 부글부글 끓어오르는 마음에 무조건 이 집에서

482

벗어나겠다고 다짐한다.

해순의 염원이 하늘에 닿은 것인지 상금이 걸린 가요제가 민자도에 열린다. 1등 상금 150만 원! 이 돈은 필시 해순이 헬기를 빌릴 밑거름이렸다.

비장하게 결의를 다졌지만 춤과 노래에 자신이 없는 해순은 여러 노래를 집적대다가 결국 장윤정 트위스트를 부르기로 결심한다. 집의 카세트라디오가 망가진 탓에 매일같이 장윤정 트위스트만 들어 가사도 척척, 음정박자도 척척이기 때문이다. 예심까지 2주! 해순은 더욱 전의를 불태운다.

예심 당일, 해순은 생각지도 못한 라이벌과 마주한다. 강철과 똘땅딸롱 둘 다 가요제에 출전한 것! 심지어 곡도 똑같은 장윤정 트위스트다.

아빠도 내 짐, 새엄마도 내 짐, 동생도 내 짐.
가족이란 작자들이 다 짐이야!

해순, 스텝에 맞추고 몸짓에 맞춰서 우승을 차지해 뭍으로 갈 수 있을 것인가?!

#1 전망대 / 낮

쌍안경으로 망망대해를 바라보는 심심이(7세)의 뒷모습. 띠리
리-! 휴대전화 알람이 시끄럽게 울리자 끄는 지연(16세).

지연 (심심이에게 손 내밀며) 처언팔백 원.
심심이 벌써 3분 지났나? 글고 쩌건 1분당 500원인데, 우째서 야
는 600원이고?

심심이가 가리키는 곳을 보면, 전망대에 설치된 망원경 두 대가
나란히 서 있다.

가연 (지연과 똑같이 생긴) 자는 눈까리가 하나고 야는 두 개니

깐 더 비싼 게 당연한 것 아니겠나. (제 얼굴에 대형 미스트 촥 뿌린다.)

지연 (들고 있던 대형 핸드크림을 손에 쭉 짜서 바른다.)

심심이 (들어가는 목소리로) 나 1,500원밖에 없다…….

해순(E) 내 사전에 디씨는 없어.

교복 치마 속에 체육복 바지 차림의 해순, 다리를 쩍 벌리고 벤치에 앉아 있다가 일어선다.

해순 (다가와서) 그만한 대가를 치러야지. (옆으로 고개 까딱한다.)

심심이가 메고 있는 가방을 여는 지연. 가방 안에는 전단지로 접은 종이비행기가 잔뜩 들어 있다.

심심이 이따 아들이랑 날리려고 열심히 접은 긴데!

해순이 그중에 하나를 펼쳐보면, '제1회 어울림 한마당 가요제' 전단지다.

해순 300원은 이걸로 퉁. (지연과 가연에게) 날려. (쌍안경 들고 앞을 본다.)

INSERT. 쌍안경으로 보이는 풍경. 서로 다른 방향에서 오던 유람선 두 척이 푸른 바다를 가르며 교차한다. 그 위로 날아가는 종이비행기들.

TITLE IN.

강해순 트위스트

FADE OUT. 암전된 화면 속에서 여자 담임의 목소리가 들린다.

담임(E) 강해수이!

#2 민자중학교 교실 / 아침

민자중학교 교실, 아침. 화면 밝아오면, 침 잔뜩 흘린 채로 고개 드는 해순의 얼굴이 화면 가득 보인다. 30대 초반의 여자 담임, 출석부를 덮으며,

담임 해순이 왔으면 다 왔겠지. 수업 시작하자.

동시에 웃는 학생들. 해순이 눈 부라리자 입 꾹 다문다.
JUMP. 학생들이 콜럼버스의 신대륙 발견과 관련된 교육 영상을
보고 있다.

담임 신대륙 발견은 말이다. 인류로 하여금 지구의 전체적 형상
을 인식하게 만들었다 할 수 있을 기다. 알았제?

기지개를 켜다 콜럼버스의 항해를 재현한 영상을 보던 해순, 커다
란 함선이 파도 위에서 출렁출렁하자 속이 출렁출렁한다.

#3 몽타주, 민자도 탈출기 (해순의 회상)

액상형 멀미약을 입에 잔뜩 물고 있는 해순, 쭉 짜서 다 입에 넣는
다. 그리고 배에 올라타는데, 발 디디기 무섭게 우욱- 하고 뛰어내
린다. (시간 경과) 수면제를 입에 털어 넣은 해순, 눈 까무룩 하며
배 쪽으로 쓰러진다. 바로 이거야-! 하는 표정으로 잠이 드는 해
순…… 눈 뜨면 어라? 다시 항구다.

해순 뭐야. 왜 출발 안 했어?!

선장 갔다가 한참 전에 왔다……. 문 잠을 열 시간이나 디비 자는 기고?

해순 (몽둥이를 들어 선장에게 건네며) 나를 세게 쳐라.

선장 뭐라카노?!

해순 나를 치라고!! 기절해서라도 배를 타고 나가야 한다!

해순, 선장 손에 끌려 나가며 저 멀리 바다를 향해 손을 뻗는다. (시간 경과) 수영복 차림의 해순, 바닷가에 서 있다. 결단한 듯, 입술을 굳게 다물고 고개를 끄덕인 후 수경을 쓴다. 바닷물에 발을 담가보는데,

해순 아이 씨, 차가워. 안 되겠다. (하고 돌아선다.)

#4 민자중학교 교실 / 아침

다시 교실. 욱! 욱! 하더니 입을 틀어막고 교실을 나가는 해순.

담임 저 가시나, 와 저카노? 티비만 봐도 저카는 건 느므 오바 아이가?

가연 더 심해졌습니다. 과일 배도 안 먹는다 아입니까. (미스트 착 뿌리며)

담임 (못마땅한) 근데 니는 머한다고 자꾸 얼굴에 소독을 하는데.

#5 시내 / 낮

'제1회 어울림 한마당 가요제' 플래카드 아래로, 해순이 가연과 지연을 양 날개처럼 달고 걸어간다. 자기도 모르게 〈장윤정 트위스트〉를 부르는 해순.

해순 그대 스텝에 맞춰. 그대 몸짓에 맞춰. 비비고 돌리고 돌려!

가연 언니, 모르제? 틈만 나면 그 노래 부른다 아이가.

지연 언니야가 얼굴이 동안이라 그렇제, 2년 꿇어가 우리랑 세대 차이 쪼매 난다. (핸드크림을 바르며)

해순 부르려고 부르는 게 아니고 매일 듣다보니까…… (내가 왜 변명을?) 야……!

가연 (깨갱하고 말 돌리며) 근데 언니야는 왜 사투리를 하나도 안 쓰는데?

해순 난 여기서 나고 자란 니들이랑은 달라. 서울 출신이라고. 서울.

지연 여서 두 살부터 살았다 안 했나? 그럼 뭐 여서 태어난기나

다름없는…….

가연 (해순의 눈치 살피며 지연의 옆구리 쿡 찌른다.)

지연 서울 사람이제. 암만. 태가 딱 서울 사람! 응?

가연 맞다. 언니 때깔 봐라. 거무죽죽한 우리랑은 다르다 아이가.

괜히 머리 한번 뒤로 획 넘기는 해순. 그러다 뭔가를 보고는 표정 굳는다. 건너편 미용실에서 20대 젊은 여자 미용사와 웃고 있는 강철의 모습이 보인다.

가연 원수는 건널목에서 만난다더니.

지연 니랑 같은 날 태어난 게 수치다. 원수는 그 다리에서 만난다. 사다리.

골목길, 연탄길 등 원수를 어디서 만나는지 갑론을박하는 쌍둥이를 두고 가는 해순.

#6 미용실 / 낮

상체 근육 발달한 강철이 30대 건달 무리와 서로 대치 중이다.

미용사 (건달 뒤에 서서 말리는) 오빠야. 그게 아이라니까.

건달 니는 가마히 있으라. (강철 보며) 우리가 형씨를 모리나? 여 짜저짜서 돈 뜯어묵고 사람 후리는데 선수 아이가.

강철 에헤이 쫌. 오해가 있다 안카나.

건달 (때리는 시늉하자)

강철 (자기도 모르게 두 팔 들어 가드 치며 뒤로 주춤한다.)

건달들 (일동 같이 웃는다.)

강철 얘기 쪼매 했다고 으른한테 달라 드는 기가? 그래 붙자, 붙어! (먼저 잽을 날린다.)

건달, 강철의 주먹을 가볍게 피하며 강철의 코에 잽을 날린다. 아고고! 코를 잡고 앓는 시늉하던 강철, 건달을 향해 몸을 날린다. 강철과 건달이 바닥을 뒹굴자, 뒤에 있던 건달들 달려들어 강철을 밟으려 한다.

해순(E) 발 내려놔. 그러다 발목 나간다?

건달들 (돌아보면)

해순 (문 앞에 서서 손가락을 까딱하며) 그 발 내려놓으라니까?

건달 (어린 가시나가 까부네 하는 표정) 싫은데?

해순 그래, 그럼.

해순, 와다다 달려들어 건달에게 발차기를 날린다. 퍽-!

#7 파출소 / 오후

의자에 쪼르르 앉아 있는 건달 무리, 물린 자국, 멍 등으로 만신창이다.

건달　가는 아로 취급하면 안 돼요. (얼굴에 멍 가리키며) 이거 보라니까요.

해순이 엄지손가락으로 코끝을 살짝살짝 후비고 있다.

순경　(해순 보며) 보통 이칼 때는 부모님 모시고 오라케서 몹시 곤란할 낀데. 니는 을마나 좋노. 따로 부를 필요도 없고. (강철을 보며)

강철도 해순처럼 엄지로 코끝을 살짝살짝 후비고 있다. 해순이 그런 강철을 보곤 기분 나빠하며 손을 내려놓는다.

강철　내가 원체 상체만 발달해가꼬 아 낳고 결심했지. 하체를 단디 키워야겠다. 그랬더니 애가 발차기는 아주 금메달감으로 낄깔

라지.

해순　한 달 동안 집에 들어오지도 않은 주제에.

강철　논다고 안 들어갔나? 쩌짜부터 쩌쪼까지 싹 돌면서 수금도 허고…….

순경　(말 자르며) 그러니까 니는 아부지 보호할라고 그칸 거 아이가? 맞나?

해순　돌았어? 내가 때리려고 그런 거지.

순경　니는 와 자꾸 반말인데. 존대를 해라 쫌.

해순　존대는 어른한테 하는 거잖아. (둘러보며) 여기 어른이 어디 있어?

순경이 해순을 엄하게 쳐다보자, 강철이 순경에게 눈을 부라린다. 그때, 똘땅딸롱이 해미를 데리고 경찰서로 들어선다.

똘땅딸롱　(각자에게 음료수 건네며) 이것 좀 먹어…….

해순　(진짜 짜증 나네) 하…….

한 바퀴 쭉 돌며 음료수를 건네는 똘땅딸롱, 건달 앞에 서면 괜히 더 세게 나가고 싶은 건달이 뭐? 하는 표정으로 똘땅딸롱 보는데,

똘땅딸롱 (음료수 뚜껑 따서 건네며) 많이 먹어.

똘땅딸롱 뒤에 서 있던 해미, 쩔뚝거리며 건달에게 다가와 해맑게 웃는다. 할 수 없이 음료수를 받아 마시는 건달.

#8 해순의 집 앞, 마당 / 밤

집 근처. 해순의 뒤로 강철, 똘땅딸롱, 해미가 걸어오고 있다. 속이 안 좋은지 약간 헛구역질하며 가슴께를 치는 해순.

똘땅딸롱 (해순의 등을 쳐주려 하며) 해순. 왜 그래. 아파?
해순 (손길 피하며) 짜증 나서 체한 거잖아.
강철 가시나. 말뿐새 하곤.

강철이 거드름 피우며 품에서 돈 봉투를 꺼내 똘땅딸롱에게 준다.

강철 주말에 괴기 좀 꿉자. 그 야그도 해야 하고…….
똘땅딸롱 (의미심장하게 고개 끄덕이는)

마당으로 들어선 해순, 자전거가 쓰러져 있자 서둘러 일으켜 세운다.

해미   (해순에게) 내도 자전거 같키도.

해순   미쳤어? 나와.

강철   (절레절레) 우째 그라노, 니는!

그때, 집에서 흘러나오는 노랫소리. 〈장윤정 트위스트〉다.

#9 해순의 집 거실 / 밤

씩씩거리며 거실로 들어가는 해순, 카세트라디오의 정지 버튼을
신경질적으로 누른다.

해순   내가 이 노래 때문에 귀가 썩는다, 썩어!

노래 멈추자, 타다다다-! 꺼내기 버튼을 누르는데 열리지 않는 카
세트라디오.

강철   (태연하게 들어서며) 안에서 걸렸다. 아마 평생 들어야 할
끼다.

해순   (수긍하는 듯) 그래? 그럼 알았어.

해순이 카세트라디오를 바닥에 던지려 하자, **뺏어 드는** 강철.

강철 가시나야! 쫌! (제자리에 내려놓으면)

해미, 해순이 했던 것처럼 카세트라디오의 꺼내기 버튼을 타다 다- 누른다.

해순 (기가 막힌) 이 새끼가…… 너 나 따라하지 말랬지.
해미 (해맑은) 나 새끼 아닌데, 나 해민데. (히히 웃는다.)
똘땅딸롱 그러지 말고. 저녁 먹어.

말 무시하고 쌩- 하니 제 방으로 가는 해순, 문 쾅-! 닫는다.

#10 해순의 방 / 밤

배우 강하늘 포스터가 붙어 있다. 해순이 방에 들어오기 무섭게 다시 〈장윤정 트위스트〉 들린다. 이씨, 진짜! 방 밖으로 나가는 해순. 포스터 속 강하늘, 활짝 웃고 있는 모습 위로 쿵쿵쿵! 해순의 발걸음 소리 들린 후 노래 꺼진다.

#11 슈퍼 / 낮

카운터의 아줌마, 대파를 다듬으며 열창하고 있다.

카운터 (대파를 마이크 삼아) 하트, 하트, 하트에 맞춰 내 마음의 하트-

아줌마의 노래 들리는 가운데, 생리대 매대 앞의 해순, 가연, 지연.

지연 내랑 쟤는 생리대 사본 적이 한 번도 없어가 괜히 낯이 부끄럽다.

가연 우리는 늘 엄마가 사놓으니까 그렇제.

해순 애냐. 생리대도 엄마가 사다 줘야 하게. 시끄럽고, 심심이나 데려와.

가연 아이고야, 언니. 심심이 할매 얘기 못 들었으요?

#12 포차 / 낮

포차 주인과 강철, 보글보글 끓는 김치찌개를 사이에 두고 앉아 있다.

강철 (놀라는 표정) 심심이 할매와 와 헬기를 타?

주인 갑자기 심장마비가 와가 구급 헬기 탔다 카데. 어제 날씨가 좀 궂었나. 천둥 번개가 시그럽게 치니깐 할매 심장이 놀란 거 아이겠나?

강철 괜찮아야 할긴데.

주인 내도 아파야겠다. 진짜 헬기 타보고 싶은데. 개인적으로 빌리라믄 200 정도 든다 카데. 근데 아프면 공짜로 탈 수 있으니까.

강철 (주인이 앉아 있는 의자 다리 팍 차는)

주인 (고꾸라지며 바닥에 쓰러지는) 뭐꼬!!!

강철 아프고 싶다메.

#13 보건소 앞 / 낮

신선생이 다가오자, 생리대가 담긴 투명한 봉투를 뒤쪽으로 숨기는 해순.

신선생 또 왜 불렀어? 나 이제 조퇴 사유서 못 써줘.

해순 (먼 곳을 바라보며 말 꺼내는) 나 그것 좀 탑시다.

신선생 뭐라는 거야…….

해순 내가 내일 좀 아플 것 같으니까 그것 좀 타자고.

신선생 뭐?

해순 헬기.

JUMP. 뒤에서 신선생 허리 끌어안고 보채는 해순.

해순 태워 줘! 태워 줘!

신선생 야! 그건 응급환자들 타라고 있는 거야. 헬기 한 번 뜨고 내리는 데 얼만 줄 알아? 꾀병 환자가 그거 타고 어디 가려고?

해순 서울특별시 동대문구 장안동!

신선생 거기가 어딘데.

해순 그건 알 거 없고. 헬기 태워달라고!!!

신선생 (고개 저은 후 앞으로 가려고 하는데)

해순 (신선생 확 밀며) 그래! 말어!

신선생 (그러든지 말든지 가려고 하면)

해순 (다시 신선생에게 엉겨 붙으며) 아오, 제발!

신선생과 해순이 벌이는 설전을 멀리서 바라보고 있는 똘땅딸롱.

똘땅딸롱 (왜 저러지, 고개를 갸웃)······?

#14 길 / 낮

어깨 축 늘어뜨리고 양장점 앞을 지나가는 해순을 누군가 부른다.

양장점(E) 강해수이.
해순 (돌아보면)
양장점 (상자 내밀며) 이거 가 가라.

해순, 고개 갸웃하며 상자를 받아드는데-

#15 해순의 집 거실 / 밤

탕- 던지자 바닥을 나뒹구는 상자. 상자의 뚜껑 열리며 안에 있는
분홍색 드레스 두 벌이 삐져나온다.

해순 이 촌스러운 건 뭐야?
강철 잠깐 앉아봐라.
해순 내 꺼라고 하던데? (박스 발로 차며) 왜 이게 내 거냐고?
강철 우리가 식 못 올린 거 알제? 그래가 한 달 뒤에 식을 올리기
로 했다.

해순 !!!

강철 니들이 들러리를 서주면 고맙겠다.

해순 (똘땅딸롱 보며) 똘망똘망. 너한테 실망이다. 결국 여기 살기로 한 거니?

강철 마! 엄마한테 똘망똘망이 뭐꼬?

해순 미쳤다 미쳤다 하니까 진짜 미쳤나 보네. 누가 내 엄마야? 누가?

똘땅딸롱 (나서며) 싸움 나빠…… (해순에게) 그리고 내 이름은 똘땅딸롱.

해순 드레스? (돌아서려다 기가 차는지) 결혼식? (또 돌아서려다) 분홍색! 하!

해미 (드레스 들어서 제 몸에 대보자)

해순 죽는다.

깨갱- 하며 드레스 내려놓는 해미.

#16 언덕 / 밤

자전거를 끌고 언덕을 낑낑거리며 오르는 해순, 어린 시절을 떠올린다.

#17 언덕 / 낮 (해순의 회상)

해순(10세), 잔뜩 긴장한 얼굴로 자전거 핸들을 잡고 있다.

해순 갑자기 놓으면 안 돼. 하나, 둘, 셋에 놔야 돼. 알겠지?

뒤에서 해순의 자전거를 잡고 있는 엄마의 손.

해순(E) 하나, 둘.

해순이 셋을 외치지도 않았는데 자전거를 놓는 엄마의 손. 으아아
아- 긴장한 것과 달리 밝은 함성 지르며 언덕을 가르는 해순.

#18 언덕 / 밤

오버랩되며- 자전거 타고 언덕을 내려오는 해순, 즐겁지 않은 얼
굴이다. 끼익. 자전거를 세우고 먼 곳을 바라보는데, 저 멀리 육지
는 짙은 어둠 속에서 작은 별처럼 반짝인다.

#19 길 / 아침

잔뜩 인상 쓴 해순, 두 손을 체육복 바지에 껄렁하게 찔러 넣고 학교로 향한다.

해순 (자기도 모르게) 트위스트, 트위스트 춤을 춰요. (정신 차리고) 에이 씨.

띠링! 빛나는 전단지가 붙은 벽 앞을 지나 프레임 밖으로 나가는 해순. 잠시 후 뒷걸음질해 다시 프레임 안으로 들어와 전단지를 들여다본다. '제1회 어울림 한마당 가요제', '일시: 4월 23일 12시' 등이 보이다가 '상금 150만 원'이 크게 보인다.

#20 민자중학교 교실 / 아침

얼굴에 미스트 촤악 뿌리는 가연과 손에 연신 핸드크림 바르는 지연이 보인다.

해순(E) 아아. 마이크 테스트, 마이크 테스트.

갑자기 방송되는 해순의 목소리에 둘러보는 가연, 지연. 아이들도 술렁인다.

해순(E) 4월 23일 12시. 제1회 어울림 한마당 가요제를 나, 강해순이 접수하기로 마음먹었다. 무슨 뜻인지 잘 알 거라고 생각한다. 이상!

여중생1 진짜 열심히 연습했는데. (책상에 엎드려 우는) 아 쫌.

가/지 (하던 행동을 멈추며 동시에 서로 쳐다보는) 에?

#21 전망대 / 낮

해순이 평상에 걸터앉아 있고 그 앞에 가연과 지연이 서 있다.

가연 솔직히 말해도 되나?

해순 해.

지연 무리다. 가요제에서 우승 할라카믄 노래도 노래지만 춤도 좀 춰야 할낀데 언니야는 그쪽으로는 영 파이다 아이가.

해순 배도 못 타고, 수영도 못하는 내가 (육지를 가리키며) 쩌기로 가려면 헬기를 타야 하지 않겠니? 근데 한 번에 200이.

가연 헐. 머가 그리 비싸노. 그캐도 그동안 쫌 모아놓은 거 있다

아이가?

해순 2하고도 공이 다섯 개지.

지연 다섯 개? 대박. (손으로 헤아리는) 일, 십, 백, 천, 만, 아……
20만 원…….

가연 헬기 타고 뭍으로 나가서 꼭 해야 하는 게 뭔데?

해순 (비장) 만나야 할 사람이 있어.

가/지 (누구를 만나야 하는 거지?) ?!

해순 강하늘. 처음으로 팬 사인회를 열거든. 노래도 부를 거래.

해순, 등 뒤에서 돌돌 말린 브로마이드 두 개를 꺼내 건넨다.
보면, 해순의 방에 붙어 있는 강하늘 포스터와 똑같다.

해순 (선심 쓰듯) 오빠라고 부르게 해줄게.

가/지 (뭐야 이게…….)

해순 자…… 이제 나 뭐 부를까?

#22 성당 쉼터 / 낮

찬송가가 들리는 성당 쉼터 안. 필리핀 여성들이 여러 명 모여 있
다. 타갈로그어(필리핀어)로 대화하고 있다. 옥수수 먹으며 가요

제에 대해 떠들어대는데 똘땅딸롱만 표정이 심각하다.

#23 해순의 방 / 낮 (똘땅딸롱의 회상)

청소하던 똘땅딸롱, 강하늘 포스터의 귀퉁이가 조금 떨어져 있는 것을 발견한다. 다시 붙이려던 똘땅딸롱, 그런데 포스터 안쪽에 뭔가 있다?! 뭐지? 하며 강하늘 포스터를 좀 더 떼어보는 똘땅딸롱. 포스터 뒤에는 초음파 태아 사진이 붙어 있다. 설마…… 하며 더 가까이로 다가가 보는 똘땅딸롱. 그때, 불현듯 떠오르는!

INSERT. #8. 속이 안 좋은지 약간 헛구역질하며 가슴께를 치는 해순.
#13. 어떻게든 떨어지려는 신선생과 애걸복걸하며 달라붙는 해순의 모습.

(시간 경과) 다시 해순의 방. 초음파 사진을 충격받은 표정으로 보는 똘땅딸롱.

여성1(E) 똘땅딸롱!

#24 성당 쉼터 / 낮

여성1의 부름에 정신 차리는 똘땅딸롱.

여성1 (옥수수 가리키며) 너 좋아하는 거잖아. 안 먹어?
똘땅딸롱 어…… 먹어. (하다가) 보건소에 있는 의사 선생님 있
잖아. 총각이지?
여성2 그러니까 시집 안 간 온 동네 여자들이 침 바르려고 하잖아.
여성1 시집간 여자들도 침 바르려고 하던데.

하하하 웃는 여성들. 똘땅딸롱, 임신한 여성1의 부른 배를 잠시 본
다. 무슨 상황인지 모르는 해미는 옥수수로 하모니카 불며 생글생
글 웃기만 한다.

#25 어촌계장 사무실 / 낮

70대 어촌계장과 강철이 흰 봉투를 주거니 받거니 하고 있다.

강철 (흰 봉투 내밀며) 아, 쫌.
어촌계장 (흰 봉투 내치며) 아, 쫌!

강철 (추억에 잠기는 표정) 하…… 30년 전 여름이었지…….

어촌계장 또 시작이구나…….

강철 똥칠이 그마 물질한다고 까불다가 디따 빠져가지고 침 질 질 흘리고 눈까리까지 헤따 풀려가 거의 디질 뻔한 거 내가 10리 길을 기가가 살렸다 아이요. 내 아니었음 어촌계장님 아들 이 자 리에 없는 기라.

어촌계장 아들래미가 무신 사골곰탕이냐…… 도대체 얼마나 우 려 먹을 긴데…….

강철 계장님, 내 계장님만 믿십니더! (봉투 억지로 안기고 나간 다.)

어촌계장 진짜 날 멀로 알고 이 카는 기고. (하면서도 슬쩍 봉투 보면)

어촌계장, 봉투에서 뭔가를 꺼내 보면 '강강철 이용권' 10매가 들 어 있다.

어촌계장 어휴. 저 문디 시끼…… 똥칠이 금마 그거 그때 콱 뒤져 버렸어야 했다.

안마하기, 부탁 들어주기 등 잡다한 이용권 위로 들리는 해순의 목소리. 조수미의 〈나 가거든〉을 목이 찢어져라 부른다.

해순(E) 이 삶이 다하고 나야 알 텐데- 내가 저세상을 떠나간 그 이유!

#26 전망대 / 낮

〈다이너마이트〉를 부르는 해순. (시간 경과) 겨울왕국의 OST 〈렛 잇고〉를 부르는 해순.

해순 (머리카락 휙 넘기며 자신만만하게) 어때?
가연 (노래 다 듣고) 와. 나는 소름이 끼쳤다.
지연 니도? 내도 그켔다. 와! 이렇게 못할 수가.
해순 에이씨. (제 성질에 못 이겨 발차기하려는데)
가연 (얼굴 방어하며) 언니야랑 어울리는 노래가 분명 있을 기다!
해순 (번뜩 생각난 듯) 어, 있어, 있어!

가연과 지연에게 휴대전화 보여주는 해순. 아이유의 〈좋은 날〉이 캡처되어 있다.

해순 (아이유와 자신을 번갈아 가리키며) 아이유, 나. 나, 아이유.

지연 (답답한 듯) 예심이 2주밖에 안 남았는데…….

가연 정신 차리라!

해순의 얼굴 위에 미스트를 확 뿌려버리는 가연.

해순 (어푸푸) 야!!!

가연 아이스크림 사올게!

가연, 지연의 손을 잡고 전망대 밑에 있는 작은 슈퍼로 뛰어간다.
해순이 어후 저걸 하며 화내다가 어디선가 맴맴 우는 소리에 고개
를 든다. 푸르른 나무에서부터 들려오는 봄매미 소리에 귀를 기울
인다.

(E) 육지에 사는 매미랑 섬 매미는 다르게 운다.

#27 전망대 / 낮 (해순의 회상)

맴맴 울고 있는 매미를 신기하게 쳐다보고 있는 어린 해순.

해순 어떻게 다르게 우는데?

엄마 (무표정한) 육지 매미는 음을 넣어 더 길게 우는데, 섬 매미는 짧게 울어. 더 단순한 거지.

해순 (흥미로운) 어째서 섬 매미는 더 단순하게 우는데?

엄마 (단조로운 표정으로 해순을 보며) 섬에 사는 것들이 다 그렇잖니.

나무를 가만히 보는 엄마를 어린 해순이 바라본다.

#28 전망대 / 낮

해순이 가만히 나무를 올려다본다.

해순 (자기도 모르게) 여기 봐. 이렇게, 이렇게. 엉덩이 돌려, 섹시하게. (정신 차린) 에이 씨. 그놈의 라디오를 당장 부숴버려야지.

가연(E) 바로 그기다.

해순 (돌아보며)?

지연, 봉지 밑바닥 팡 쳐서 쭈쭈바 툭 튀어나오게 한 후 해순에게 건넨다.

#29 길 / 밤

해순이 자전거를 한 손으로 끌면서 걸어가고 있다.

해순 인간적으로 그 노래는 너무 가오가 안 사는데…….

어촌계장 (반갑게 손들어 인사하는) 강해수이!

해순 (씹고 가는)

어촌계장 (멈춰 서며 짐짓 엄하게) 어른을 봤으면 인사를 해야 안 하겠나.

해순 (귀찮다는 듯 고개만 까딱한다.)

어촌계장 그래, 그래야지. 지내래이. (해순의 어깨를 쓰다듬는)

해순 (눈 뒤집어지는) 야!!!!

해순, 바로 발차기 들어가자 손들어 얼굴 방어하는 어촌계장. 그 때, 해순의 발을 턱! 잡는 누군가. 강철이다.

강철 이게 지금 뭐 하는 짓이고? (발 치우면)

해순 (어촌계장 보며) 누가 내 몸에 손대래? 어?

강철 몸을 만져?! (어촌계장 보면)

어촌계장 (억울해 죽는) 그게 어떻게 만진 기가. 어른이 귀여부가 인사한 기지.

해순 인사를 손으로 해? 죽여버릴까? (다시 발차기 들어가는데)

어촌계장 (강철 뒤로 숨으며) 이용권! 이용권 다 쓸게! 다!

강철 (후…… 한숨 쉰 후) 어른이 그칸다고 발로 차면 쓰냐.

해순 안 비켜?

강철 니가 귀여부가 그켔다 안 카나.

해순 지금 이 뭣 같지도 않은 인간이! 니 딸을 추행했다니까?

어촌계장 야! 말은 똑디 해라! 추행은 무슨 추행이고! 누가 들으면 진짠 줄 안다!

해순 (기가 막힌) 와! 와!!! (강철 보며) 대단하다! 진짜 대한민국 최고 아빠다!

해순이 강철을 쏘아보다가 자전거 타고 쌩하니 가버린다. 강철이 가만히 해순의 뒷모습을 바라본다.

강철 (매섭게 돌아보며) 다신 건들이지 마이소.

어촌계장 아니…… 내는 진짜…….

강철 귀여부도! 아무리 예뻐도! 손 까딱하지 마이소. 알겠습니까!

뒤돌아서는 강철의 얼굴, 번민이 가득하다.

#30 해순의 방 / 아침

해미, 해순의 교복을 입고 히히 웃으며 거울에 비춰보고 있다. 강하늘 포스터 옆에는 캉캉 스커트 입은 장윤정 포스터가 붙어 있다.

#31 쌀집 / 낮

손톱을 깎으며 박구윤의 〈뿐이고〉를 열창하는 쌀집 강씨. 해순이 쌀집으로 들어선다.

해순 (이것저것 건드리며) 아저씨, 전국노래자랑에서 3등 했다며?
강씨 (무시하며 손톱 깎는)
해순 가요제 나갈 거야?
강씨 쌀집 왔으면 쌀이나 팔고 후딱 돌아가그라.
해순 아저씨 딸이랑 나랑 같은 중학교인 거 아나?
강씨 (그제야 해순 제대로 보며) 지금 니 으른을 협박하는 기가?

해순, 고무통에 들어 있는 생쌀을 한 움큼 집는다.

해순 그렇게 들렸어? 아저씨 똑똑하네. (입에 생쌀 넣고 와그작!

씹는다.)

JUMP. 분이 삭여지지 않아 씩씩거리고 있는 강씨. 쌀집으로 들어
서는 강철이 해순이 했던 것처럼 안을 둘러본다.

강철 노래 좀 한다며?

강씨 (기가 차는) 와? 니도 생쌀 좀 씹을라고 그카나? (강철에게
쌀 던지며) 옛다! 씹어라! 씹어!

강철 내가 머 캤다고 미친개같이 달라들고 지랄이고!

강씨 (쌀 계속 던지며) 추잡해서 안 나간다. 퉤!

#32 보건소 안 / 낮

혈압 측정기에 팔을 넣고 있는 똘땅딸롱, 시선은 신선생의 움직임
을 따라간다. 신선생이 자리에 앉자 바퀴 달린 의자를 뒤로 쭉 밀
더니 신선생 옆에 탁 선다.

똘땅딸롱 여기 의사 꺼야?

신선생 여기라고 하시면…… 설마 보건소요? 이건 나라 거죠. 보
건소니까요.

똘땅딸롱 흠…… 집은 있어?

신선생 아니요. 아직…… 이제 보니 해순이가 어머니를 많이 닮았나 봐요. 무턱대고 반말하는 것도 그렇고. 직설적인 것도 그렇고. 하하…….

똘땅딸롱 해순이랑 친해? 그래서 그랬어?

신선생 ??

똘땅딸롱 (신선생의 가슴팍을 파고들듯 찌르며) 그래서- 그랬어-?

#33 보건소 앞 / 낮

자전거 타고 문 열린 보건소 앞을 지나가던 해순. 신선생의 가슴팍을 찌르는 똘땅딸롱의 모습을 보고 멈춰 선다. 사이가 좋아 보이는 신선생과 똘땅딸롱을 바라보고 있다.

#34 민자중학교 강당 / 낮

해순의 휴대전화에서 〈장윤정 트위스트〉가 흘러나오고 있다.

해순 (힘없이 부르는) 오늘은 이 순간 영원히, 시간아 멈춰버려라─

가/지　(박수로 박자를 맞춰준다.)

해순　(발을 바닥에 비비며 오른쪽으로) 트위스트!

가연　비비고!

해순　(발을 바닥에 비비며 왼쪽으로) 트위스트!

지연　비비고!

해순　트위스트 춤을 춥시다.

가/지　(박수 짝짝 치며) 비비고! 비비고! 비비고!

어깨를 의욕 없이 흔들며 노래를 부른다.

가연　더 신나게!

지연　더 강하게!

해순, 쌍둥이의 독려에 다시 한번 힘을 낸다. 간주 처음부터 다시 시작된다. 뺨뺨뺨빠-

#35 방파제 길. 낮

INSERT. 방파제를 따라 항구의 풍경과 여러 조형물이 죽 보인다. 해순이 시원하게 달려오다가 끼익, 자전거를 세우고 방파제 안쪽에 모여 있는 고깃배들이 물결에 따라 흔들리는 것을 바라본다.

#36 해순의 집 / 낮 (해순의 회상)

가방을 아무렇게나 펼쳐놓고 후다다닥 짐 싸고 있는 엄마. 어린 해순이 엄마 옆에서 어쩔 줄 몰라 하며 서 있다. 해순의 뒤로는 두 살배기 해미가 땀을 흘리며 으앙 울고 있다.

#37 여객터미널 / 낮 (해순의 회상)

티켓박스 앞에 서 있는 엄마 옆에 해순이 헉헉거리며 서 있다.

엄마　어른 하나, 아이 하나요.

#38 여객선 앞 / 낮 (해순의 회상)

여객선에 오른 엄마, 돌아보는데 해순이 타려고 발을 얹었지만 차마 오르질 못한다.

엄마　(두리번거리며) 좀 있으면 비 와. 그러면 또 못 뜨고!
해순　(머뭇거리며 중얼거리는) 해미가 아파…… 해미가 아파…….
엄마　(서두르는) 빨리 타!!

해순을 향해 손을 뻗는 엄마. 해순이 엄마의 손을 잡으려는데 뒤에서 무슨 소리를 들리는 것 같아 자꾸 돌아본다.

#39 항구 앞, 낮 (해순의 회상)

여객선이 항구를 떠나 멀어져 가고 있다. 떠나가는 배를 보고 있던 해순이 바닥에 털썩 주저앉는다.

해순 (목소리 점점 커지는) 엄마…… 엄마…… 엄마! 엄마!!!!

#40 방파제 / 낮

부앙- 하는 기적소리를 내며 떠나가는 여객선이 보인다. 여객선에서 내린 관광객들이 삼삼오오 떠들고 있다. 잠시 이를 보던 해순이 돌아선다. 마침 아이들과 함께 놀고 있는 해미가 해순을 발견한다. 눈이 마주치는 두 사람. 해미가 세상 반가운 미소 짓고는 쩔뚝거리며 다가온다.

해미 (해순 앞에 서며) 내도 자전거 갈키도.
해순 (무시하고 가려고 하면)

해미 (앞을 막으며) 자전거 갈키도. 헤헤.

해순 멍청아, 네가 자전거를 어떻게 타.

해미 나 멍청이 아닌데, 나 해민데. 헤헤.

해순이 신경질적으로 자전거 몰아 해미 옆을 쌩 지나간다.

해미 (해순이 가버리자) 어…… 어……! (따라가며) 자전거 갈키도…….

따라가다가 털썩! 돌부리에 걸려 넘어진다.

해미 (멀어져가는 해순 보며) 자전거…….

울듯 말듯한 표정의 해미, 결국 헤- 하고 웃는다.

#41 몽타주

해미가 카세트라디오의 재생 버튼을 누른다. 방에서 노래 흥얼거리던 해순이 노랫소리가 들리자 홀린 듯 거실로 나간다.
화장실, 강철이 이를 닦다가 노랫소리가 들리자 칫솔질을 멈춘다.
주방. 설거지하던 똘땅딸롱, 고무장갑을 낀 채 라디오를 향해 뒤로 걸어간다.

거실. 카세트라디오 앞에서 귀를 기울이고 있는 해순, 강철, 똘땅딸롱. 순간, 서로의 존재를 알아챈 세 사람, 후다닥 서둘러 원래 자리로 돌아간다. 이를 보고 헤헤 웃는 해미.

#42 민자중학교 / 낮

'제1회 어울림 한마당 가요제 예심' 플래카드 아래로, 각자 스타일로 꾸민 참가자들이 들어가고 있다.

#43 해순의 방 / 낮

해순이 슬며시 방문을 열어 빠끔하게 바깥을 살핀다. 고요하다. 방문을 닫고 오징어 모양의 탈을 쓰고 얼굴만 내밀고 있다.

해순 (거울 보며 연습하는) 다들 오징어는 울릉도에만 있는 줄 아시죠? 민자도 오징어는 비린내 없이 쫀득한 맛이 일품입니다! 해외에서 더 사랑받는 민자도 오징어! 에이씨…… 오징어 팔러 가냐……. (하다 고개 돌리면)

가슴팍에 '강해순' 명찰 달린 교복 입은 해미가 서 있다.

해순 깜짝이야! (교복 보고) 이 새끼야. 내 교복 입지 말랬지?

해미 나 새끼 아닌데, 나 해민데. (히히 웃는다.)

해순 (교복 빼앗아 들며) 멀쩡한 난 해순이라고 지어놓고 너는 해미인 이유가 뭐냐?

해미 (쩔뚝거리며 한 걸음 다가와) 그럼 이름 바까주까? 내가 해순이 하까?

해순 (해미를 향해 발차기하며) 저리 안 꺼져?

해미 히히……. (방문 밖으로 비켜난다.)

해순 저건 욕을 먹어도 맨날 저렇게 비실비실 웃어.

해미 자전거 갈키도.

해순 꺼져! (문 쾅! 닫는)

닫힌 문 앞에서 히히 웃고 있는 해미.

#44 해순의 집 마당 / 낮

해순 화려한 캉캉스커트 차림이다. 부끄러운지 자꾸 치마 내린다.
진동이 오자 휴대전화를 확인한다.

INSERT. 액정 화면, [가연: 좀 있으면 시작인데 왜 아직도 안 와?]

어이쿠! 서둘러 가려던 해순이 고개 갸웃하며 멈춰 선다. 뒤돌아
보면 벽에 세워져 있던 자전거가 없다.

해순　자전거 어디 갔……. (눈이 점점 커진다.)

그때, 해순의 뒤로 뭔가가 획! 지나간다.

#45 언덕길 / 낮

해순이 언덕을 미친 듯이 뛰어 내려간다. 길 끝에 자전거가 박살
나 있는 것이 보인다. 더 빠르게 내려가는 해순, 제 발에 걸려 넘어
져 언덕을 구른다. 상처 난 무릎을 뒤로하고 황급히 주변을 둘러
본다.

해순　강해미!! 강해미!! (보이지 않자) 강해미!!!!

그러다 획 뒤돌면, 해미가 서 있다.

해미　히히. 무서부가 못 탔다. 그카니까 나 자전거 갈키도.

해순 (때릴 듯이 해미에게 다가왔다가 멈춰 서며) 이 새끼야!!!

해미 (깜짝 놀라는데)

해순 (자전거 마구 밟으며) 으아!!! (휙 돌아 해미를 보고) 너 때문에 안 가는 일은 없다. 나는 꼭 간다! 그러니까! 내 발목 잡지 마!

해미가 어쩔 줄 몰라 하며 서 있다.

#46 민자중학교 강당 입구 / 낮

허겁지겁 들어온 해순, 교복에 체육복 바지 차림이다. 해순, 서둘러 공연장 안으로 들어가려던 그때! 양쪽에서 끼어드는 누군가. 문 하나를 두고 서로 먼저 들어가려고 어깨로 민다. 이씨…… 누구야! 해순, 양옆을 살펴보면, 강철과 똘땅딸롱이다.

해순 뭐야?!

강철은 두꺼운 알통을 자랑하기 위해 쫙 붙는 민소매를 입고 있고 똘땅딸롱은 한복 차림에 머리에는 쪽을 지고 있다.

강철 (똘땅딸롱에게) 여기가 성당이가?

똘땅딸롱 아빠. 족구 하러 간다며.

해순 지금 둘 다 뭐하자는 거야?

강철 알다시피 내가 군대에서 노래로 한떼까리 했다 아이가. 아빠가 대신 상금 탈라니까 니도 너무 실망하지 말고…….

해순 그러니까 내가 여길 온다는 걸 알면서도 왔다?

똘땅딸롱 (해순의 손 꼭 잡으며) 나 1등 해야 해!

해순이 똘땅딸롱의 손 뿌리치지만 똘땅딸롱은 계속해서 해순에게 신호 보내듯 고개를 끄덕인다. 해순이 왜 이래? 하는 표정으로 똘땅딸롱을 본다.

강철 (박수 짝짝 치고) 자, 우리 이래 하자.

해순 (무시하며 공연장으로 들어간다.)

강철 강해수이! 들어도 안 보나!

똘땅딸롱 (역시 무시하며 들어간다.)

강철 니까지 그카면 되나!

#47 몽타주, 예심 심사장 강당

심사위원 자리에는 어촌계장, 남자 심사위원, 여자 심사위원이 앉아 있다. /아줌마1과 아줌마2, 심수봉의 〈남자는 배 여자는 항구〉를 부르다 박자 놓친다. 실로폰 땡! 소리 나자 서로 잘못을 탓하며 머리채를 붙잡는 아줌마 1과 2. /캐스터네츠를 들고 있는 심심이, 할머니의 손을 꼭 잡고 있다. 캐스터네츠로 맞추는 박자 따라 박재홍의 〈경상도 아가씨〉를 부르는 할머니. 서로 얼굴을 마주 본 남 심사와 여 심사, 고개를 끄덕인다. 합격을 알리는 딩동댕-! /신 선생, 빅뱅의 〈BAEBAE〉를 부르며 누군가를 향해 윙크를 한다. 흰 남방에 짧은 치마 입은 담임, 답하듯 신선생을 향해 윙크한다.

똘땅딸롱 (이를 보고) 저 새끼가……!

강철 (깜짝 놀라며 뒤에서 앞으로 얼굴 내밀며) 그런 말도 칼 줄 아나?

#48 민자중학교 화장실 / 낮

세면대 위로 발 턱 올리며 바짓단 걷는 해순. 넘어질 때 난 상처가 크다. 핏자국 닦으며 미간을 찌푸린다.

#49 민자중학교 강당 / 낮

다음 참가자 리스트를 확인하는 여 심사위원.

어촌계장 (호명하는) 다음 참가자. 강강철.

강철이 무대 위로 뛰어 올라와 뜬금없이 손날로 합! 합! 하며 지르기 보여주자 어촌계장, 하지 말라고 손으로 은밀하게 X자 표시 보낸다. 행동을 멈추고 꾸벅 인사하는 강철.

남심사 참가 이유에 가족을 위해서라고 쓰셨네요?

강철 예. 지가 가족을 엄청나게 신경 쓴다 아입니까.

어촌계장 (과장되게 칭찬하는) 그 맴이 아주 훌륭하네. 가장의 참다운 표본이야. (심사위원들 보며) 아입니까?

여심사 뭐…… 네…… 노래 불러주세요.

〈장윤정 트위스트〉 간주 흐르자. 마이크 던진 후에 다시 탁! 받아 잡는 강철.

강철 (기합 넣으며) 하! (군인처럼 각 잡아 부르는) 랄랄라 차차

차. 랄랄라. 랄랄라 차차차. 장윤정- 트위스트 춤을 춥시다! 하!

군가처럼 음정, 박자 딱딱 떨어지게 부르는 강철. 가연과 지연, 해
순에게 말을 건네려다 분노 어린 해순 보고 입을 닫는다.

강철　(노래 끝나가는) 트위스트, 트위스트, 트위스트 춤을 춥시다.
(마이크 던진 후에 공중에서 탁! 잡으며 마무리 기합 넣으며) 하!
어촌계장　(과장되게 박수 치며) 이야, 음정 박자 아주 틀린 거 없이
똑띡하네. 훌륭하데이. 그래, 〈장윤정 트위스트〉는 그런 거 아이가.
여심사　그래도 너무 군가 같은데…….
남심사　(여심사에게 어촌계장 쪽 보라며 고갯짓하면)
여심사　(마지못해) 합격 드릴게요.
어촌계장　(신나게 딩동댕! 치는) 합격입니다!

무대에서 내려온 강철, 이 앙다물고 앞을 보고 있는 해순에게 슬
그머니 다가선다.

해순　심지어 〈장윤정 트위스트〉를 부르셨다?
강철　사실 이건 내 십팔번 아이가.
어촌계장　다음 참가자. (글자 읽기 어려운) 똘땅띨…… 아니지.

딸롱. 똘땅딸롱.

JUMP. 노래에 맞춰 아리랑 추듯 두 팔을 접어가며 춤을 추는 똘
땅딸롱.

똘땅딸롱 (구성지게) 그대 스텝에 맞춰. 그대 몸짓에 맞춰- 비비
고 돌리고 돌려! 트위스트 춤을 춥시다! (이어지고)

노래 끝남과 동시에, 우아하게 턴 후 심사위원 앞에서 짠! 멈춰 서
는 똘땅딸롱.

남심사 네. 똘띵똘롱 씨. 잘 들었습니다.

똘땅딸롱 내 이름 똘띵똘롱 아니고 똘땅딸롱.

여심사 (뭔가 아쉬운) 근데 잘하시긴 했는데…… 흠…… 똘땅딸
롱 씨 나라에서는 이 정도면 잘하는 걸지도 모르겠지만 우리나라
에서는…….

똘땅딸롱 내 나라! 여긴데…….

객석 뒤쪽에 앉아 있는 한 무리의 필리핀 사람들이 큰 소리로 웅
성거린다.

똘땅딸롱 (옷고름으로 눈물 닦는 시늉을 한다.)

여심사 (눈치 살피며) 그래서…… 합격입니다! 하하하…….

어촌계장 (고개 설레설레 저은 후 실로폰 딩동댕! 치면)

똘땅딸롱 (연신 인사하며) 감사해! 감사해!

어촌계장 (종이 넘기고 이름 확인한 후) 진짜 이 가족 와 이카노……. (객석 향해) 강해수이!

제 이름이 호명되자 결연한 표정으로 일어서는 해순.
JUMP. 무대에 선 해순, 가연, 지연. 가연과 지연, 미스트와 핸드크림을 각자 머리 위에 올리고 있다. 하-! 기합 내지른 후 점프해서 왼쪽 미스트를 차내는 해순. 연이어 돌려 차기 해 오른쪽 핸드크림을 차낸다. 오! 이어지는 박수 소리-

여심사 연달아 같은 노래 들으려니 좀 졸리려던 참인데. 덕분에 잠이 좀 깼네요. 노래 시작해주세요.

⟨장윤정 트위스트⟩ 간주에 맞춰 어깨를 흔들기 시작하는 해순.

해순 (첫 가사) 트위스트 춤을 춥시다. 하! (하며 발차기 내지른다.)

강철, 똘땅딸롱, 해순, 해미를 쪼르르 세워놓고 한마디 하는 어촌계장.

어촌계장 셋이 같이 나가라.
해순 싫어.
어촌계장 그럼 셋 중에 한 명만 나가.
강철/똘땅 (동시에) 싫어.
어촌계장 셋 다 나가면 상금 탈 기회가 높다 아이가. 형평성에 어긋난다. 대회 당일까지 셋이서 알아가 해라. 알겠나!

신경질적으로 말 내뱉고는 빠지는 어촌계장. 네 사람만 덩그러니 남는다.

강철 이럴 때, 댓길이인 방법이 하나 있지.
일동 (강철 보면)
강철 짱, 깨, 뽀.

해순이 무표정하게 보다가 뒤돌아서 가고 똘땅딸롱이 한숨 쉬고 해미 데리고 나간다.

해순이 앞장서서 걷는다. 그 뒤에 똘땅딸롱과 해미, 끝자락에 강철이 서 있다. 앞서 걷다가 더는 못 참겠는지 돌아서서 일행의 곁으로 걸어온다.

해순 (강철에게) 어디서 사고 쳤어? 돈 물어줄 거 있냐고.

강철 강해수이! 암것도 모르면서 말 함부로 뱉는 거 아이다. 아빠가 이젠 진짜 우리 네 식구 책임진다니깐.

해순 하! 웃기지 마. (똘땅딸롱 보며) 넌 드디어 결심이 선 거야? 그래…… 넌 이해가 가. 막상 결혼하려니까 좀 겁나지?

똘땅딸롱 (강철 눈치 살피며) 해순. 그게 아니고 난 진짜 가족 위해서…….

해순 가족? 여기 니네 가족이 어딨어. 니네 가족은 필리핀에 있지!!

강철 이 가시나가 진짜! 그러는 니는! 가요제 왜 나가는데? (가만히 해순 보더니) 니 혹시…….

해순 (약간의 긴장)

강철 성형수술 하고 싶어 그라나? 젊은 아들 얼굴 엎어 뿌는 게 유행이라매.

해순 (기막힌) 그래! 쌍꺼풀도 하고, 코도 하고, 입도 하려고 그런다! 됐어!

서로 자신의 할 말만 하는 해순, 강철, 똘땅딸롱. 해미는 가운데 서서 어찌할 줄 모르고 있다.

#52 포차 / 밤

강철, 잔에 소주를 쪼르르 따른다.

주인 이 상황에서 니한테 할 말은 아닌데…… 내가 들은 이야기가 있어가…….

강철 (주인 보면)

주인 미용실 아지매가 그러대. 해순이 어매 결혼했다고.

강철 (조용히 소주만 마신다.)

주인 (강철 보더니) 알고 있었나. 그래. 알 수도 있을 거라 생각했다…….

강철 내 1등 하믄 뭐 하고 싶은 줄 아나?

주인 (보면)

강철 대단한 거 없다. 150만 원으로 뭘 하겠노. 그냥 헬기 함 불러
가 넷이 다 같이 뭍으로 나갈라꼬 한다. 그래가 맛난 것도 메기고,
구경도 쪼매 하고, 같이 사진도 박고…… 그기 다. 해순이 가가
나 때문에 배를 못 타가 아직까지 뭍 구경 한 번 못 해봤다 아이가.
(생각에 잠기는데)

#53 항구 / 밤 (강철의 회상)

억수같이 내리는 빗속. 여기저기서 모인 불빛들이 수면 위에서 어
지럽게 일렁인다. 바다를 향해 달려가는 강철. 그 뒤에 어린 해순
이 있다.

해순 (쫓아오며) 그러니까! 그만 때리라고 했잖아!

강철 (바다 앞에 멈춰서서)

해순 그만 때리라고 했잖아!!

강철 (무섭게 돌아보며 해순을 향해 때릴 듯 손 올리면)

해순 그래! 아나 때리라! 엄마 때린 거 맹키로 내도 때리고 해미
도 때리라!

차마 때리지 못하고 손 내리며 절규하는 강철.

강철   으아!!! (바다로 뛰어든다.)

해순   (깜짝 놀라는) !!!

강철   (바닷속으로 들어가며) 데꼬 온다! 데꼬 오면 되는 거 아이가!

해순   (따라 들어와 강철 뒤에서 껴안으며) 아빠! 아빠!

강철과 해순, 검은 바닷물 속에서 쿠엑- 토해내며 허우적거린다.

#54 포차 / 밤

말을 쏟아내는 강철의 얼굴에 슬픔이 가득하다.

강철   지 엄마는 배타고 떠나 뿌고, 지랑 지 아빠는 물에 빠져 죽을 뻔 해뿟는데 가가 배를 우에 타노? 그래서…… 내는 해순이캉 해미캉 똘땅딸롱캉 다 같이 뭍이나 가봤으면 좋겠다.

공연히 빈 소주병만 흔들다가 량하게 히죽 처웃는 강철.

#55 해순의 집 마당 / 밤

이거 놔! 똘땅딸롱과 해미가 막는데도 문을 나서려는 해순이 마당으로 들어서던 강철과 마주친다.

강철   니 우데 갈라 그러는데? 그러지 말고 얘기 쫌 하자.
해순   (말 자르며) 됐고. 포기해, 그럼.
강철   그랄 수는 없다.
해순   알겠어. 내가 빠질게. 집에 있는 둘이랑 알콩달콩 잘 살어.

강철의 어깨 툭 치고 나가는 해순.

강철   (해순의 뒤를 따라 나와 외친다.) 강해수이!

돌아보지 않고 가는 해순의 뒷모습. 이를 보는 세 사람.

#56 해순의 집 안방 / 밤

방에 가만히 얼굴을 내미는 강철, 해미를 재우고 있는 똘땅딸롱을 본다.

똘땅딸롱 한국까지 비행기 타고 다섯 시간. 거기다 민자도까지 기차타고 택시 타고 배 타고 왔어. 무서웠어. 민자도가 너무 머니까.

강철 (무슨 이야기하는지 잘 모르겠다.)

똘땅딸롱 처음 만난 날, 아빠가 나한테 말했어. 우리 가족하자고. 근데 그래도 나 무서웠어. 섬 사는 거 어려웠어. 그러다…… 그러다…… 나 가족 하고 싶어졌어. 마음 고쳤어. 그래서 나 여기 있어.

강철 (똘땅딸롱 물끄러미 보는데)

똘땅딸롱 나 양보 안 해. 아빠가 해.

똘땅딸롱이 자리에서 일어나 나가자, 후- 한숨을 내쉬는 강철.

#57 해순의 집 거실 / 밤

거실로 나온 똘땅딸롱, 닫힌 해순의 방을 물끄러미 바라본다.

#58 해순의 방 / 아침 (똘땅딸롱의 회상)

방문 열리면, 열이 나는지 땀을 흘리며 누워 있는 해순(15세)이 보인다. 해순의 엄마가 그랬던 것처럼, 한 손에 커다란 가방을 든 똘땅딸롱. 해순의 곁에 약 봉투를 놓고 나가려 한다.

해순　(비몽사몽간에 똘땅딸롱의 손 탁! 잡으며) 엄마…… 엄
마…….
똘땅딸롱　(자신의 손을 잡은 해순을 본다.)

똘땅딸롱이 짐을 옆에 내려놓고 해순의 이마에 맺힌 땀을 손으로
쓰윽 닦아준다.

#59 쌍둥이 자매의 방 / 밤

어린 시절의 얼굴 오버랩되며- 해순이 누워서 태아 사진(#23)을
바라보고 있다. 사진을 뒤로 돌려보면 '서울시 동대문구 장안동
377-1'이라는 주소가 쓰여 있다.

#60 몽타주, 가요제 본선 준비

포차에서 소주병에 숟가락 꽂아 놓고 노래 연습에 한창인 강철.
성당에서 필리핀 여성들과 함께 안무를 연습하고 있는 똘땅딸롱.
/가연과 지연 앞에서 잠옷 차림으로 노래 연습하는 해순. /적막한

거실에서 혼자 밥을 먹고 있는 해미, 자꾸 반찬을 흘린다.

#61 민자중학교 교무실 / 낮

해순의 진학 희망서를 보고 있는 담임.

담임　드디어 내가 니를 고등학교에 보내는구나. 근데 지원하는
학교가 정말 여가?

해순　(고개 끄덕인다.)

담임　알겠다. 가서 보호자 사인받아 온나. (진학 희망서 건네면)

해순　(진학 희망서 밀며) 대신 사인 좀…….

담임　(안타깝지만) 안 된다. 내는 니 보호자가 아이니까.

#62 보건소 앞 / 낮

해순이 진학 희망서를 보며 걷고 있는데 반대쪽에서 양동이를 들
고 강단 있게 걸어오는 똘땅딸롱이 보인다. 해순이 담임의 말을
떠올린다.

담임(E)　가서 보호자 사인받아 온나.

해순 (똘땅딸롱에게 다가가려는데)

보건소 문을 나서는 신선생 앞에 선 똘땅딸롱.

신선생 (똘땅딸롱 보며 미소 짓는다.)

똘땅딸롱, 양동이 가득 든 물을 신선생에게 확 끼얹는다.

신선생 으악!!
똘땅딸롱 (드세게) 책임지라고 안 할게!

양동이 옆쪽으로 휙 던져버리고 돌아서는 똘땅딸롱, 해순이 놀라는 표정으로 앞에 서 있다.

#63 길 / 낮

해순과 똘땅딸롱이 쭈뼛거리며 나란히 걷고 있다. 해순이 주머니에 구겨 넣은 진학 희망서를 만지작거린다.

똘땅딸롱 밥 많이 먹어?

해순 …….

갈림길에 선 똘땅딸롱과 해순. 그저 말없이 헤어지는가 싶더니,

해순 (가려다가 다시 돌아서며) 힘내. 다 마음대로 되는 거 아니잖아.

오른쪽으로 간 해순을 바라보는 똘땅딸롱.

#64 쌍둥이 자매의 방 / 밤

나란히 누워 있는 가연, 해순, 지연.

가연 집에 가기는 갈끼가?

해순 불편하냐?

지연 아이다. 아이다! 언니야는 눈치 안 보는 게 매력이다.

해순 눈치…… 나도 눈치 봐. 불쌍하다고 잘해주는 사람도 눈치 보이고, 얕잡아보는 사람도 눈치 보이고. 하고 싶은 말 다 해도 눈치 보이고. 나도 눈치 봐. 이래저래, 매일매일.

가/지 (이미 잠들었다.)

해순 (작은 소리로 혼잣말) 눈치 안 보는 사람이 어디 있냐…….

#65 항구 / 오후

슈퍼 앞에서 쭈그리고 앉아 바닥에 낙서를 하고 있던 해미가 해순이 지나가는 것을 보고 자리에서 일어선다.

해미 어! 어!

해미가 따라오는 걸 알면서도 해순은 그냥 가버리고 해미는 아이스크림 사서 나오는 외지 아이들과 부딪힌다.

남중생 (콘 아이스크림 떨어뜨리고) 아이 씨. (하고 해미를 본다.)
해미 미안해……. (아이스크림을 주워서 건넨다.)
남중생 (탁 쳐내는) 이걸 어떻게 먹어.

바닥에 떨어져서 녹아가는 아이스크림을 보며 어색하게 미소만 짓는 해미.

여중생 그만해. (손짓으로 원을 그리며) 좀 이상해.

남중생 진짜 짜증 나게. 하나같이 다 구려. 이런 동네는.

여중생 그만 가자. 누가 보면 친군 줄 알어.

남중생 (해미 보며 손짓으로 훠이훠이 하며) 야, 저리 가. (여중생에게) 엄마가 저런 애들은 짐이래. 가족들 고생시킨다고.

그때! 휙-! 날아오는 해순의 발차기. 발이 날아오자 깜짝 놀라 뒤로 넘어지며 엉덩방아 찧는 남중생과 여중생.

해순 뭔데?!

남중생 (당황해서 찍소리 못하고)

해순 야가 니들 짐이가? 야는 내 짐이다. 내 짐! 니들이 뭔데 고생이라 마라고.

해미 (울먹울먹하며 해순의 뒤로 와 선다.)

해순 내 짐은 내가 알아서 한다. 알겠나?

#66 방파제 / 오후

앞서 걸어가는 해순과 그 뒤를 따르는 해미의 모습이 보인다.

해순 이 동네에서 내 이름 대면 해결 안 되는 것이 없는 거 모르나? 그라이 누가 니 공구면 내 이름을 대라. 알겠나? (대답 없자) 알겠냐고?

해순이 돌아보면 걸음이 느린 해미가 저만치 뒤처져 있다. 터벅터 벅 걸어가 해미 앞에 선다.

해순 내 이름이 머고?
해미 (작은 목소리로) 강해순…….
해순 (더 큰 소리로) 내 이름이 머고?!
해미 (여전히 작은 목소리로) 강해순…….
해순 (윽박지르는) 내 이름이 머고?!!
해미 (해순 보며 또르르 눈물 흘리는) 언니…….

입이 씰룩씰룩하는 해순, 손을 든다. 해미, 자신을 때리려는 줄 알고 움찔하다 앞을 보면 해순이 해미를 향해 등을 보이며 앉아 있다.

해순 (등 탁탁 치며) 빨리 타라. (해미가 안 업히자) 퍼뜩!
해미 (업히면)
해순 (끙차! 일어선다.)
해미 (해순의 어깨 살짝 잡은 채로) 나 짐 아닌데……. 나 해민데······.

해순　······니 짐 아이다. 니 해미다. (하고 해미 엉덩이 치켜올린다.)

해미　(해순을 꽉 안는다.)

해순　자전거 타는 거 갈차줄게.

해미　(고개 끄덕이고 헤- 웃는다.)

해순　아나. 사투리가 한번 터지니 들어가쁠질 않네. 니 때문이다. 가시내야.

해미를 업고 가는 해순의 모습 뒤로, 붉은 노을이 타오르고 있다.

#67 해순의 집 / 밤

해미를 데리고 집으로 오던 해순, 집 앞에 서 있는 순경을 본다. 해미가 걱정스러운 눈빛으로 해순 쳐다보자 집에 들어가 있으라고 손짓한다.

#68 파출소 / 밤

손과 무릎에 붕대를 감고 있는 아이들은 간이 의자에 앉아 있고 부모로 보이는 아웃도어 차림의 중년 남녀, 해순에게 삿대질한다.

중년여 우리 딸 발레 하는데 무릎에 흉 지면 어떻게 할 거냐고!

해순, 대거리하려다가 순경 눈치 보고 참는데, 파출소 문 열고 허겁지겁 들어오는 강철. 강철 보자마자 눈 감는 해순.

강철 강해순이!! 니 괘안나? 2대 1로 붙었다메?
중년남 당신이 얘 보호자야? (아이들 가리키며) 우리 애들 보여? 열여덟이나 먹은 당신 애가 겨우 중학교 1학년인 우리 애들을 팼다고.
강철 아이고. 죄송합니다. 야가 여기저기 발로 차삐리도 지보다 어린 아들은 안 때리는데 이상하네예…….
중년여 지금 그걸 사과라고 하는 거예요?
강철 아입니다, 아입니다. 죄송합니다.
해순 (사과하는 게 보기 싫다.) 그만해! 쟤네도 해미한테 잘못했단 말이야!
강철 (해순 보며) 해미한테 뭘 잘못했는데?

해순은 더 말하지 않는다.

중년남 아주 애가 맹랑하네. 사람 때려놓고 뉘우칠 줄도 모르고.

해순 안 때렸다니까요! 지들이 그냥 넘어진 걸 우야라고 그캅니까?

중년남 이게 어디서 눈을 똑바로 뜨고! (하며 칠 듯이 손 들면)

강철 (중년남의 팔 탁 잡으며) 어따 손을 댈라고 하는 기고?

중년남 (강철에게 팔이 잡힌 채로) 이거 안 놔?!

완력 싸움 벌이는 두 남자. 결국 강철이 쳐내듯 놔주자 중년남이 팔 문지른다.

중년여 애가 제적을 두 번이나 당했다길래 부모가 어떤 꼴인가 했더니. 아휴…….

중년남 그래서 부모를 잘 만나야 돼. 다 부전자전. 그 애비에 그 자식이지.

중년여 아주 깡패 집안이네!

해순 (눈썹을 치켜세우며) 부전자전?!

강철 (눈썹을 치켜세우며) 깡패 집안?!

해순과 강철, 동시에 책상을 향해 발과 주먹을 내지른다. 콰과광!
JUMP. 손에 수갑이 채워져 있는 강철, 그 옆에 앉아 있는 해순.

강철 (해순 힐끔 보며) 니, 사람들이 아빠 흉보니까 편든다꼬 발차기 한기가?

해순 내가 가장 듣기 싫은 말이 뭔 줄 아나? 아빠 닮았다는 말이다.

강철 (쩝 입맛 다시다가 어라? 해순 보고) 사투리 오랜만이네. (씩 웃는다.)

그때, 파출소 문 열리며 똘땅딸롱과 해미가 들어온다. 손에 뭔가를 쥔 똘땅딸롱, 두 사람에게 눈길 주지 않고 분리조사실로 직행한다.

#69 분리조사실 / 밤

분리조사실에 앉아 있던 중년남, 중년여1, 2. 남. 여중생, 똘땅딸롱이 들어오자 뭔가 싶어 본다.

중년여1 애가 까만 게 혼혈아였나 보네.

똘땅딸롱 (당당한) 사과하세요.

중년여2 한국어 잘 못 해서 그러나 보네. 사과하세요가 아니라 사과할게요!

똘땅딸롱 (또박또박) 그래요. 사과하세요.

중년남　(자리에서 일어나며) 이건 또 뭔 수작이야. 일부러 말도 제대로 못하는 사람 보내서 우리 나쁜 인간 만들려는 거 아냐!

똘땅딸롱, 각오 다지듯 숨을 들이마신 뒤 속사포로 쏟아놓는다.

똘땅딸롱　타인의 신체적 특징을 갖고 비하하는 경우 형법 제311조 모욕죄에 해당한다. 사람을 모욕한 자는 1년 이하의 징역이나 금고, 또는 200만 원 이하의 벌금에 처한다.
일동　(뜨악한 표정으로 바라만 보고 있는데)
똘땅딸롱　(남. 여중생 보며) 진짜 괜찮겠어?

#70 파출소 앞 / 밤

해순, 강철, 똘땅딸롱, 해미. 파출소 지붕 밑에서 내리는 비를 바라보며 서 있다.

강철　내가 문 일인지 진즉 알았으면 점마들의 뼈 무덤이 됐을끼다.

똘땅딸롱, 손에 쥐고 있는 것 펴면 '형법 제311조 어쩌구……'가 쓰여 있다.

똘땅딸롱 겨우 외웠네…….

강철 (해순에게) 고맙다고 안 하나?

해순 (말 돌리는) 시간 을마 안 남았다. 이카고 있을 때가 아이다.

강철 생각을 쪼매 해봤는데. 해순아…… 있자나…….

순경(E) 강해수이!

순경의 부름에 일동 고개를 돌린다.

순경 아까 전에 니 발차기할 때 떨군 거 아이가? (해순에게 종이 건네면)

해순 (그제야 주머니 만져보며 아! 하고 받는다.)

순경 어카든동 중학교 졸업한다고 마음먹은 것은 대단하다.

일동 (뭔가 싶어 해순을 보며) ?

순경 (강철 보며) 서울로 이사 가면 파출소 그만 들락거리소. 서울은 더 무섭습니다.

파출소로 다시 들어가는 순경. 다들 무슨 소린가 싶어 해순을 본다.

강철 (웃는) 이게 뭔 말이고. 와 우리가 서울을 가노?

해순, 말없이 빗속으로 걸어 들어간다. 강철, 해순의 뒷모습 가만히 바라보는데 뭔가 미심쩍다.

강철 (해순을 잡아 세우며) 손에 든 것 좀 보자.

해순 뭐꼬? 이거 안 놓나?

거칠게 진학 희망서 뺏어 드는 강철, 해순이 자꾸 말리는데도 억지로 펴본다.

INSERT. 해순의 진학 희망서. 민자도의 고등학교들 중 체크된 곳 없고 밑줄 쫙쫙 그은 후 '동대문 고교 진학 희망'이라고 적혀 있다.

강철 이게 뭐고? 니가 어케 동대문에 있는 고등학교를 가노. (그제야 알겠는) 워메. 니, 그케가 노래 부르는 기가? 서울 갈라꼬?

해순 엄마 만나러 갈끼다…….

강철 니가 어딨는 줄 알고 거길 가노?

해순 안다…… 주소 안다꼬!

강철 임마…… 연락이 안 된 지가 8년째다. 니가 그 주소를 어케 알았는 둥 모르겠다만 아직도 거 살 거 같나? 못 본다. 못 봐! 정신 좀 챙기라!!

해순 우카든동 여서 벗어나가 뭍으로 갈라고 그켓다! 그래가 가족도 찾고 강하늘도 만나고 강해순이란 이름도 버리고. 그래. 강해진, 강성연. 뭐 그런 이름으로 살아 볼라칸다!

겁먹은 해미, 똘땅딸롱의 손을 꼭 잡는다.

강철 와 가족을 거서 찾노? 니 가족 여 있는데!

해순 (둘러보며) 어데? 가족이 어데 있는데? 내 눈에는 누가 봐도 피부색이 다른 여자랑 멍청이랑 모자른 새끼밖에 안 보인다.

강철 이기 확! (하고 손 올리면)

해순 (매섭게 째려보며) 그래. 그래야 강강철이지. 치라. 시원하게 함 치라고.

강철 (돌아서며 쓰레기통 꽝! 찬다.)

들썩들썩하던 해순, 비명을 지르며 달려간다. 으아아아!!!

#71 항구 / 새벽

아직은 어두운 새벽. 매섭게 부는 비바람을 헤치며 해순이 뛰어온다. 해순, 항구에 묶여 있는 배에 올라타려 한다.

강철 (뒤따라 와서) 니 지금 뭐하는 기고!!!

해순 (욱! 욱! 구역질하면서도 올라타려고 하는)

강철 내리온나!! 위험하다!!!

똘땅딸롱 안 돼! 해순!

해순 나도! 나도 보호자가 필요하다. 내가 사고 치면 데리러올 보호자. 생리대 대신 사다줄 수 있는 보호자. 잘못한 게 있으면 혼내줄 보호자. 내도! 내도 보호자가 필요하다!

강철 (어떻게든 배를 묶어놓은 밧줄을 부여잡으려 한다.)

해순 내도 안다. 안다꼬!! 엄마가 내 버리고, 해미 버리고 간 거 왜 모르겠나! 내도 평생 동안 미워하고 살았다.

강철 !!!

해순 그래도 자기 아니까. 사람이면 거둬는 주겠지. 보호자가 되어 주겠지!

해미 언니……!!

해순 나 부르지 마라! 떠나던 그날도 니는 두고 갈라 켔지만 내한테 손 내밀었다 아이가! 가기만 하믄 내 보호자가 되어 줄끼다!

똘땅딸롱 해순!! 아이! 아이를 생각해. 그러면 위험해. 아이한테도 위험해! (휘청하며) 그러면 아이가! 해순이! 위험…… (털썩 쓰러진다.)

강철 자야!!!

강철, 쓰러진 똘땅딸롱을 끌어안는다. 해순도 깜짝 놀라 돌아본다.

#72 보건소 앞 / 새벽

비에 쫄딱 젖은 채로 의자에 나란히 앉아 있는 강철과 해순, 해미.

해미 임신이 뭐고……?

해순 아를 가졌다는 뜻이다

해미 좋은 기가?

해순 …….

해미 그럼 엄마 축하해줘야지. (멈칫하고 해순 보며) 엄마라고
불러도 되나?

해순 니는 불러도 된다.

해미가 고개 끄덕이고 안으로 들어가고 해순은 아무런 말 없이 앉
아 있는 강철에게 사진을 내민다.

해순 (태아 사진 보여주며) 이거 아나?

강철 와 모르겠나. 니 아이가.

해순 똘망똘망은 이기 내 안 줄 알았나 보다.

강철 (피식 웃다가) 근데 니가 우째 이 사진을 갖고 있는데?

해순 돌려봐라.

강철, 사진 돌려보면 주소가 쓰여 있다. '서울 동대문구 장안동 377-1.'

해순 집에 편지가 한 통 왔드라.

강철 …….

해순 보내온 주소도 없고 그냥 강해순 앞으로 왔다. 누가 전해준 걸 수도 있고 엄마가 직접 넣고 간 걸 수도 있고. 내도 잘 모르겠다.

강철 가지 마라. 니 엄마 새살림 차렸다 카더라. 미안하다…….

해순 새살림이 나면 내는 이제 엄마 딸이 아이가? 아빠 니도 새살림 났으니까 내가 니 딸이 아니겠네?

강철 그런 뜻이 아이고…….

해순 가야 할 거 같다. 주소 받고 너무 오래 망설있다. (가면)

강철이 해순의 뒷모습을 바라본다.

#73 가요제 무대 / 아침

먹구름이 모두 걷힌 아침. 눈부신 햇살이 '제1회 어울림 한마당 가요제' 무대로 들이친다.

#74 가요제 대기실 / 낮

번호표를 가슴팍에 단 사람들, 저마다 노래 연습에 한창이다. 해순이 영혼 없는 얼굴로 앉아 있다.

지연 근데 왜 번호표를 안 주는 기고? 내가 가서 한 번 더 물어보까?

호들갑을 떨던 가연과 지연, 누군가가 다가오자 자리에서 일어난다. 해순, 고개 들어보면- 똘땅딸롱이 서 있다.

해순 (놀라는) 병원에 안 있어도 되나?
똘땅따롱 이제 괜찮아. (잠시 침묵 후) 6주 됐대.
해순 아…… 글라…….
똘땅딸롱 난 해순 사진이 해순 아기인 줄 알았어.
해순 (피식 웃는다.) 하늘을 봐야 별을 딴단 말 모리나?

똘땅딸롱   여기 병원 가면, 사람들이 자꾸 해순한테 물어보고. 그럼 해순 힘들고…… 그러면 나가야 하는데 해순 배를 못 타잖아. 그래서 1등 해서 헬기 빌리고 싶었어.

해순   …….

똘땅딸롱   해순, 고등학교 가. 나, 해순 고등학교 교복 사줄게.

해순   (똘땅딸롱 가만히 올려다보면)

똘땅딸롱   나 생긴 것도 다르고. 엄마라고 해도 엄마 아니니까. 가짜 엄마니까. 근데 해주고 싶은 건 진짜 마음이야. 가짜 아니야. (번호표 건네면)

해순   …….

똘땅딸롱   진짜 엄마 만나도 꼭 와. 고등학교 교복 사줄게.

대기실을 나가는 똘땅딸롱. 해순, 8번 번호표를 내려다본다.

#75 몽타주, 제1회 어울림 한마당 가요제 현장

빠라밤-! 시그널 음악 크게 터져 나오자 사회자 등장한다.
객석에 앉은 사람들의 함성과 박수 소리 속에서 사회자,

사회자   민자도 군민 여러분, 오래 기다리셨습니다! (네! 하는 소

리 들리자) 송해가 아니라 실망하셨죠? (사람들, 하하 웃음소리)
오늘은 저, 남해가 책임지겠습니다. 자- 지금부터 제1회 어울림
한마당 가요제! 시작합니다!

/참가번호 1번 할아버지, 물레방아의 〈순이 생각〉을 부른다.

/참가번호 3번 남자, 황치열의 〈경상도 남자〉를 부른다.

/참가번호 6번의 중년여자, 칼국수를 억지로 사회자에게 먹인다.

#76 가요제 대기실 / 낮

해순이 8번 번호표를 내려다보고 있다.

(E) 8번 대기해주세요!

해순 (돌아본다.)

#77 가요제 본선 무대 / 낮

사회자가 무대 중앙에 서 있다.

사회자 이번엔 귀여운 중학생이 노래를 부른다고 하는군요. 모
셔보겠습니다.

해순이 로봇처럼 뻣뻣하게 걸으며 무대로 나온다.

해순 (앞으로 합-! 세계 발차기한 후) 잘 키운 발차기 한 방, 세계 평화 문제없다! 안녕하십니까. 참가번호 8번, 민자도를 접수할 강해순입니다!

사회자 (웃으며) 우리 학생이 많이 긴장했나 봅니다. 근데 중학생이 엄청 크네요. 민자도 공기가 맑아서 그런가요? (마이크 넘기면)

해순 열여덟 살입니다.

사회자 열여덟 살? (아……) 나이가 뭐 중요합니까. 노래가 중요하죠. (하하 웃는다.) 만약 우리 강해순 양이 1등을 한다. 그러면 뭘 하고 싶습니까?

해순 1등이요? 아…… 1등을 하면…… 그러니까 1등을 하면…….

해순, 선뜻 답이 나오지 않는다. 1등을 하면 난 뭘 해야 할까……
계속 망설이인다.

강철(E) 헬기를 탈 겁니다.

해순 네. 헬기를 탈 겁니다. (어? 싶어 옆을 보면)

마이크를 들고 올라오는 강철, 똘땅딸롱, 해미가 보인다.

사회자 ?

강철 가족이 같이 올라가는 무댄데 딸내미가 먼저 올라갔다 아입니까?

사회자 (자연스럽게 잇는다.) 그렇습니까? (어깨로 해순 치며) 딸이 잘못했네.

강철 하하하.

사회자 1등을 하면 헬기를 타신다구요?

강철 우리 식구가 배를 못 타가 아즉까지 섬 밖을 못 나갔다 아입니까. 이번에 1등 먹으면 헬기 함 불러가 바깥 구경 시원하게 갈 겁니더!

해순 (강철을 물끄러미 본다.)

사회자 좋습니다. 헬기를 타길 기원하며 강해순 양 가족의 노래 청해듣겠습니다!

〈장윤정 트위스트〉의 간주가 시작된다. 어떻게 해야 할지 몰라하며 서로의 얼굴을 쳐다보는 네 사람. 해순이 에잇! 어쩔 수 없다는 듯, 엉덩이를 양옆으로 흔들기 시작하자 따라서 흔드는 강철과 똘땅딸롱. 해미도 어설프게 따라한다.

해순 랄랄라 차차차 랄랄라, 랄랄라 차차차 강해순. 트위스트 춤을 춥시다!

서로 다른 박자로 노래를 부르는 강철과 똘땅딸롱.

강/똘땅 그대 스텝에 맞춰. 그대 몸짓에 맞춰. 비비고 돌리고 돌려.

해순 (역시 박자 안 맞는) 트위스트 춤을 춥시다-

객석 (엉망진창 노래에 웃음 터지는)

일동 슬픈 일일랑 던져. 아픈 사랑도 던져! 괴로움 외로움 잊어. 오늘은 모두 잊어. 화끈한 음악에 취해, 그대의 사랑에 취해⋯⋯ (실로폰 땡! 소리 듣는)

사회자 땡! 수- 고하셨습니다.

여기저기서 웃음소리가 넘쳐나는 가운데 가만히 서로를 쳐다보던 해순, 강철, 똘땅딸롱. 동시에 씩 웃는다.

해순 (노래 이어 나가는) 여기 봐, 이렇게, 이렇게- 엉덩이 돌려, 섹시하게- 당신과 숨 쉬는 이 밤에 사랑의 춤을 춰 봐요-

사회자, 마이크를 뺏으려고 쫓아오면 도망가면서 노래를 이어나가는 일동.

해순 트위스트. 트위스트. 트위스트 춤을 춥시다!

간주가 끝나고 '장윤정. 장윤정. 장윤정' 하고 부르는 가사 대신,

강/똘/해 (번갈아 부르는) 강해순! / 강해순! / 강해순!

스태프들의 손을 피해서 노래를 이어나가는 네 사람의 모습에서.
FADE OUT. 노래 계속 이어지며- 암전.

해순(E) 와⋯⋯ 그딴 노래 솜씨로 1등을 꿈꾼 게 말이 되나?

#78 해순의 집 거실, / 밤

FADE IN. 머리에 물수건 얹은 채, 네 사람이 거실 바닥에 쪼르르 누
워 있다.

해순 느무 뻔뻔했던 거 아이가?
일동 (다 같이 웃는다.)

강철 아이고. 곤하다.

해순 물!! (하고 외치지만 대답 없자) 끄응…….

해순, 카세트라디오 보고는 오른쪽으로 돌아누우며,

해순 (강철 보는) 근데 왜 장윤정 트위스트고?

똘땅딸롱 (강철 보는) 트위스트하면 운도 오빠딘데…….

해순 (똘땅딸롱 보며) 맞나? 취향이 그겠나? (다시 강철 보며)
그럼 이해가 좀 가네…….

강철 괴로움도, 외로움도, 슬픈 일도 발바닥만 비비면 된다잖아.
을마나 쉽냐.

해순 쉬운 거 디따 좋아하네. 트로트가 다 그렇지. 그기 별난 거가?

강철 그리고 무엇보다…… 난 장윤정이 좋다. (하고 씩 웃자)

해/똘땅 (한숨 푹 쉬며 강철에게 등지며 돌아눕는다.)

해미 (따라서 돌아누우며 헤헤 웃는다.)

강철 안 내면 물 가져오기, 짱, 깨, 뽀. (위로 손 뻗어 올리면)

셋은 묵, 해순만 가위! 크엉- 갑자기 코 골며 자는 척 하는 해순.
이에 질세라 강철과 똘땅딸롱도 크엉- 코 골며 자는 시늉을 한다.
히히 웃던 해미, 눈 뜬 채로 크엉- 코 고는 소리 흉내 낸다.

#79 언덕 / 낮

언덕 위, 해순이 해미에게 자전거를 가르쳐주고 있다.

해미　나 무숩다…… 내릴래……. (하고 내리려 하면)

해순　(막으며) 괘안타. 니 할 수 있다. 내가 하나, 둘, 셋 하면 놓을게.

해미　응……. (핸들 꽉 잡으면)

해순　하나, 둘…… 셋!

셋을 다 외치고 자전거를 놓는 해순. 해미가 신나는 함성을 지르며 내려간다.

#80 전망대 / 낮

평상에 나란히 누워 매미 소리를 듣는 해순과 해미.

해순　서울 매미랑 민자도 매미는 다르게 운다.

해미　어떻게 다른데?

해순　서울 매미는 생각이 복잡해가 맴맴 시그럽게 우는데 민자도 매미는 니 맹키로 하나밖에 모르는 단순뱅이라 맴- 단순하게 운다.

해미 히히. 맞나. (해순 안으며) 맞다. 내는 언니밖에 모른다.

해순이 해미를 안은 채 푸르른 나뭇잎을 바라본다.

#81 해순의 방 / 낮

강하늘 포스터 아래로, 편지를 쓰고 있는 해순의 모습.
해순이 쓰는 편지 내용. '잘 지내고 있습니다. 잘 지내세요⋯⋯.'

#82 해순의 집 거실 / 낮

멀리서 들려오는 매미울음을 배경음악 삼아, 식탁에 둘러앉아 있는 네 사람.

해순 (밥 먹으며) 똘땅딸롱, 내 핑크색은 안 맞는다. 드레스 그딴 거 말고 야랑 나는 그냥 흰 남방 같은 거 입을게.
똘땅딸롱 내 이름은 똘땅딸⋯⋯. (하다가 맞게 말한 거 알고) 맞아.
강철 (해순을 신기한 물건처럼 쳐다보자)
해순 밥 묵으라.

피식 웃는 해순과 가족들. 해미가 자리에서 일어나 쩔뚝쩔뚝 걸어가 카세트라디오의 재생을 누른다. 녹음된, 네 사람의 〈강해순 트위스트〉가 집 안 가득 흐른다. □

내러티브온 지구 종말 세 시간 전
2 드라마

ⓒ 경민선·김효민·서정은·이아연·조영수, 2021

초판 1쇄 발행 2021년 9월 13일

지은이 경민선·김효민·서정은·이아연·조영수

펴낸곳 (주)안온북스 펴낸이 서효인·이정미 출판등록 2021년 1월 5일 제2021-
000003호 주소 서울시 마포구 신촌로2길 19 320호 홈페이지 www.anonbooks.net
인스타그램 @anonbooks_publishing 디자인 석윤이 제작 제이오

ISBN 979-11-975041-2-9 04810   979-11-975041-0-5 (세트)